首都圏パンデミック

大 原 省 吾

幻冬舎文庫

首都圏パンデミック

目次

主な登場人物

新庄直人《しんじょうなおと》（三十六歳）　主人公。記憶をなくし、タイの田舎の川辺に流れ着く。

二宮貴《にのみやき》美《み》花《か》（三十二歳）　新日本エア七二六便に乗り合わせた外科医。

八《や》代文吾《しろぶんご》（四十一歳）　警視庁刑事部捜査第一課の刑事。

北条真治《ほうじょうしんじ》（三十一歳）　三田警察署の刑事。八代と共同捜査を行う。

鈴本武《すずもとたけし》（四十一歳）　国立感染症研究所の主任研究員。

鈴本達也《すずもとたつや》（十六歳）　鈴本の長男。驚異的な情報分析能力を持つ。

鹿《か》取悠馬《とりゆうま》（三十九歳）　警視庁サイバー犯罪対策課の警部補。天才ハッカー。

園田《そのだ》春菜《はるな》（三十八歳）　八代の幼馴染みで、小料理屋〈おはる〉の女将。

水之《みずの》江《え》宏平《こうへい》（五十二歳）　世界最大の製薬会社クラリス・スミソニアンの日本法人、クラリス・ジャパンの社長。

笹川久則《ささがわひさのり》（四十七歳）　クラリス・ジャパンの常務執行役員で、新薬開発総責任者。

碓井《うすい》豊《ゆたか》（二十九歳）　クラリス・ジャパンの研究員。

桜井《さくらい》智彦《ともひこ》（五十八歳）　新日本エアシステム本社ＯＣＣのオペレーション・ディレクター。

富岡《とみおか》修二《しゅうじ》（五十三歳）　新日本エア七二六便の機長。

東山《ひがしやま》輝幸《てるゆき》（四十歳）　新日本エア七二六便の副操縦士。

入江《いりえ》由香里《ゆかり》（三十五歳）　新日本エア七二六便のチーフパーサー。

工藤《くどう》真尋《まひろ》（二十六歳）　新日本エア七二六便のＣＡ。

桐野《きりの》智子《ともこ》（二十四歳）　新日本エア七二六便のＣＡ。

ジョナサン・スパーリング（五十九歳）　クラリス・スミソニアンの副社長。

アンドリュー・ウェイトリー（五十歳）　アジア・ウイルス研究所の所長。

カンヤラット・スリチャパン（十四歳）　タイで新庄を助けた少女。

チャナチャイ・スリチャパン（二十三歳）　カンヤラットの兄。

プロローグ

二月十九日　タイ領空　新日本エア七二六便

バンコク発、東京国際空港（羽田空港）行きの新日本エアシステム七二六便は高度二万フィート（約六千メートル）に達した。

今日は気流の関係で機体の揺れが続いたため、ベルト着用サインが消えたのは離陸から四十分近く経ってからだった。

それと同時に、エコノミークラスのキャビン（客室）後方に座っていた団体ツアー客の何人かが席を立ち、トイレに駆け込んだ。

エコノミークラス担当CA（キャビン・アテンダント）の桐野《きりの》智子《ともこ》は、キャビン最後尾のギャレー（旅客機内のキッチン）でお絞りの準備をしながら、その光景を見ていた。

――早くもトイレの争奪戦か……。

だが、そう思ったのも束の間だった。七二六便のボーイング777‐300ER型機の座席数は二百五十六だが、今日はファーストクラス八席のうち五席、ビジネスクラス四十四席のうち四十席、エコノミークラスは二百四席のうち百八十五席が埋まっており、合計乗客数は二百三十名だ。

これに対して、客室乗務員はファーストクラス二名、ビジネスクラス五名、エコノミークラス六名の計十三名となっており、乗客数に対する配員はエコノミークラスが圧倒的に少ない。

国際線の飛行時間は長いとはいえ、やることは山のようにある。これから始まる飲み物や食事の機内サービスを考えると、他のことに気を取られている暇はない。

国際線の担当になって間もない二十四歳の智子は、先輩のCAから「急いで！」と急かされながら、温めたお絞りをトレーに盛った。そして、それを持ってギャレーを出たところで思わず足を止めた。

目の前にはトイレ待ちの長い列ができている。

――こんなに……？

待ちきれない乗客がトイレのドアを叩いているが、ドアは鍵がかかったままだ。

乗客の一人が、「トイレのなかの人が出てこないんです。なんとかしてください」と智子に告げた。

智子はお絞りのトレーをギャレーに戻すと、列を掻き分けるようにしてトイレに向かい、ドア越しに声をかけた。

「お客様、大丈夫ですか？」

返事はない。

「なんとかしてください！」と言う乗客の声を受け、智子はトイレのドアの上部にあるノブを操作してロックを解除し、ドアを少し開けてなかの様子を窺《うかが》った。

初老の男性が便器に頭を突っ込んだままぐったりとしている。

――……！

驚いた智子は、半開きのドアから身を滑らしてトイレに入ると、男性の体を揺すった。

「大丈夫ですか？」

男性からの返事はない。

――なんとかしなきゃ……。

智子は便器から男性の頭を抜いた。口の周りは吐瀉物《としゃぶつ》で汚れている。それをペーパータオルで拭った智子は、壁で頭を打たないよう注意しながら男性を床に座らせ、額に手を当てた。

――熱い……！

他の乗客の手助けが必要と判断した智子はドアから外に顔を出した。だが、智子が「どなたか……」と声を上げる間もなく、次の客がトイレに駆け込んでくると、床に座っている男性の頭越しに便器に顔を突っ込み、嘔吐《おうと》し始めた。

——どうなっているの……？

トイレから這《は》い出た智子はギャレーに戻り、サービス・インターフォンでチーフパーサーの入江《いりえ》由香里《ゆかり》を呼んだ。

「入江です」という落ち着いた声が返ってきた。

三十五歳の由香里は周囲からは〈お局〉呼ばわりされているベテランだが、このような緊急時は、その声を聞くだけでも安心する。

「お客様が大変です」と告げる智子に、由香里は声のトーンを変えず、「慌てないで」と返した。

「どのように大変なの？」

「複数のお客様が体調を崩されているようで……」

「わかりました。すぐに行きます」

前方から駆けつけてきた由香里は、トイレの前で繰り広げられている光景を見て驚いた。

「どうなっているの？」

「団体ツアーのお客様です。皆さん、ベルト着用サインが消えたと同時にトイレに殺到して……」

「熱は？」

「トイレのお客様はかなり高熱です」

トイレのドアは開け放され、先ほどの男性はぐったりして座ったままだ。

「とにかく、あのお客様を席に戻しましょう」

由香里は智子と力を合わせて男性を抱き上げ、引《ひ》き摺《ず》るように席に戻した。

周囲を見渡すと、赤い顔をしてぐったりしている乗客が多い。

由香里はその一人に近づき、「大丈夫ですか？」と訊きながら額に手を当てた。

――確かに熱い……。

「機長に報告するわ」

由香里はキャビン後方のサービス・インターフォンで機長の富岡修二《とみおかしゅうじ》を呼び出した。

「富岡だ」

「チーフパーサーの入江です」

「どうした？」

「エコノミークラスで病人です」

「かなり熱の高いお客様が十名ほどいらっしゃいます。そのうち数名は嘔吐を繰り返しています」

「病状は？」

「なんだって……？」

富岡は暫《しば》し言葉を失った。

来月五十四歳の誕生日を迎える富岡は、これまで地球を何十周もするフライトをこなしてきたが、これといったトラブルの経験はなかった。いや、あったとしても、大きくなる前に防止してきた。だが、乗客の発病は経験がない。

「重病ですか？」と、副操縦士の東山輝幸《ひがしやまてるゆき》が訊いてきた。

「高熱と嘔吐。患者数は十名ほどらしい……」

「バンコクの屋台で悪いものでも食べたんでしょうか？」

「その程度だといいな」

東山は機長昇格を目前に控えた四十歳。大胆さと緻密さを併せ持つ優秀なパイロットで、富岡の信頼も厚い。

富岡は、指示を待っている由香里に言葉を返した。

「まず、乗客のなかに医者がいないか確認してくれ。私は本社のＯＣＣに連絡する」

ＯＣＣとは新日本エアシステム本社にあるオペレーション・コントロール・センターのことで、世界中で運航している新日本エア便を三百六十五日、二十四時間体制で管理している。

「わかりました。すぐに確認します」

由香里がサービス・インターフォンを切ると、富岡は「ＯＣＣを呼び出してくれ」と東山に指示した。

頷《うなず》いた東山は、ＳＡＴＣＯＭ（衛星通信）システムに手を伸ばした。

「高熱と嘔吐なら私も経験があります。きっと食中毒ですよ」

「そうだな」と、富岡は前を向いたまま頷いた。「食中毒なら他の乗客への感染はない」

「そうですよ」

だがそのとき、富岡の胸のなかでは、〈嫌な予感〉が、まるで水面に落とした墨のようにじわじわと広がり始めていた。

これまでの経験上、この〈嫌な予感〉は、必ずといっていいほどの確率で的中している。

だからこそ、離陸前に少しでも不安のある個所は徹底的に整備させ、大きなトラブルになる前に防止してきたのだ。

だが、いくら周到な準備をしても、乗客の発病だけは防げない。

――どうか、これ以上悪化しないでくれ……。

今の富岡には、そう祈ることしかできなかった。

第一章

二月六日　東京　芝浦

ワンルームマンションの自宅に帰り、テレビを点けようとした碓井豊《うすいゆたか》は、その向きにちょっとした違和感を覚えた。いつも自分が見ている角度と少し違う気がする。

テレビ台の足元に目を近づけると、埃のあるところとないところの境界線が微妙にずれていた。

——どういうことだ？

部屋のなかを細かくチェックしてみる。冷蔵庫や本棚にも動かされた形跡が見つかった。元の位置に戻してあるが、微妙にずれている。

——遂にここまで手が伸びたか……。

碓井はベッドのマットレスのシーツを外すと、持ち上げて裏返し、ナイフで付けた小さな切れ目から腕を突っ込んだ。

固いものが手に当たった。

どうやら侵入者は〈それ〉を見つけることはできなかったようだ。だが、このままではいずれ発見されるに違いない。

マットレスを戻し、その上に腰を下ろした碓井は腕を組んで考え込んだ。しかし、いくら考えても良い案は浮かばない。連中の手がここまで及んでいる以上、生半可な対応ではすぐに見抜かれてしまうだろう。こうなったら、〈それ〉を持ってどこかに身を隠すしかなさそうだ。

だが、いざ実行に移そうとすると心が鈍った。誰にもなにも明かさないまま、今の仕事と生活を投げ打って姿を晦《くら》ますのだ。相当の覚悟がいる。

時計に目をやると、すでに夜の十時を回っていた。

——他に選択肢はないか……。

ようやく決意を固めた碓井は、マットレスから取り出した〈それ〉をバッグのなかに入れた。

荷物はそれだけだ。外に出た瞬間から後を付けられることを考慮すると、近所に買い物にでも行くような体裁を整えたほうが良い。

部屋の灯りを点けたままでマンションを出る。

その足で向かったのは近所のコンビニだった。

雑誌コーナーに行き、雑誌を立ち読みするふりをしながら周囲の様子を窺う。

五分経ったが、店に入ってきたのは女子高生や茶髪の若者だけだ。

――よし……。

碓井はATMから逃走資金を引き出すと、ゆっくりと店内を見て回り、ワインのボトルを入れた買い物かごをレジに置いた。

この時間のバイトの店員とは顔馴染みだ。買い物に行くと必ず会話を交わし、時には彼の欲しがっているアイドルグッズを融通してやったりもしている。

碓井は代金を払ってレジ袋を受け取り、それと交換に、持っていた紙袋を差し出した。

「このアイドルグッズ、欲しがってたよね？　あげるよ」

驚いた店員が袋を覗くと、なかには好みのアイドルのサイン色紙と小包が入っていた。

「でも、これ、碓井さんが大切にしていたものじゃないですか？」

「いいんだよ。その代わり、一つ頼まれてくれないかな？　袋に入っている小包をここから宅配便で発送してもらいたいんだ。宛先を書いたメモと代金は入っているから」

確かに、袋のなかにはメモ用紙と一万円札が入っている。

「今日は急いでいて、送り状を書く時間がないんだ。お釣りはバイト代としてあげるからさ」

その光景は、傍から見ると、顔馴染みの客から差し入れを貰って恐縮している店員にしか見えないだろう。それが碓井の狙いだ。

ぺこぺこと頭を下げる店員に「じゃあ、宜《よろ》しくね」と言い残すと、碓井はワインの入ったレジ袋を鞄に突っ込み、店を出た。

道路に出た碓井の心には、自分のやった行為に対するわだかまりが残っていた。

いくら他に選択肢がなかったからとはいえ、〈それ〉を宅配便なんかで送っても良かったのだろうか……？

だが、今の自分にはあれしか方法はなかった。あのバイトの兄ちゃんは、見た目は頼りないが、仕事は結構きっちりしている。指示は守ってくれるだろう。

そんなことを考えながら、碓井は田町駅に向かって足を進めた。

東京モノレールの高架をくぐり、芝浦工業大学芝浦キャンパスを通りすぎる。

「もう少しだ……」と呟いたとき、目の前から二人組の男が歩いてきた。

――あいつらか……？

鞄を握る手に力が入る。いざとなったらワインの瓶が入った鞄を叩きつけて逃げるしかない。

だが、その二人組は、身を固くしている碓井に怪訝《けげん》そうな視線を向けながら通りすぎていった。

碓井は止めていた息を一気に吐き出した。

――なにをびびっているんだよ……。

もう少しだ。あと一つ運河を越えれば田町駅の駅前通りに出る。

歩く速度を上げた碓井が橋に差し掛かったとき、再び人影が近づいてきた。背広姿だ。

――帰宅途中のサラリーマンか……。

ほっと息をついた碓井がそのまますれ違おうとした瞬間、男の体がすっと沈み込んだ。

――え？

と声を上げる間もなく、男は豹《ひょう》のような敏捷《びんしょう》さで碓井に跳びつき、胸ぐらを摑んだ。

「例のものを渡せ」

日本語のイントネーションが少しおかしい。

碓井は驚きに目を剝《む》いた。だが、よく見ると、男は自分よりも背が低く、体つきも華奢《きゃしゃ》だ。

これならどうにかなると判断した碓井は、力任せに男の腕を振りほどこうとした。だが、男は微動だにしない。それどころか、まるでレンチで締め上げるようにグイグイと胸元を絞ってくる。

――なんだ、この馬鹿力は……。

呻《うめ》き声とともに息が吐き出され、肺が空っぽになっていく。少しでも空気を吸い込もうと抗うが、押し潰された喉からはわずかな空気さえ入ってこない。

街灯に照らされた周囲の光景が霞んでいく。

――このままでは殺される……。

そう思った碓井は、最後の力を振り絞ると、そのままの体勢で足を踏み出した。

男の体が少しだけ後ろにずれる。

――このまま、橋の手摺《てす》りにぶつけてやる！

一気に押していく碓井。

――あと少しだ！

そう思った瞬間、体がふっと軽くなった。

――え……？

目の前にあったはずの手摺りがない。周囲の景色の上下が逆だ。自分の体が宙を舞っていることに気づいたのと、凍てつく運河の水面に叩きつけられたのはほぼ同時だった。

派手な音とともに水飛沫《みずしぶき》が上がる。

碓井を投げ飛ばした男は、一瞬しまったという顔をしたが、次の瞬間には元の表情に戻り、その場から足早に姿を消した。

二月十五日　東京　人形町

蹴り飛ばしたカウンター席の板がベコッという情けない音を立てた。

「ちょっと文ちゃん、いい加減にして」と、女将の園田《そのだ》春菜《はるな》がカウンター越しに声を上げた。

「もう十回目よ」

「うるせえな……」

文ちゃんと呼ばれた男は仏頂面で湯飲みを差し出した。

「お代わり」

「まったく、飲み屋でお茶ばっかり飲まれちゃたまんないわ」

「そのとおりだ」と、周囲の常連客が笑い声を上げた。

人形町の駅から水天宮の方向に歩き、細い路地を入ったところにある小料理屋の〈おはる〉は、警視庁刑事部捜査第一課に勤務する八代《や》文吾《しろぶんご》刑事の馴染みの店だ。

というより、春菜は八代の幼馴染みであり、常連客も地元の人間が多いとくれば、人形町で育った八代にとっては我が家も同然の場所と言える。

「しょうがねえじゃねえか」と、八代はふてくされた顔を上げた。「今日は当直なんだ。飲みたくても飲めねえんだよ」

「だったらこんなところまで来ないで、署で大人しくしてればいいじゃない」

「晩飯くらい食べにきたっていいだろう？」

未だに独身の八代はマンションで一人住まいだ。自炊することもなく、夕食はいつも外で済ましている。

「仕出し弁当でも取れば？」と突き放すように言う春菜は八代より三歳年下の三十八歳。数年前に離婚し、小学生の息子を連れて人形町に戻ってきた。

飛び切りの美人というわけではないが、客商売をしていた母親の血を引いたのか、客あしらいが上手いうえに、ちょっとした仕草にも仄《ほの》かな色気がある。

濡れたような漆黒の瞳で見つめられ、それとなく視線を逸らした八代は、「あんな辛気臭いところで仕出し弁当なんか食えるかよ」と口を尖らせた。

「へえ、なぜ？」

そう訊きながら、春菜はすっと湯飲みを差し出した。

何気なく受け取った八代は、その瞬間、「熱！」と悲鳴を上げ、食べ終えたカキフライ定食の皿の脇に湯飲みを置いた。

「なにすんだよ！　火傷《やけど》すんじゃんかよ！」

春菜は悪戯《いたずら》っぽく口元を緩めた。

「だって、ぬるいお茶じゃ、すぐに飲んじゃうじゃない」

吸い込まれるような笑顔に、文句を言う気も失せた八代が「ちっ」と吐き捨てたとき、携帯電話が振動した。

古めかしいガラケーだ。

「出たら？」と促され、しぶしぶ通話ボタンを押した八代の耳に、「三田警察署の北条真治《ほうじょうしんじ》と申します」という元気のいい声が飛び込んできた。

――北条……？

知らない名前だ。

なんと答えて良いかわからないまま黙っていると、北条は「捜査第一課の八代刑事でいらっしゃいますか？」と訊いてきた。

「……ああ」と、八代は思い切りぶっきらぼうに答えてやった。たいていの相手はこれで怯《ひる》む。

だが、北条は臆することもなく、「芝浦三丁目の運河に死体が上がりました」と告げた。

「仏さんが？」

「はい」

「それで？」

「三田警察署で捜査を開始しましたが、本庁からお越しになると伺っていた八代刑事が一向にお見えにならないので、心配になってお電話を差し上げた次第です」

殺人事件の場合、警察署の刑事と警視庁の刑事がペアを組むことが多い。いわゆる所轄と本庁の共同捜査だ。

本庁から八代が出向くという連絡が三田警察署に入ったらしいのだが、奇妙なことに、八代のもとにはなんの連絡も来ていない。連絡ミスとは考え辛《づら》いが、心当たりがないでもない。

——相馬《そうま》課長か……。

上司の捜査第一課長、相馬俊介《しゅんすけ》。八代より年下の三十七歳。大きなトラブルを起こさないで任期を終えることしか考えていないキャリア組で、事あるごとにノンキャリア組の八代の捜査方法にケチをつけてくる。

——あいつ、まだあのことを根に持っていやがるのか……。

前回の捜査で、八代は軽トラックで逃走を謀《はか》った容疑者を執拗に追跡した。焦った容疑者は赤信号を無視して交差点に突っ込み、横から来た乗用車と衝突した。幸い通行人はおらず、乗用車のドライバーも容疑者も軽い怪我で済んだが、一歩間違えば大惨事を引き起こしかねない事故だった。

報告を受けた相馬課長は激怒し、それ以降、八代は第一線から外されている。

――そんな俺が今回の捜査の担当なんて、なにかの間違いじゃないのか？

眉をひそめる八代だったが、そのような事情を知る由もない北条は、「今、どちらですか？」と急くように訊いてきた。

「……人形町だ」

「他の事件の捜査中ですか？」

「捜査じゃないと外出しちゃいけないのか？」

「いえ……、そういうわけでは」

「まあ、いいさ」

勤務中に人形町まで来て愚痴をこぼしているという後ろめたさもあり、八代はそれ以上北条に突っかかるのは止めた。

「はあ……」

「なにかの行き違いで連絡が来ていなかったようだ。今からそちらに向かう。詳しい住所を教えてくれ」

北条から聞いた住所を頼りに芝浦三丁目の運河に着いたとき、現場にはカラーコーンが置かれ、『立入禁止』のテープが貼られていた。

ちょうど帰宅時間ということもあり、周囲にはかなりの人だかりができている。

近くに立っている警官に警察手帳を見せると、八代は『立入禁止』のテープをくぐって現場に入った。

他の警官と話し込んでいた背の高い男がそれに気づき、近づいてきた。

「八代刑事ですか？」

「ああ」

「三田署の北条です」

上体を十五度ほど傾けて会釈する刑事スタイルの敬礼を見せる北条の身長は優に百八十センチを超えている。

——まったく、最近の若いもんは……。

身長ばっかり伸びやがって、と言いかけ、よく見ると、コートの隙間からは分厚い胸板が覗いていた。

——いい体してやがる。

それだけではない。少し長めの前髪は気になるが、いかにも女性好みの色白で端整な顔つきだ。

短躯《たんく》、短髪、厳《いか》つい顔という八代からすると対極の存在と言っていい。

「まだ新米ですので、宜しくご指導のほどお願いいたします」

頭を下げる北条に、「ああ」と無愛想な挨拶を返すと、八代は先ほどから気になっていたことを訊いた。

「俺が三田署に来るって、誰から連絡があったんだ？」

「え？」北条は怪訝そうに八代を見た。「誰と言われましても……、私は上司からそう伝えられただけですので……」

「その上司とは？」

「白上《しらがみ》課長です」

——なるほど……。

ようやく合点がいった。

三田署の刑事組織犯罪対策課長の白上とは何度か一緒に仕事をしたことがある。

八代の数少ない理解者の一人である白上は、仕事で干されている八代のことを心配し、今回の事件の担当に指名してくれたのだろう。それが相馬課長の癇《かん》に障ったに違いない。だが、捜査を始めてしまえばこっちのものだ。三田署からの指名があったとなれば、さすがの相馬も嫌とは言えないだろう。

現場には遺体搬送用の車両が待機していた。

その脇に一人の警官が立っている。

「現場に最初に駆けつけた交番の巡査です」

北条から紹介された巡査は、八代に敬礼し、発見当時の状況を話してくれた。

それによると、遺体を発見したのは帰宅途中のサラリーマンで、運河の岸に引っ掛かっている人形のようなものを見つけて通報してきたとのことだった。

「仏さんの体はそれほど傷んでいませんでした」と説明する巡査に、八代は手をこすりながら頷いた。「まあ、この寒さだからな……」

大陸から張り出している寒波の影響で、この一週間、東京はフリーザーのなかにいるような寒さが続いている。ここ数日は雪も降っていたため、恐らく遺体は冷凍保存されたような状態だったのだろう。

八代と北条が巡査の説明を聞き終わった頃、警官の一人が寄ってきた。

「遺体を司法解剖に回します。そろそろ車を出しますが、宜しいですか?」

八代は「ちょっと待ってくれ」と手を上げた。「その前に仏さんを見させてくれ」

「わかりました」

警官は敬礼すると、遺体搬送車両の運転手に「もう少し待ってくれ」と指示した。

交番の巡査に礼を言った八代と北条は、後ろのドアから車に乗り込んだ。

車内にいた年配の鑑識官が八代に気づき、「文ちゃん、久しぶり」と微笑みかけてきた。

「なんだ、源さんか」

鑑識官の名前は見城源治《けんじょうげんじ》。過去の事件で何度か八代と一緒に仕事をしたことがある。

八代は見城の脇に腰を下ろした。

「なにか身元がわかるものがあったか？」

見城は首を振った。「なにもないね」

「そうか……」

八代は遺体に向かって手を合わせると、掛けてあった毛布を少しだけめくった。

三十代と思われる男性の顔が現れた。

どす黒く変色してはいるが、確かに、傷みはそれほどひどくはない。

知性を感じさせる広い額。短めの髪。きちんと剃られていたらしい髭。

さらに毛布をめくると、カジュアルなブランド物のシャツとジーパン姿の体が見えた。コートかジャケットを着ていたのだろうが、脱げてしまったようだ。

一見したところ、弁護士か会計士、あるいは医者のような、頭を使う仕事をしているように思える。

横から遺体を覗き込んだ北条が、ハンカチで自分の鼻と口を押さえながら訊いた。

「精神的に追い詰められ、衝動的に運河に飛び込んだのでしょうか?」

「どうかな……」と、八代は毛布を元に戻しながら首を傾げた。

「自殺ではないと?」

「この仏さんの顔を見る限り、自殺者特有の〈色〉がない」

「〈色〉……、ですか?」

北条は刑事に昇格して間もなく、遺体に接した経験は多くない。

——まあ、無理もないか……。

自殺者の持つ特有の〈色〉、それは虚無の色とでも呼ぶべきだろうか。敢えてたとえるなら、無機質な灰色……。だが、それを説明したところで、今の北条にはわからないだろう。

そのとき、八代の目の前に、ビニール袋に入ったスマートフォンが差し出された。

「これは?」

「唯一の手掛かりさ」と見城が言った。「仏さんのジーパンのポケットに入っていた」

「ほう」

八代はその袋を手に取り、目の前にかざしてみた。

「これで身元が割れるんじゃないですか？」と北条が訊いたが、見城は首を振った。

「運河に落ちたってことは、スマートフォンも水に浸かっていたってことだ。なかのデータが回復できる可能性はゼロだろう」

「そう、ですか……」

肩を落とす北条に、運転手が振り返って訊いた。

「そろそろいいですか？」

「ああ。待たせてすまなかった」と答えた八代は、見城にスマートフォンの袋を返し、肩を叩いた。

「じゃあ源さん、またな」

見城は「ああ」と手を上げて答えた。「なにかわかったら連絡するよ」

八代たちが降車すると、遺体を載せた車はゆっくりと現場を出ていった。

それを見送った八代と北条は、早速近所の聞き込みを始めたが、これといった手掛かりは摑めなかった。

十一時を回ったところで、八代は北条に声をかけた。

「今夜は引き上げるぞ」

「ですが、捜査は初動がすべてだと教わりました」

「事件発生直後の場合はそうだが、あの仏さんが死んだのは何日も前だ。一分一秒を焦ったところで状況は変わらない」

「しかし……」と不満げに口を尖らせる北条を横目で見ながら、八代はコートのポケットからガムの箱を取り出し、一粒口に放り込んだ。春菜にうるさく言われて止めた煙草の代わりだ。

「この事件は意外に奥が深いかもしれない」

「どういうことですか?」

「被害者が若い女性や金持ちの老人の場合、犯行の動機は比較的単純だ。だが、今回のような場合は違う。単なる事故や殺人事件に留まらないケースが多い」

「なぜですか?」

「企業間のいざこざ、政治の権力闘争、国際情報戦……。挙げていったらきりがないが、そういった複雑なものが絡んでいる可能性があるってことさ」

「一筋縄ではいかないと?」

「ああ。だから、最初から飛ばしたんじゃ体が持たない」

やがてこの言葉は現実のものとなり、八代と北条は想像もしない事件に巻き込まれていくことになるのだが、この時点で、二人がそれに気づくはずもなかった。

二月十六日　タイ中部の川辺

柔らかい日差しの下で小さな女の子が遊んでいる。

三歳くらいだろうか？　場所は公園らしく、滑り台やブランコがある。その子の後ろには母親らしき女性が立っていた。顔はぼやけてわからないが、二人とも嬉しそうに微笑んでいる。

よく顔を見ようと近寄っていくと、なぜか二人はその距離だけ遠ざかった。いくら近寄っても距離は縮まらない。

そのうち、二人の顔はますますぼやけていった。まるで眩《まばゆ》い光のなかに吸い込まれるように体が透き通っていく。

――ちょっと待って！

いくら叫んでも、二人は黙って微笑むだけだ。

そして、やがてその姿は完全に視界から消えてしまった。

——行かないでくれ！

胸が張り裂けるような想いを吐き出した男は、自分の声で目を覚まし、あまりの眩しさに腕で目を覆った。

突き刺すような日が照りつけている。

——なんだ？

驚いて持ち上げた首がズキリと痛む。呻き声を上げながら周囲を見回すと、そこは雑草の生い茂った川辺だった。

視線を下げて自分の体を見る。

白いシャツとジーンズは泥だらけだ。

ぐっしょりと濡れていたであろう服がほぼ乾いているということは、かなり長い時間、ここで気を失っていたらしい。その証拠に、剝き出しになっていた腕は真っ赤になっている。

上半身を起こすと、マングローブのような木々が目に入った。

——なぜこんなところにいる？

わからない。

——俺は誰なんだ？

記憶の糸を辿ろうとすると頭痛が襲ってきた。まるで頭を針金で縛り上げられていくようだ。それはじわじわと、だが確実に強くなっていく。男は両手で頭を抱え、歯を食いしばって耐えた。

　本当に頭が割れてしまうのではないかと思ったところで痛みはピークを越え、その後は徐々に和らいでいった。

　ほっと手の力を抜くと、指の間から箱のようなものが見えた。

　――なんだ……？

　腕を伸ばし、草のなかに転がっている箱の取っ手を掴む。引っ張ってみると意外に重い。

　それはアルミ製のアタッシュケースだった。

　NAOTO SHINJOと書かれたネームタグが付いている。

　――新庄《しんじょう》……直人《なおと》？

　男はアタッシュケースを持ち、そのままゆっくりと立ち上がった。

　頭から一気に血が下がったのか、周囲の景色がフラッと揺れた。

　足を踏ん張り、さっきよりも高い位置から周囲を見渡してみる。

　流木やゴミ以外に目ぼしいものはない。

　どうやら、このアタッシュケースが唯一の所持品であるらしい。

　男は溜息をつくと、近くのマングローブの木陰に腰を下ろし、アタッシュケースを開けようとした。ダイヤル式のロックがかかっていて開かない。番号は思い出せない。

——だめか……。

諦めた男は、アタッシュケースを脇に置くと、再び立ち上がった。

ゆっくり川に近づき、淀んだ水面を覗き込む。

そこには三十代か四十代と思われる男の顔が映っていた。

——私は日本人……。

なぜかその自覚はある。アタッシュケースのネームタグに書かれていたのも日本人の名前だった。自分の名前は新庄直人というのだろうか？

思い出せない。

だが、それしか手掛かりがない以上、そう名乗るしかないのだろう。

——新庄……、新庄直人……。

いくら名前を繰り返しても、自分がここで倒れていたことの手掛かりになるような記憶は蘇ってこない。

途方に暮れた新庄が溜息をついたとき、遠くから男の声が聞こえてきた。

——なんだ……？

木陰に戻った新庄は、アタッシュケースを抱えて耳を澄ました。

敵意を感じる荒々しい声。複数だ。四、五人といったところか……？　こちらに近づいてくる。

——逃げなければ……。

そう思って腰を浮かせたとき、がさがさと草を掻き分ける音とともに、いきなり一人の若者が姿を現した。

飛び上がりそうになる新庄。それを見た若者も驚き、二人は同時に後ずさった。

そのまま数秒が過ぎたが、若者が飛びかかってくる気配はない。

よく見ると、彼の腕からは夥《おびただ》しい量の血が滴っていた。顔は蒼白になっている。

新庄は敵意を持っていないことを示すため、ゆっくりと両手を上げた。

それに安心したのか、若者はへなへなと膝を突き、そのまま前のめりに倒れてしまった。

——え……？

新庄は戸惑った。

状況から判断して、この若者は近づいてくる声の主に追われているに違いない。ということは、早くここから逃げないと巻き添えになってしまう。だが、なぜか新庄の体は動かない。まるで、若者を置き去りにすることを拒否しているかのようだ。

——くそ……。

新庄は仕方なくその場に腰を下ろし、倒れている若者の額に手を当てた。かなりの高熱だ。腕のシャツをめくって傷を確認すると、それは銃創だった。出血がひどい。放っておくと命にかかわる。

新庄は自分のシャツを袖刳《そでぐ》りから切り裂き、若者の腕に巻くと、結び目に木の枝を差して捻《ね》じり上げた。

ウッと苦痛の声を上げる若者。

捻じったシャツを固く結んで止血の処置を施した新庄は、ふと我に返った。

——俺はなにをしている……？

あまりに当然のことをした気がしていたが、考えてみれば、なぜこのようなことができる？　なぜ医学の知識がある？

ますますわからなくなった自分に困惑したとき、周囲の草が動いた。

——しまった……！

先ほどの連中がやってきたに違いない。だが、今となっては逃げるわけにもいかない。新庄は近くに転がっていた木の棒を握り締め、草のざわめく方向に向けた。

草が大きく掻き分けられる。

息を呑み込む新庄。

だが、姿を現したのは屈強な男たちではなく、浅黒い肌の少女だった。

顔にはまだ幼さが残っている。

その少女は、新庄の後ろで倒れている若者に駆け寄ると、「チャナチャイ！」と呼びながら体を揺すった。

若者はうっすらと目を開け、良くわからない言葉を二言三言、口にした。

それを聞いた少女は新庄を振り向き、たどたどしい英語で言った。

「ありがとう」

「え？」

「お兄ちゃんを助けてくれたのね」

「いや……、その……」

新庄は状況を説明しようとしたが、少女は構わず続けた。

「運ぶのを手伝って」

「は？」

「追われているの。お願い」

その切羽詰まった表情に、嫌と言えなくなった新庄は、仕方なく男を背中に担いだ。

「急いで！」

「わかったが、その前に教えてくれ」

「なにを？」

「ここはどこなんだ？」

転がっていたアタッシュケースを拾い上げた少女は、訝《いぶか》しげな目で新庄を見た。

「どこって……、バンコクから北に車で五時間くらい離れた村よ」

新庄は啞然とした。

――バンコク？　では、ここはタイか？

「早く！」

急かす少女に、新庄は「君の名前は？」と訊いた。

「カンヤラット。あなたが担いでいるのは兄のチャナチャイ」

十分ほど小走りを続けると小道に出た。軽トラックが停めてある。

「乗って」

新庄はチャナチャイを荷台に寝かせると、助手席に座った。

「君が運転するのか？」

「そうよ」

「君はいくつだ？」

「十四」

「運転免許は？」

「そんなもの、この辺りじゃ誰も持っていないわ。友達だって、親の手伝いで軽トラックくらい運転してるし」

そう言うや、カンヤラットはサイドブレーキを外し、アクセルを踏み込んだ。

軽トラックは勢いよく走り出した。

「君がここまで運転してきたのか？」

「ええ。お兄ちゃんが携帯で電話してきたから」

「助けてくれ、と？」

「違う。追われているから、私にどこかへ身を隠せって。お兄ちゃんはいつもそう。私を子供扱いする」

「君のことを大切に思っているんだ」

「だったら、こんな危険なことは止めて欲しい」

そう言う少女の目には涙が浮かんでいた。十四歳といえば日本ではまだ中学生だ。確かに、しなやかそうな細身の体にはまだ女性特有の膨らみはない。長い髪がなければ少年と間違えてしまいそうだ。こんなあどけない少女が、銃で撃たれた兄を助けにきたなど、誰が信じるだろう。

だが、今の新庄にとって、頼れる相手といえばこの少女しかいないのも事実だった。

なぜ自分は川辺に倒れていたのか？　なぜ記憶がないのか？　そしてこの先どうなっていくのか？　そのいずれもわからないまま軽トラックの助手席に座っている新庄は、器用にギアをシフトチェンジしながらアクセルを踏み込む少女を、ただ呆然と見つめていた。

二月十六日　東京　桜田門

午前十時。

八代と北条は、警視庁サイバー犯罪対策課の鹿取《かとり》警部補という人物からの連絡を受けた。遺体が持っていたスマートフォンのデータの取り出しに成功したというのだ。

サイバー犯罪対策課は警視庁生活安全部の一角にある。

そこにやってきた二人は、近くに座っていた女性職員に声をかけた。

「鹿取ってやつに呼び出されたんだが……」

顔を上げた女性職員は、よれよれのスーツ姿の八代に胡散《う》《さん》臭《くさ》げな視線を向けた。だが、その表情は、八代の後ろから頭を覗かせた北条が「こんにちは」と白い歯を見せた瞬間に一変した。

いきなり立ち上がり、「おはようございます」とお辞儀を返す女性職員を見て、八代はやれやれと呟きながら北条に目配せした。選手交代のサインだ。

「俺ですか……？」

背中を押され、仕方なく前に出た北条が「鹿取警部補はどちらにいらっしゃるで……」とまで言ったところで、女性職員は「こちらへどうぞ」と言って歩き始めた。

自ら案内してくれるらしい。

「あっ、すみません」

北条は頭を下げ、女性職員の後ろに付いていった。

その後を追う形になった八代は、「いい男は得だよな」と、後ろから嫌味な囁《ささや》きを投げかけた。

「行けって言ったのは八代さんじゃないですか」

そう言い返しながら左右を見ると、職員たちは皆難しい顔でパソコンのモニターを睨んでいる。

カチカチというキーボードの音だけが流れる部屋は、戦場のような騒がしさの捜査課と比べるとまるで別世界だ。

「奇妙なところですね」

「まあ、捜査の対象が人じゃなく仮想空間だからな」

女性職員は長い通路の途中で立ち止まり、部屋の隅の席を指さした。

「あそこです」

その指の先には、寝癖を無理やり押さえつけたような奇妙な髪形の男がいた。

痩せて青白い顔をし、不釣り合いなほど大きい黒縁の眼鏡をかけている。

八代は、まるで珍しい生き物でも見るような目つきでその男を眺めた。

「サンダーバードにでも出てきそうなキャラだな……」

「なんですか？　そのサンダーバードって」

「俺も再放送でしか見たことないが、操り人形がひょこひょこ動く外国のSFドラマだ。確か、あんな黒縁眼鏡のキャラがいたような気がする」

サンダーバードの人形扱いされた人物の名前は鹿取悠馬《ゆうま》。三十九歳、独身。大学で情報工学を専攻し、なぜか警察に入ってきた変わり種だ。

警視庁サイバー犯罪対策課きっての天才ハッカーを自称しており、ネットの世界に入り込んでいる間は誰に声をかけられても返事すらしない。警視総監に呼び出されても無視するだろうというのがもっぱらの噂だった。

案の定、八代と北条が近づいても顔を上げようともしない。

「あの……」と北条が声をかけるが、モニターを見つめる視線は微動だにしなかった。

――自分で呼び出しておいて、なんだよ……。

文句を言おうと身を乗り出しかけた北条の肩が叩かれた。振り返ると、八代が近くの椅子を指している。気長に待とうということらしい。

やれやれと心のなかで呟きながら、北条は椅子に腰を下ろした。

そのまま十分が経った。

キーボードを叩いていた手が止まり、顔を上げた鹿取が手招きした。こっちに来いということらしい。無礼千万な態度だ。

いきり立つ北条を押さえて八代が腰を上げると、鹿取は一枚のメモを差し出した。

そこには碓井豊という名前と住所、そして携帯番号が記されてあった。

「これは？」

「仏さんの身元です」と、鹿取は初めて声を出した。機械のような抑揚のない声だ。

「え？」

「二週間前あたりから使用履歴が絶えているユーザーを携帯電話事業者に調べさせましたが、かなりの人数でした。そこから性別と推定年齢で絞り込み、さらに解約、紛失などの事例を除外した結果、残った候補は数人。そのなかから特定したユーザーが碓井という人物です」

「特定した根拠は？」

「これです」

鹿取はパソコンのモニターを指した。

八代と北条は鹿取の背後に回り込み、画面を覗き込んだ。

二つのファイルのアイコンが映っている。

一つは〈L〉、もう一つは〈S〉という名前が付いていた。

「これはなんですか？」

「仏さんの持っていたデータです」

「え？」

「スマートフォンのデータの大半はおしゃかでしたが、幸い、アプリのいくつかは無事でした。そのなかの一つが、このDNCです」

「DNC？」

「Direct Net Cloud（ダイレクト・ネット・クラウド）の略で、海外のクラウドデータサービスの名称です。大容量のデータ保管ボックスが安く利用できるので、我々の間では結構有名な会社です」

る。

「クラウド……？」

訊き返す八代を、鹿取は白い目で見上げた。そんなことも知らないのか、と顔に書いてある。

むっとした北条は、「ネット上のデータ保管サービスのことです」と八代に説明した。「データをネット上で保管することが可能なんです。そうすれば、どこからでもデータにアクセス可能です」

「ほう……」とわかったように頷きながらも、八代の視線は宙を彷徨《さまよ》っていた。スマートフォンすら扱えない八代に、この手の話はハードルが高い。

「DNCに確認したところ、碓井豊はそこにアカウントを持っていました。画面に映っているのは、彼がDNCに保管していたデータのファイルです」

「なるほど……」と感心する八代の後ろで北条は首を傾げた。いくら日本の警察からの問い合わせとはいえ、そう簡単にDNCがユーザーのデータの開示に応じるとは思えない。

――こいつ、ハッキングしたのか……？

警視庁サイバー犯罪対策課きっての天才ハッカーを自称している鹿取のことだ。そうであっても不思議はない。

だが、北条はその点には触れず、鹿取に訊いた。

「このファイルは開けられるのですか?」

鹿取は頷くと、ファイルのうちの〈L〉をクリックした。

その途端、溢れんばかりのアルファベットと数字がモニターいっぱいに広がった。

八代は目を見開いた。「なんですか、これ?」

「仏さんの遺したデータです」

「……なにを意味しているんでしょう?」

「私にもわかりません」

「サイバー課でも?」

「我々の仕事はネット犯罪の検挙です。データの解析は専門外です」

「ですが……」と食い下がろうとしたとき、八代の携帯電話が鳴った。

司法解剖を行った東京都監察医務院の監察医からだった。

部屋の隅に移動して電話に出た八代は、「ええ、ええ……」と相槌を打っていたが、やがて「わかりました。ありがとうございます」と礼を言って電話を切った。

「どうしました?」と北条。

「司法解剖の結果が出たそうだ」

「それで?」

「死亡推定日は二月六日。死因は溺死。アルコールは未検出。外傷もなく、暴行を受けた形跡もない。なんらかの理由で運河に転落し、岸まで辿り着けずに溺れたのではないかとのことだ」

「他殺の線はない、ということですか？」

「わからんが、監察医は、仏さんの首に強く摑まれたような痕があったのが気になると言っていた。誰かと争って運河に転落したのかもしれない」

「なるほど」

「お前は碓井豊という人物について、可能な限りの情報を集めてくれ」

「了解です」と答えると、北条は声を潜めて訊いた。「八代さん一人で大丈夫ですか？　この鹿取って人、相当の変人ですよ」

八代は笑った。

「気にするな。俺も捜査一課では変人で通っている。相手にとって不足はないさ」

北条は「わかりました」と微笑むと、鹿取に向かって「ご協力に感謝します」と頭を下げ、サイバー犯罪対策課を出ていった。

残された八代は、再び鹿取の席に近づき、椅子に腰を下ろした。

「なにか、データの謎を解く手掛かりでもないですかね？」

だが、すでに他の仕事に取りかかっていた鹿取は答えようともしない。

「ヒントだけでもいいんですがねえ」

相変わらず答えはない。

こうなったら持久戦だと腹を決めた八代は、定期的に「どうにかなりませんかね」と呟きながらそこに居座った。

そして一時間も経った頃、鹿取が顔を上げ、苛立たしげに訊いた。

「あんた、いつまでそこにいるつもりなの？」

「お邪魔ですか？」

「気が散るよ」

「でも、鹿取さんに助けていただかないと捜査が進まないんですよ」

「ここまで助けたじゃないですか。後は、あのデータから、なにか、ほら……、規則性のようなものを見つけるしかないでしょう？」

「適当にばら撒かれたとしか思えない数字とアルファベットのなかから？」

「そう」

八代は、「降参です」と言って両手を上げた。「私はクラウドって言葉すら知らない現場一筋の人間です。こんな暗号、手に負えませんよ」

「なにもあなたが解かなくても、誰かに依頼すればいいじゃないですか」

「例えば？」

「本庁の他の部署とか、大学の先生とか……」

「ほう……」八代は身を乗り出した。「鹿取さんに心当たりがあるんですか？」

——しまった……。

鹿取は心のなかで舌打ちした。余計なことを言うと、この刑事はすぐに食いついてくる。

「あるんでしょう？」

「…………」

「ないんですか？」

「…………」

「鹿取さんほどの方に心当たりがなければ、私ごときにあるはずないですよ」と、八代は大げさに溜息をついた。

——こいつ……。

鹿取はモニターを見つめながら顔をしかめた。誰かを紹介しない限り、この刑事は梃《てこ》でも動きそうにない。

——もしかして、自分はとんでもないやつを相手にしているんじゃないか？

自分の置かれた状況をようやく自覚し始めた鹿取は、思わずポツリとこぼした。

「いないことは……ない」

八代の目が輝く。「それは、どこかの大学の先生ですか？」

「まあ、似たようなものだけど……」

煮え切らない鹿取の態度に、八代は「なにか問題でも？」と訊いた。

「最近、すごく忙しそうなので……、依頼を引き受けてくれるかどうかわからない」

「でも、可能性はあるんですよね？」

「ゼロじゃないと思うけど……」

「では、是非お願いしてもらえませんか？　鹿取さんから頼んでもらってもだめならきっぱり諦めますよ」

鹿取はそれでも渋った。

八代は視線を外さない。

じわじわと迫ってくる威圧感に耐え切れなくなった鹿取は、遂に首を縦に振った。

「わかりましたよ。やるだけはやってみますよ」

八代は深々と頭を下げた。

「どうか、宜しくお願いします」

八代はもう一度鹿取に頭を下げ、サイバー犯罪対策課を出た。

廊下を歩いていると、向こうから長身の男性がやってきた。

捜査第一課の相馬課長だ。八代は小さく舌を鳴らした。

髪をきっちり七三に分け、高そうなスーツに身を包んだ相馬は、「どうも」とぶっきらぼうに挨拶する八代に冷たい視線を向けた。

「どうやら、裏から手を回したようですね」

「なんのことでしょうか？」と受け流す八代。

「とぼけても無駄ですよ。そうまでして第一線に戻りたいですか？」

「いけませんか？」

「だめだとは言っていません」と答える相馬の目が細くなっていく。「私はただあなたのことを心配しているだけです」

「私の心配なんかより、キャリア官僚の課長にはもっと他に心配すべきことがあるんじゃないですか？」

相馬は大きく溜息をついた。

「私のことを考えてくださるのなら、これ以上、問題を起こさないでいただきたいですね」

――こいつ……。

と思いながらも、八代は「ご忠告、肝に銘じます」と頭を下げた。

「もうお年なのですから、あまりご無理をされないように」

そう言い残すと、相馬はそのまま廊下を歩いていった。

その後ろ姿を見つめながら、八代は心のなかで思い切り舌を出した。

二月十六日　タイ中部の村

カンヤラットが軽トラックを停めたのは、新庄が目覚めた川辺から一時間ほど離れた小さな村だった。

兄妹の家はそこにあった。レンガ積みの壁にトタンが葺《ふ》かれた屋根のごくありふれたタイの田舎の民家だ。

新庄はチャナチャイを寝室のベッドに寝かせると、カンヤラットに訊いた。

「この村に医者は？」

「いないわ」

新庄は顔をしかめた。傷口が化膿したらまずい。

「消毒薬と抗生物質はあるか？」

「家には置いていないけど、近くに薬局がある」

「じゃあ、紙とペンを貸してくれないか？」

カンヤラットがメモ用紙とボールペンを持ってくると、新庄は頭に浮かんだ薬の名前を書いた。

「この薬を買ってきてくれ」

カンヤラットは不思議そうな顔でメモ用紙を受け取った。

「あなたは医者なの？」

——医者なの……、か。

新庄は溜息をつくと、複雑な表情で首を振った。「わからない」

「え？」

「自分が医者なのかどうかわからない」

「でも、あなたが応急処置してくれたんでしょう？」

「ああ……」と言って苦しげな表情を見せる新庄に、カンヤラットは、「どうしたの？」と訊いた。

「記憶が……、ないんだ」

「え……？」

「気がついたら、あの川辺で倒れていた」

「名前も憶えていないの？」

その質問に答える代わりに、新庄は脇に置いてあるアタッシュケースを指した。

カンヤラットはネームタグの名前を読み上げた。

「NAOTO……SHIN……JO。これがあなたの名前？」

「それ以外に手掛かりがない」

「そうなの……」

どう答えて良いかわからないカンヤラットは、とりあえず浴室を指さした。

「私が薬を買いにいく間にシャワーでも浴びたら？」

言われるままに浴室に入った新庄は、乾いて体に張りついた服を剝《は》ぐようにして脱ぎ、シャワーの蛇口を捻《ひね》った。

降ってきた熱いお湯を頭から浴び、壁にもたれ掛かりながら目を閉じる。

あのイメージが蘇ってきた。

柔らかい日差し。そのなかで遊んでいる小さな女の子。温かい目で見守る女性。この二人にはどこかで会ったような気がする。名前もそこまで出かかっているのだが、思い出せない。

そのとき、囁くような声が聞こえた。

「助けてあげて……」

日本語だ。正確に言うと、脳内で日本語が響いたような気がした。

さらに記憶を辿ろうとすると、頭を締めつけるような痛みが襲ってきた。

――まただ……！

呻き声を上げた新庄は頭を抱え、その場にしゃがみ込んだ。打ちつけるお湯で息ができないが、あまりの痛みに動くこともままならない。窒息しそうになりながらじっと耐えていると、やがて頭痛は和らいでいった。

壁に寄り掛かるようにして立ち上がり、湯を止めて大きく息を吸う。

「大丈夫？」

呻き声が浴室から漏れたらしく、帰宅したカンヤラットが心配そうに訊いてきた。

「ああ……。なんでもない。ちょっと傷口が痛んだだけだ」

「それならいいけど……」

浴室から出ると、洗いざらしのTシャツとジーンズが用意されてあった。チャナチャイのものらしい。少し小さいが、なんとか着られる。

それを身につけた新庄は、カンヤラットの買ってきた薬を持って寝室に行き、チャナチャイの治療を行った。

傷口を消毒して新しい包帯を巻き、抗生物質と水を渡す。

「ありがとう」と言って薬を飲むチャナチャイに、新庄は「ちょっといいか？」と訊いた。

「え……？」

「なぜ、撃たれた？」

表情が曇る。

「訊いてはいけないことだったか？」

チャナチャイはしばらく黙っていたが、やがて、ためらいがちに口を開いた。

「この地域は、あるものをタイ北部からバンコクに運ぶルートの中継地になっています」

「なるほど……」

「父は、病気の母の医療費をまかなうためにその取引を始めました。結局、母は助かりませんでしたが……」

「お父さんは今どこに？」

「一年前に同業者とのいざこざに巻き込まれて死にました。この地域ではよくあることです」

「それで、君がその商売を継いだのか？」

「ええ。妹をバンコクの学校に行かせたくて」

「で、今回のことは？」

「撃ってきたのは、私が新しい顧客を開拓しようとしているのを嗅ぎつけた同業者だと思います。次は殺すという脅しでしょう」

「ひどいな」

そのとき、カンヤラットが食事を載せたトレーを持って寝室に入ってきた。

「話をしながらでもいいから、食べて」

挽肉のバジル炒めと白いご飯の盛り合わせが二皿。そのうちの一皿を新庄に渡したカンヤラットは、ベッドから半身を起こしたチャナチャイの隣に座り、彼の分をスプーンで食べさせ始めた。

新庄は神妙な顔で料理を見ている。

「毒なんて入ってない」と、カンヤラットは頰を膨らませた。

「ガッパオ・ガイ（鶏挽肉のバジル炒め）……」

「料理の名前を知ってるの？」

「ああ」

「タイにいたことがあるの？」

「わからない……」

皿から漂ってくるナンプラーの香りが食欲を刺激する。

急に空腹を覚えた新庄は、スプーンを摑むと、貪るようにガッパオ・ガイを食べ始めた。

その間、カンヤラットはチャナチャイにタイ語でなにかを説明していた。

話を聞き終わったチャナチャイは、驚いた顔で新庄を見つめた。

「記憶がないのですか？」

「ああ……」

「どこまでの記憶が？」

新庄はスプーンを止め、顔を上げた。

「自分に関するすべてだ」

「本当になにも？」

「一つだけ心に浮かぶイメージがある。公園のようなところにいる小さな女の子とその母親らしき女性だ。シャワーを浴びていたときにも現れ、『助けてあげて』と囁きかけてきた」

「誰を助けろと？」

「わからない」

「その二人はあなたの奥さんと娘さんでしょうか？」

「さあな……」新庄は寂しげに笑った。「記憶がない以上、なんとも言えない。思い出そうとすると激しい頭痛に襲われるんだ」

再びスプーンを動かし始めた新庄は、ガッパオ・ガイを食べ終え、礼を言って皿をトレーに戻した。

チャナチャイの食事の世話を終えたカンヤラットは、空の皿を載せたトレーを持って寝室を出ていった。

ドアが閉まるのを待って、チャナチャイは新庄に向き直った。

「話を聞く限り、あなたは日本へ帰るべきだ」

「できるものならそうしたいさ」

「では、取引をしませんか？」

「え？」

「私はあなたを日本へ帰す」

「どうやって？　今の私には金もパスポートもないんだぞ」

「そんなことは問題じゃない。ここはタイです。できないことなんてありません。その代わり、今夜中に妹を連れてここを出て、バンコクの叔母の家に送り届けて欲しい」

「カンヤラットを？」

「私を襲った連中はしつこい。明日にもここを襲ってくるかもしれない」

「では、君も一緒に行こう」

「それでは意味がない。あいつらはどこまでも追ってきます」

新庄は顔をしかめた。

「ここで君が食い止めるというのか？」

「この商売から手を引くと言えば、まさか殺したりはしないでしょう」

「たとえ連中と話が付いたとしても、その怪我じゃ、一人ではなにもできないぞ」

「隣人に頼んで、近郊の街の病院に連れていってもらいます。心配いりません」

「そうは言っても……」

渋る新庄に、チャナチャイは「お願いします」と懇願した。「妹は私のたった一人の家族です。こんなことに巻き込みたくない」

「しかし、妹さんが納得するかどうか……」

「私が説得します」

食い下がるチャナチャイに、新庄は溜息をついた。

「私は記憶もない流れ者だぞ」

「でも私を助けてくれた。あなたは悪い人じゃない」

それでも渋り続ける新庄だったが、チャナチャイはどうしても諦めない。

とうとう根気負けした新庄は、カンヤラットが納得するならという条件で、その取引に応じた。

二月十六日　東京　港区

碓井豊の身元が確認できたという北条からの連絡が入ったのは午後二時だった。

「で、碓井とは何者だったんだ？」と、八代は急いた声で訊いた。

「クラリス・スミソニアンの日本法人、クラリス・ジャパンの研究員でした」

「クラリス……なんだって？」

「クラリス・スミソニアン。世界最大の製薬会社です」

クラリス・スミソニアンはロンドンに本社を構え、その売上は日本最大の製薬会社である松田製薬の十倍を超えている。まさに小人とガリバーほどの差だ。

クラリス・ジャパンはその日本法人で、本社は六本木ミッドプラザにある。

主な事業はクラリス・スミソニアンの製造した薬品の日本での販売だが、最近は新薬の自社開発にも意欲的で、新しい抗インフルエンザ薬は治験を終了して新薬承認申請の段階にある。一方、同時に開発を進めていた抗がん剤のほうは難航しているとのことだった。

クラリス・ジャパン社長の水之江《みずのえ》宏平《こうへい》は五十二歳で、米国のジョンズ・ホプキンス大学を卒業した俊才だ。クラリス・スミソニアンの執行役員でもある彼は、同社のスパーリング副社長からの信頼が厚く、その後任としての呼び声も高い。もしもそうなれば、世界最大の製薬会社に初の東洋人の副社長が誕生することになる。

「なるほどな……」と言いながら、八代は無精髭でざらつく顎を撫でた。

殺されたのが世界最大の製薬会社の研究員となると、かなりややこしい事件かもしれない。

一旦電話を切った八代に、日が落ちた頃になって、再び北条から電話がかかってきた。

「港区役所で本人の住民票を確認し、鑑識と一緒に碓井のマンションに行きましたが、部屋が荒らされた形跡もなく、なんというか、部屋の主が突然いなくなったという感じでした」

「そうか……」

「聞き込みで近所を回ったところ、碓井のよく行くコンビニで情報が得られましたが、特に変わったところはなかったようですね。ただ……」

「ただ、なんだ？」

「碓井と親しかったというバイトの店員が長期の休みに入ってしまっており、通り一遍の情報しか取れなかったのは残念です」

「その店員の携帯に電話したらどうだ？」

「コンビニの店長から電話してもらったのですが、捕まらなかったので、こちらに連絡するようメールしてもらいました」

「そうか、わかった」

「それから、クラリス・ジャパンに問い合わせたところ、碓井が自社の社員であることを認めました」

八代は、次々と手を打っていく北条の行動力に感心した。こいつはいい刑事になるだろう。

「では、これで身元は確定だな。よくやった」

「ありがとうございます。ところで、あのデータはどうなりました？」

「鹿取に頼んだ」

「え？」

「解読できそうな人物の心当たりがあると言っていた」

「大丈夫でしょうか？」

「蛇《じゃ》の道は蛇《へび》というしな……。ここは任せるしかないんじゃないか？」

「そうですか……」と言った北条は「では、私はもう少し聞き込みを続けます」と勢い込んだ。

「わかったが、あまり無理するなよ」

電話を切り、腕時計を見ると、夜の八時を回っていた。

八代は数秒ほど考え、〈おはる〉の電話番号を押した。

「はい、〈おはる〉です」という、春菜のよそ行きの声が聞こえた。

「八代だけど、店は混んでいるか？」

「なんだ、文ちゃんか」

「なんだはねえだろう？　せっかく店の売上に貢献してやろうって言っているのによ」

「カキフライ定食で？」

――こいつ、まだ根に持ってやがる。

唇を尖らせながら、八代は「今日はもう上がりだから、一杯やるよ」と告げた。

「組んでいる若い刑事さんは？」

「北条か？　あいつはまだ聞き込みに回っている」

「じゃあ、その刑事さんも連れていらっしゃいよ」

「え？」

「文ちゃんがお世話になっているんでしょう？　美味しいものを食べさせてあげるわ」

「おお……」

八代は一瞬口籠《くちごも》った。春菜の顔が見たくて電話しただけなのだが、ちょっと意外な展開になった。だが、馬車馬の如く働いている北条を慰労するのは悪くない。さすがは春菜だ、気が利く。

一人で感心していると、「来るの、来ないの？」とせっつく声が聞こえた。

――相変わらずせっかちな女だ……。

舌打ちした八代は「行くよ」と答えた。「今から一時間内に行くから、旨いもん作って待っとけよ！」

〈おはる〉で十杯目の焼酎のロックを飲み干した八代は、北条相手に刑事の心得をとうとうと説いていた。

夜の十一時を回り、帰り支度を始めた常連客たちは、「文ちゃん、先輩風吹かせるのもいい加減にしなよ」と口々に忠告してくる。

うるせえな、と呂律《ろれつ》の回らなくなってきた口で言い返した八代は、春菜に十一杯目の焼酎を注文すると、北条に向き直った。

「ところで、お前、子供はいるのか？」

酒の弱い北条は真っ赤な顔で頷き、スマートフォンを出した。

待ち受け画面には妻と一歳になる息子が映っている。

「まあ、可愛い」春菜が目を細めた。「奥さんも美人ね」

「幼馴染みなんです」と、北条は眠そうな目をこすりながら答えた。

「へえ、私と文ちゃんみたいね」

「そうなんですか？」

北条は二人の顔を交互に見た。

八代は「なんだよ」と口を尖らせた。

「いえ……、なんだか、春菜さんと八代さんってお似合いだなと思いまして……」

八代は飲んでいた焼酎をブッと噴き出した。

「やだ！」春菜は八代に向かってふきんを投げた。「自分で拭いてよ！」

八代は北条の後ろ頭を平手で叩くと、「余計なことを言うんじゃないよ」と叱りつけた。

「え？　でも私は本心から……」

「お前、くどいよ」

「はあ、すみません」

なんだかわからないまま頭を下げる北条を、春菜は嬉しそうに見つめた。

「よかったね、文ちゃん。いい弟分ができて」

「まだ半人前だけどな」

北条は顔をしかめた。「本庁の人に言われたくないです」

その頭を八代はまた叩いた。

「本庁だとか所轄だとか、くだらないこと言ってるんじゃないよ。事件さえ解決できればいいじゃねえか」

「冗談ですよ。八代さんにはいろいろ教えていただき、感謝しています」

「そうなの?」

「あたりまえじゃねえか」八代は得意げに春菜を見返した。「こいつはなかなかいい筋をしている。俺が鍛えりゃ立派な刑事になるさ」

眉をひそめた春菜は、「悪いことは言わないから、文ちゃんのアドバイスは話半分で聞いていたほうがいいよ」と忠告したが、そのとき、北条はカウンターに突っ伏して鼾《いびき》をかいていた。

二月十六日　夜　タイ中部の村

夜の十一時頃、ソファでうとうとしていた新庄をカンヤラットが呼びにきた。よほど機嫌が悪いのか、見事な仏頂面だ。

「出発よ。支度をして」

体を起こし、「決心したのか？」と訊くと、カンヤラットは「お兄ちゃんはずるいわ」と吐き捨てた。頑として説得に応じようとしない彼女に対し、チャナチャイは家長の命令という最後の手段を使ったということだった。

敬虔な仏教徒の多いタイ人のなかでも、チャナチャイたち一家は特に信仰が厚く、目上の者の言いつけは絶対ということになっているらしい。

外に出ると、杖で体を支えたチャナチャイが立っていた。

「あれを使ってください」

伸ばした指の先には中古のトヨタのカムリが停めてあった。

長距離バスを使うとばかり思っていた新庄は、「免許証なんか持ち合わせていないぞ」と当惑気味に言った。

「免許の取り調べなんて滅多にない。心配ありません」

「運転できるかどうかもわからないぞ」

「その場合は妹が運転します」

カンヤラットは相変わらずそっぽを向いている。

苦笑したチャナチャイは、バンコクの叔母の家の住所が書かれたメモを差し出した。

「妹をここに届けてください」

「わかるかな？」

「妹は何度か行ったことがあります。大丈夫です」

「先方には伝えてあるのか？」

「ええ、連絡を取りました。最初は渋っていましたが、養育費の金額を提示した途端に態度が変わりました」

「なるほど……」

「あなたを日本に帰す方法は妹に伝えましたので、それに従ってください」

「費用は後で必ず払うよ」

チャナチャイは首を振った。

「これは取引です。あなたは妹を叔母の家に届け、私はあなたを日本に帰す。それ以外のことを考える必要はありません」

カンヤラットが自分の荷物をカムリのトランクに放り込んだ。

それを見届けた新庄は、チャナチャイに向き直り、頭を下げた。

「見ず知らずの私に親切にしてもらい、感謝の言葉もない」

「何度も言いますが、これは取引です。叔母に渡す金は車に積んでありますので、どうか妹を宜しくお願いします」

チャナチャイは手を差し出した。

新庄はその手を摑もうとした。

その瞬間、目も眩むような強い光がチャナチャイに当たり、その姿を暗闇に浮かび上がらせた。

探照灯だ。

チャナチャイは腕で目を覆いながら叫んだ。「早く行ってください!」

カンヤラットが悲鳴を上げる。

「動くな!」という声が飛んできた。「我々は麻薬捜査官だ!」

——まずい!

新庄は咄嗟《とっさ》にカンヤラットの体を抱き上げ、カムリに押し込んだ。

それに気づいた捜査官の一人が「止まれ!」と声を上げた。「止まらないと撃つぞ!」

そう叫ぶと同時に、チャナチャイは隠し持っていた銃を空に向け、威嚇射撃の銃弾を放った。

「お兄ちゃん！」

「君を置いては行けない！」と新庄も声を上げる。「車に乗ってくれ！」

チャナチャイは再び空に向かって銃を撃った。

「このままだと妹も捕まってしまう。早く逃げてくれ！」

捜査官はかなりの数らしい。このままでは三人とも逮捕されてしまう。苦渋の決断を迫られた新庄は、カンヤラットが座った助手席のドアを閉め、運転席に滑り込んだ。

「行くぞ！」

挿さったままのキーを回す。エンジンが唸《うな》りを上げた。

「嫌よ！」

発進しないカムリに向かって「なにをしている？　早く行け！」とチャナチャイが叫んだ瞬間、暗闇から飛んできた銃弾が命中し、その体を弾き飛ばした。

「お兄ちゃん！」

それを合図に、捜査官たちはどっと突進してきた。もはや一刻の猶予もない。

新庄はサイドブレーキを倒し、思い切りアクセルを踏み込んだ。

カムリは一気に加速し、その勢いでカンヤラットはシートの背に叩きつけられた。

驚いた捜査官が「止まれ！」と叫ぶ。

警告を無視し、土煙を上げて爆走するカムリ。それに向けて撃ち込まれた銃弾の何発かがトランクに当たったが、幸いにもタイヤやエンジンは無傷だった。

新庄はそのままアクセルを踏み続けた。

カムリが走り去ると、捜査官の隊長らしき男が姿を現し、倒れているチャナチャイの脇に腰を下ろした。

「黙って逮捕されていれば撃たれることはなかったのに……」

胸を撃たれ、肺に血が充満しているチャナチャイは息も絶え絶えになっている。

「日本人はどこだ？　記憶喪失の日本人だ」

体を揺すられ、咳とともに大量の鮮血を吐いたチャナチャイは「知らない……」と声を振り絞った。「日本人なんて知らない……」

「嘘をつくな！」

「本当だ……」

「では、先ほど車で逃走したのは誰だ？」

「……妹だ」

「本当か？」

「ああ……、俺が逃がした。あいつは商売のことは知らない。見逃してくれ……」

フンと鼻を鳴らした隊長は、家のなかを捜索していた部下たちに訊いた。

「日本人はいたか？」

彼らは一様に首を振った。

「そうか……」

立ち上がった隊長は携帯電話を取り出し、ダイヤルをプッシュした。

「俺だ」と声を上げると、電話の相手は「どうだった？」と訊いてきた。

「ここにはいないようだ」

「なんだって？」

「車で逃げたやつがいるが、妹だと言い張っている」

「追ったのか？」

「そこまですると目立ってしまう。それは避けたい」

電話の相手はチッと舌を鳴らした。

「あいつはバンコクへ向かったのだろう。バンコクで別の者を手配してくれ」

「それはいいが、報酬のほうは大丈夫だろうな」

「あいつを捕らえられなかったんだ。あんたの報酬は半額だ」

「馬鹿を言うな！」と隊長は声を上げた。「こっちはもともとチャナチャイみたいな小物は相手にしていなかったんだ。それを、日本人を捜せというあんたの指示で捜査を強行し、思わぬ抵抗に遭って撃ってしまった。この後始末には金がかかる。報酬は全額貰わないと合わない」

「冗談言うな」

「こっちの要求を聞かなきゃ、麻薬捜査官を買収しようとしたことをばらすぜ」

「そうすりゃ、お前たちも同罪だ」

「それはどうかな。公務員には庇《かば》い合いの精神があるからな。不利なのはあんたのほうだぜ」

しばらくの沈黙の後、電話の相手はしぶしぶ「わかった……」と答えた。「その代わり、バンコクでは確実にあいつを捕まえ……、いや消してくれ」

「殺すのか？」

「ああ。もう悠長なことは言ってられない」

「バンコクでは現役の警察官を抱き込んである。借金で首の回らない馬鹿なやつだ。報酬次第では殺しくらいやるだろう」

「宜しく頼む」

一呼吸置いて、隊長は「一つ訊いてもいいか？」と言った。

「なんだ？」

「あんたはあいつの記憶を消したんじゃないのか？　なぜ殺す必要がある？」

「俺は最初からそのつもりだった」

「ほう……」

「そうしなかったのは上からの指示があったからだ。だが、重要な計画の実行日が迫っている。あいつに邪魔されないという確実な保証が欲しい」

「なるほど……、事情はわかった。まあ、吉報を待っていな、ウェイトリーさんよ」

電話を切った隊長は、足元に転がっているチャナチャイに視線を落とすと、部下に指示した。

「こいつの手当てをしてやれ」

彼の様子を見た部下はゆっくりと首を振った。

「だめです。こいつはもう死んでいます……」

二月十六日　夜　東京　杉並区

東京、杉並区のマンション。

リビングのテーブルには一人分のカレー皿が置かれている。

キッチンを覗くと、使用済みのカレー皿が流しに置かれ、コンロの上にはお湯の入った鍋が載っていた。お湯はまだ温かい。

――またレトルトカレーか……。

冷蔵庫を開けると、昨日買っておいたサラダセットが手つかずの状態で残っていた。

――あれほど野菜も食べろと言っておいたのに。

溜息をついた鈴本武《すずもとたけし》は、そのまま和室に移動すると、五年前に亡くした妻、芳子《よしこ》の仏壇の前で手を合わせた。

降って湧いたような事件に追われ、ここ数日、ここに座っていない。

「ごめんな」と呟き、仏壇に置かれた水とご飯を替えようとした鈴本は、それが新しくなっていることに気づいた。

――なんだ、やってくれていたのか。

仏壇の前から立ち上がり、奥の部屋にいるはずの息子の達也《たつや》に「ただいま」と声をかけた。

返事はない。

まあ、いつものことだ。

鈴本は外したネクタイをソファに投げ、ワイシャツを脱ぐと、そのままバスルームに向かった。

壁に据え付けられた給湯器のリモコンはオンになっている。

ということは、達也が風呂を洗い、お湯を張ってくれたらしい。

「先に風呂に入るからな」と声をかけ、下着を脱いで風呂場に入った。

体を洗って湯に浸かると、湯船の背にもたれ掛かり、腕や足の筋肉をゆっくりと揉みほぐした。

お湯の温かさも相まって、強張った体が徐々に柔らかくなっていくのがわかる。

職場である国立感染症研究所、そして家庭でも難しい立場にある四十一歳の鈴本にとって、この湯船のなかだけが安らぎの場所のような気がする。

どれくらい湯に浸かっていただろうか。連日の激務の疲れからか、鈴本はついうとうとしてしまった。

だが、そのまどろみは、脳裏に浮かんできたある光景によって破られた。

――……！

声にならない声を上げると、鈴本は半分溺れかけた体勢を立て直した。

そのまま深呼吸を繰り返す。

浮かんできた光景……。それは、体育館に敷き詰められたブルーシートと、その上に白いシートを被せて並べられた遺体だった。その数は二百三十八。

――なぜあれほどの犠牲者が……。

鈴本は深い溜息をつくと、お湯を掬った掌を顔に叩きつけた。


六日前の二月十日。

それは三歳になる男の子の発熱から始まった。

もともと体の弱い子で、熱を出すのは珍しいことではない。

長崎県五島列島、福江島《ふくえじま》の東方海上に浮かぶ人口三百人ほどの小さな島、松ヶ島《まつがしま》。その漁協に勤める若い母親は、面倒を見てくれている義母のところに男の子を迎えに行き、島に一つしかない診療所に駆け込んだ。

だが、男の子の病状はいつもとは違っていた。熱はぐんぐん上がり、突然体を硬直させたかと思うと、手足をぶるぶると震わせ始めたのだ。白目を剝いた眼球は視線が合わず、呼吸は荒く不規則で、意識も朦朧《もうろう》としている。

パニック状態に陥った母親は、おろおろしながら子供の名を呼び続けた。

「落ち着いてください。幼児によく見られる熱性痙攣《けいれん》です」

そう言って母親を宥めた末松俊樹《すえまつとしき》医師は、「ジアゼパムを」と看護師に指示した。座薬タイプの抗痙攣薬だ。だが、男の子は激しい下痢を併発しており、いくら座薬を入れてもすぐに流れてしまう。そのうちに嘔吐も始まり、脱水状態が激しくなってきた。

末松は点滴で水分を補給すると、福江島の五島中央病院に電話した。五島中央病院は五島列島唯一の救急医療施設であり、離島医療におけるシステムが完備されている。

データ転送された男の子のカルテ、そして末松による病状説明から、担当医は救急搬送が必要と判断し、長崎県防災センターにヘリの手配を依頼した。

十分後、長崎県防災航空隊の防災ヘリコプター〈ながさき〉が、長崎大学病院の落合《おちあい》医師を乗せて離陸した。しかし、松ヶ島の学校の校庭に到着した〈ながさき〉を待っていたのは、男の子の死という最悪の報告だった。

落合はマスクと簡易防護服を着用して校庭に降りた。

そこで待っていた末松は、感染を警戒して一定の距離を保ったまま状況を説明すると、自分の足元に数人分の患者のカルテを置いた。

「亡くなった男の子の代わりに、これらのカルテの患者を搬送していただけませんか？」

皆、男の子と同じ症状で苦しんでおり、そのなかには亡くなった男の子の母親も含まれているという。ヘリが到着するまでのわずか一時間ほどの間に、松ヶ島の状態は急変していたのだ。

「他の島民を搬送するためには新たな搬送許可が必要です」と苦しげに答える落合に、末松は憔悴《しょうすい》しきった顔を向けた。

「そこをなんとかお願いできませんか？　こうしている間にも島民が診療所に押し寄せているのです。私一人では対応しきれません」

末松は、もともと医者のいなかった松ヶ島に三年前にやってきた若い医師だ。その丁寧な診察と実直な性格は島民の皆から愛され、一年前に島出身の女性と結婚していた。

「島の皆さんを助けてください」

そう懇願する末松自身も、高熱のせいか、目が真っ赤に充血している。

――これは……。

パンデミックという言葉が頭を過《よぎ》り、落合の顔から血の気が引いた。

もしも島民の感染しているウイルスが新型の場合、最優先でなすべきことは感染ルートの遮断だ。迂闊《うかつ》に島民をこの島から出すことはできない。

落合は苦渋に満ちた表情で首を垂《こうべ》れ、そのことを口にした。

「見捨てる、ということですか……？」

「そうではありません。感染者の搬送ができない場合、この島に医療チームを送り込みます」

「それはいつです？」

「明朝までには……」

「遅すぎる……」末松はぽつりと言った。「それまでにこの島は全滅する」

そのとき、一台の軽自動車が校庭に走り込んできた。

運転しているのは役場の保健課の職員だった。

職員は車の窓を開けると、「先生、至急診療所に戻ってください！」と叫んだ。「さっちゃんの……。先生の奥様の容態が急変しています」

呆然と立ち尽くす末松。島民からさっちゃんと呼ばれて親しまれてきた妻の沙耶《さや》までが感染したというのだ。沙耶は、末松が止めるのも聞かず、献身的に患者の看病にあたってきた。

その沙耶が……。

「早く乗ってください」という職員の言葉に我に返った末松は、軽自動車に向かってよろよろと歩き始めた。

落合は「待ってください」と声をかけた。「私も残ります。一緒に診療所に行きましょう」

だが、振り返った末松はゆっくりと首を振った。

「あなたが残っても事態は変わらない。それよりも、すぐに戻ってこの状況を県に報告してください。そして一刻も早く医師団を派遣してください」

「しかし……」

「今必要なのは医薬品、特に強力な抗インフルエンザ薬です」

患者の搬送を目的としているため、〈ながさき〉には必要最小限の医薬品しか積んでいない。

「早く行ってください！」と末松から急かされた落合は、積んであるだけの医薬品を校庭に置き、後ろ髪を引かれる思いで〈ながさき〉に戻った。

防護服を脱ぎ捨ててヘリに乗り込むと、落合はヘッドフォンをかけ、マイクで操縦士に指示した。

「すぐに離陸してください」

「ですが、まだ搬送する患者さんが……」

戸惑うパイロットに、落合は震える声を抑えながら「状況が変わりました」と答えた。

「この瞬間をもって松ヶ島は封鎖します」

「えっ？」

「聞こえなかったのですか？」落合は涙声で繰り返した。「松ヶ島は封鎖します。すぐに離陸してください！」

「了解しました。離陸します」

回転翼の回転速度が上がり、〈ながさき〉は運動場の土埃を舞い上げながらゆっくりと上昇した。

パイロットは、ヘリに向かって手を振り続ける末松に敬礼すると、長崎市に向けて操縦桿を切った。

松ヶ島から帰還した落合医師は、新型ウイルスが蔓延《まんえん》している島の状況を長崎県知事に報告した。

驚愕した県知事は厚生労働省に報告し、長崎大学病院と厚生労働省のメンバーから構成された医療チームが送り込まれることになった。

その医療チームには、国立感染症研究所のインフルエンザウイルス研究センターも加わることになり、その主任研究員である鈴本は、外出先で緊急の指示を受け、そのまま羽田空港へ向かった。

搭乗手続き締切り寸前の全日空長崎便に駆け込み、長崎空港でＯＲＣ（オリエンタルエアブリッジ)便に乗り換えて五島列島の五島福江空港に着くと、そこには海上自衛隊のUH-60J型ヘリが待機していた。鈴本たちを乗せるや、ヘリはすぐに離陸して松ヶ島に向かった。

松ヶ島で発生した伝染病に関する詳しい報告は機内で受けた。

最初の犠牲者である三歳児、そしてその後に死亡したその母親らの病状から、感染したのはインフルエンザウイルスと推測された。しかし、患者の致死率、そして死に至るまでの時間の短さからして、その毒性と感染力はA型やB型といった既知のウイルスとは比較にならないほど強い。

「もうすぐ到着します」

機長の言葉で外を覗いた鈴本の眼下に松ヶ島が迫った。紺碧《こんぺき》の五島灘に浮かぶ美しい島だ。

——なぜ、こんな小島で……?

鈴本は首を捻った。

五分後、ヘリは土埃を上げながら松ヶ島の学校の校庭に着陸した。

防護服姿で校庭に降り立った鈴本は、先着していた長崎県医療政策課の車両で町立体育館へ移動した。

途中、行き交う人もいない道路は閑散としていた。

体育館に着くと、待機していた医療政策課の係員が沈痛な面持ちでドアを開けた。

目の前に開けた光景に、鈴本は驚愕した。

体育館にはブルーシートが敷かれ、その上には白いシートを被せられた遺体が並べられている。

その数は二百三十八体。

三百人という島の人口からすると、なんとその八十パーセント近くが死亡したことになる。

――これは……。

鈴本は言葉を失った。

そこに防護服姿の男が近づいてきた。一足先にこの島に入っていた、長崎大学医学部の藤《ふじ》澤智則《さわともの》り教授だ。学会で何度か挨拶したことがある。

蒼白な顔で立ち尽くしている鈴本に、藤澤は「驚かれたようですね」と声をかけた。

「我々が到着したときには、遺体は島のあちこちに散乱したままでした」

藤澤によると、ただ一人の医者であった末松医師も死亡し、治療を受けられなくなった島民は次々と斃《たお》れていったとのことだった。

「感染を恐れた他の島民が山間部に逃げ込んだため、亡くなった人たちはその場に放置されたままでした。我々は遺体の一つ一つを県の車両に収容し、ここに運びました」

鈴本は、遺体の一つの脇に膝をつくと、上にかけてあったシートをめくった。

老人と思われる顔が現れた。その目尻からうっすらと血が流れている。

「今は目を閉じていますが、発見されたときは真っ赤に充血した目を大きく見開いていたそうです」と、藤澤が説明した。「なにが起きたかわからないまま死んでいくことへの戸惑いと無念さで一杯だったのでしょう」

鈴本は遺体に向かってしっかりと手を合わせると、藤澤を見上げた。

「それほど急激な病変が体内で起きたということですか……？」

藤澤は頷いた。

「亡くなった末松医師の遺したカルテによると、感染者は突発的な高熱と下痢、そして嘔吐に苦しみ、発症から数時間後には目が真っ赤に充血したそうです」

「目が充血……？」

「ええ。目が充血すると、その数時間後には全身痙攣を起こし、体力のない老人や幼児からバタバタと死んでいったと……」

「それで、あのご老人の遺体の目尻から血が？」

「ええ。それがこのウイルスの特徴の一つです」

「一つということは、他にもなにか特徴があるのですか？」

藤澤は一呼吸置き、困惑したように口を開いた。

「実は、このウイルスの感染はすでにピークを越え、終息に向かっているのです」

「え？」

「これほど猛威を振るったウイルスが、このような短期間で終息した例は聞いたことがありません」

「島が小さく、感染範囲が限定されていたからでしょうか？」

「もしもそうなら、この島の島民は全滅していたはずです。だが、実際は二割近くの島民が生き残っている」

「ということは？」

「それがわからないのです。まるでウイルスが自ら増殖を止めたとしか思えない」

「自ら増殖を止めた……？」

「その理由は不明ですが、ウイルスの増殖が止まったのは不幸中の幸いとしか言えません」

湯船のなかで、鈴本の脳裏を一連の忌まわしい記憶が走馬灯のように過り、そして消えた。

思わず溜息をつく鈴本だったが、それで終わりではなく、すぐに次の光景が蘇ってきた。

それは厚生労働省の大臣室だった。

——許せないのは政治家と官僚だ……。

心のなかでそう呟きながら、鈴本は意味もなくお湯を掻き回し始めた。

藤澤教授と一緒に東京へ戻った鈴本は、松ヶ島での出来事をまとめた報告書を厚生労働大臣の逆瀬川《さかせがわ》恒夫《つねお》に提出した。

報告書を読んだ逆瀬川大臣は、死者二百三十八名というくだりでうーんと唸った。

「この数は尋常じゃないな……」

鈴本と藤澤は揃って頷いた。「そのとおりです」

「だが、結果として、このウイルスは自然に終息したということだな？」

自然に終息、という個所を強調する逆瀬川に、鈴本はすぐさま反論した。

「自ら増殖を止めたことは確かですが、その理由は解明されていません。ですから、この点は考慮に入れないほうが良いと思います」

藤澤も同意した。

「私もそう思います。最優先すべきは、このウイルスの脅威的な毒性と感染力に対する防疫態勢の確立です」

逆瀬川はまたもうーんと唸った。

そのとき、同席していた新谷直樹《しんたになおき》事務次官が口を挟んだ。

「しかし、九州の片田舎の離島で自然発生して消滅したウイルスに対して全国レベルでの防疫態勢を取れというのは、いささか乱暴な話ではないでしょうか？」

――なんだって……？

鈴本は新谷に険しい視線を送った。

だが、新谷はそれを無視して続けた。

「全国レベルでの防疫態勢の確立は大事業です。この瞬間に猛威を振るっているウイルスの感染拡大を防ぐという緊急事態ならまだしも、すでに終息してしまった状態では……。国会での説明も難しいのではないでしょうか？」

逆瀬川は頷いた。

「そうだ。全国レベルでの防疫態勢となると、国内だけでなく、国際的な物流ネットワークにも大きな影響が出る。そうなると、デフレ経済を克服するため、二パーセントのインフレターゲットを設定して経済の立て直しに邁進している我が党、いや、政府の政策に水を差すことになりかねない」

「おっしゃるとおりです」と、新谷はすかさず相槌を打った。

鈴本は呆れた顔で二人を見つめた。

こいつらはなにを言っている？　デフレ克服というお題目の前では、二百三十八名という死者の数など、なんの意味も持たないということなのか？

国立感染症研究所の同僚から聞いた噂が鈴本の頭を過った。来年で事務次官の任期を終える新谷は、その後、逆瀬川の率いる厚生労働族の後ろ盾で政界入りするらしい。

――そういえば……。

――新谷は逆瀬川大臣の腰巾着というわけか……。

だが、このまま諦めるわけにはいかない。鈴本はソファから身を乗り出した。

「一日で二百三十八名の島民の命を奪ったウイルスが、いつ、どこで流行するかもしれないという事実をどうお考えなのですか？」

新谷は表情一つ変えず、「そのウイルスの正体も摑めない状態で、どうやって総理に報告せよとおっしゃるのですか？」と訊き返した。

「しかし……」と反論しようとした鈴本の肩を藤澤が押さえた。

「藤澤教授……」

藤澤は逆瀬川と新谷を見据えた。

「我々はこのウイルスの正体の解明に全力を尽くします。ですから、大臣と事務次官には、このウイルスが再度流行した場合に備え、万全の対策をお願いしたい」

さすがの新谷も、ウイルス研究の権威である藤澤に対してはなにも言えない。

「教授のご意見、ごもっともです。我々も全力を尽くします」

この場を逃れるための方便でしかない台詞を口にした新谷は、藤澤と鈴本に対して深々と頭を下げた。そして頭を上げるや、「ただし……」と付け加えた。

「なんでしょう？」

「今回のことが大げさに公表されると無用な混乱を招きかねない。そのため、松ヶ島の事件の報道に際しては、マスコミ各社に協力をお願いしようと思っています」

「報道管制を敷くと……？」

「いえ、事件そのものは公表しますが、表現を控えめにしてもらうということです」

「しかし、情報はすでに外部に広まっているのでは？」

「その点に関しては、長崎県から最初の報告があった時点で対策を講じています」と、新谷は何気ない口調で言った。「パニックが起きてからでは遅いので……」

「え……？」

鈴本は驚いた。対策を講じたとは、松ヶ島と外部の回線をすべて遮断したということなのか？

「関係者には箝口令《かんこうれい》を敷いていますので、その点、宜しくお願いいたします」

藤澤と鈴本は表情を強張らせた。

その険悪な雰囲気を和ませるように、逆瀬川は、「まあ、いずれにしても、ウイルスが終息して良かった」と笑みを浮かべた。

その脂ぎった顔を見た鈴木は、二百三十八名の死者の無念を思い、体から力が抜けていくのを感じた。


せっかく湯船に浸かりながら、そんな気の滅入る記憶を蘇らせてしまった鈴木は、心が萎《な》えていくような感覚を振り払うかのように湯船から立ち上がった。

髪を洗い、お世辞にも爽快とは言えない気分で風呂から出た鈴木は、キッチンの冷蔵庫から缶ビールを取り出すと、飲み口から吹き出そうになった泡を口で受け止めながら達也の部屋の前に立った。

「いつものやつ、十時からな」

相変わらず返事はないが、時間になれば出てくるだろう。

妻の芳子ががんで他界したのは達也が小学五年生のときだ。芳子は最後まで達也のことを気にしながら息を引き取った。母親が息子のことを気にするのは当然のことだが、芳子のそれは特別だった。なぜなら、達也は特別な子供だったからだ。

アスペルガー症候群。

それが、医者が達也に対して下した診断だった。

アスペルガー症候群とは、興味やコミュニケーションについて特異性が認められる広汎性発達障害の一つで、自分の興味のある対象については驚異的な集中力を示すが、日常生活のありふれた行動ができないといった症状で知られている。

達也は昔から明るく快活な子だったが、誰に対してもずけずけとものを言うところがあった。その性格は小学校に入った頃から顕著になり、教壇に立った太めの女性の先生に「なぜ太っているの？」と訊くなど、突飛な行動が多くなった。

本人にしてみれば、自分の興味のあることに対する素直な質問なのだが、周囲の人間の目には奇異に映ってしまう。だが学校の成績は極めて優秀で、特に算数はずば抜けていた。芳子は、そんな達也にはらはらしながらも、深い愛情で包み込んでいた。

その芳子の死後、達也はまるで人が変わったかのように無口になった。

母親を失ったショックが大きいのだろうと思った鈴本は黙って見守ることにしたが、いくら待っても、達也は明るさを取り戻さなかった。そればかりか、最近では学校も休みがちになり、部屋に閉じ籠る日が多くなってきている。

学校の担任からは、ろくに口もきかない達也がいじめに遭ったという話を聞いた。

本人に訊くと「いじめはない」と断言する。ではなぜ学校に行かないのかと訊くと「そのうちに行く」と答える。同じ症状の子供たちのいるところへ転校してはどうかと勧めても頑として聞き入れない。そんなやり取りが数カ月も続いていた。

鈴本はリビングに戻ると、レトルトカレーとサラダの夕食を取りながら、テーブルに置いたノートパソコンを立ち上げた。

十時までにやることがある。

というのは、夕方、国立感染症研究所インフルエンザウイルス研究センターに突然訪ねてきた男がいたからだ。

それは高校の二年後輩の鹿取だった。

「なんだ、珍しいな……」

鈴本が驚いた顔をすると、鹿取はいつもながら表情の乏しい顔でぺこりと頭を下げた。

高校時代、鈴本が部長を務めていた囲碁部に新入生として入ってきたのが鹿取だ。社交性はゼロ。いつも皮肉な笑みを浮かべ、友達もいない。そんな鹿取の面倒を、鈴本は部長として仕方なく見ることになった。

だが、碁の指導を続けているうち、鈴本は、鹿取が人並み外れた洞察力と情報分析能力を持っていることに気づき、その能力を徹底的に鍛え上げることにした。

鹿取は、いじめと噂されるほどの厳しい指導に耐え、やがて全国高校囲碁選手権大会で優勝するまでの腕前に上達した。

その後、二人は別々の大学に進学して連絡が途絶えたが、囲碁部の同窓会で再会した折、鈴本は鹿取が警視庁に職を求めたことを知って驚いた。

その鹿取が、今日は警視庁の警部補として面会に来ている。

「実は、先輩のご指導を賜りたくて……」

ぎこちない敬語を使いながら、鹿取は一枚の紙を取り出した。

「これは？」

「ある事件で亡くなった仏さんが持っていたデータの一部です。内容は数字とアルファベットの羅列で、私たちにはなんのことかさっぱりわからず、困っています」

「私にデータの内容を見て欲しいと？」

「ええ。捜査課の刑事からしつこく頼まれているんです。助けていただけませんか？」

鈴本は顔をしかめた。

「お前も知っているとは思うが、こういうことには正規の手続が必要だ」

「わかっています。引き受けていただけるのであればそうします」

鈴本は呆れたといった表情で鹿取を見た。

「お前、全然変わってないな」

いい大人のくせに、相手の都合など全く考えていない。

だが鹿取は、別に悪びれるわけでもなく、「はあ」と気のない返事をするばかりだ。溜息をついた鈴本は、「今、大きな事件で立て込んでいるんだ」と、鹿取の依頼をやんわりと断った。しかし、その言い方では通じない。黙ったまま佇《たたず》んでいる鹿取に、鈴本は少し険のある声で繰り返した。

「悪いが、今は忙しいんだ」

鹿取はそれを聞き流すと、「実は、亡くなったのは製薬会社の社員なんです」と勝手に続けた。人の話を全く聞いていない。一瞬、息子と同じ症状なのではないかと思ったが、鹿取に達也のような純粋さは露ほどもない。要は、ただの変人なのだ。

馬鹿らしくなった鈴本は、頭を掻きながら、「どこの製薬会社だ?」と訊いた。

「クラリス・ジャパンという会社です」

「え?」鈴本は手を止めた。「あのクラリス・スミソニアンの日本法人か?」

「ご存知でしたか?」

「俺たちの間じゃ知らない者はいないさ。クラリス・スミソニアンは世界最大の製薬会社で、何種類もの抗ウイルス薬を作っている」

「このデータはなにかの薬の成分である可能性が大きいのですが、その場合、たとえ暗号を解読できたとしても、我々には意味がわかりません。ですから先輩にお願いしたいんです」

──そういうことはもっと早く言えよ。

と心のなかでぼやきながら、鈴本は「そうは言うが……」と顔をしかめた。「さっきも言ったように、今は忙しい。悪いがとてもそんな時間はない」

それは嘘ではなかった。松ヶ島のウイルスの正体は未だ突き止められていない。だが、そんな言い訳が通じるはずもなく、鹿取はさらに身を乗り出してきた。

「解読作業は私がやります。とっかかりのヒント探しと暗号解読後の内容確認だけで結構ですので、お願いできませんか？　先輩と私の二人がかりでも歯が立たないようなら、データはクラリス・ジャパンに渡します」

「それで？」

「彼らに解読させます」

「彼らにとって都合の悪い内容だった場合、改竄《かいざん》されかねないぞ」

「仕方ありません」

「だが……」と言いかけた鈴本は、いつのまにか鹿取の術中に嵌《は》められていることに気づいた。鹿取は、真面目な鈴本の性格を見抜いたうえで、断れないように誘導しているに違いない。

──一瞬でも達也に似ていると思った俺が馬鹿だったか……。

口を尖らせた鈴本は、不満ながら、自分の負けを認めた。

「仕方のないやつだ」

鹿取は目を輝かせた。これであのしつこい刑事から解放される。

「では……」

「ああ。だが日中は他の仕事で手いっぱいだ。今夜、自宅で見てみ……」と鈴本が言ったところで、鹿取は一枚のメモを差し出した。碓井のクラウドデータサービスにアクセスするためのパスワードだった。

「宜しくお願いします」

本人的には精一杯の微笑みを浮かべているつもりらしいが、傍から見るとかなり気持ちが悪い。

——こいつ、よくこれで、警察でやっていけているよな……。

と思いながらも、鈴本はしぶしぶ「わかった」と頷いた。

そういう経緯で鹿取から押し付けられたデータが、今、鈴本の目の前にある。

〈L〉というファイルを開くと、意味もなく羅列されているような数字とアルファベットが溢れ出した。それらを眺めた鈴本は大きな溜息をついた。

——これは一体、なんなんだ？

なんらかの規則性を見つけようとしたが、その努力は徒労に終わり、時間だけが流れていく。

夜の十時になった。

部屋のドアが開き、達也が出てきた。

リビングルームに入り、痩せて背の高い体を折り曲げるようにしてソファの脇から碁盤を出すと、コーヒーテーブルの上に置く。

「もう十時か……」

パソコンのモニターから目を上げた鈴本は作業を中断して立ち上がった。

妻の死後、なんとか息子との接点を持ち続けたいと思った鈴本は、ある提案をした。それは、夜の一時間だけ二人で碁を打つことだった。だが、達也は面倒臭いと言って乗ってこなかった。

そこで鈴本はもう一つの提案をした。話したくないときは話さなくてもいい。ただ黙って碁を打つだけでいい。

達也はようやく納得し、その提案に応じるようになった。話さなくていいという条件が気に入ったらしい。

鈴本はそれでもいいと思っていた。顔色を見れば健康状態がわかり、碁の打ち方を見れば精神状態がわかる。なにより、いつも傍らに父親がいるということをわかってもらえる。

だが、一旦打ち始めるや、達也は急激に碁にのめり込んだ。その腕はみるみる上達し、あっという間に鈴本を追い抜いてしまった。

いつものように黙って碁盤の前で待っている達也に「待たせて悪い」と声をかけた鈴本は、対面のソファに腰かけ、先手の黒い碁石を置いた。

しかし、達也はなかなか後手の石を置こうとしない。

不審に思った鈴本が顔を上げると、彼の視線は鈴本のパソコンに向けられていた。

「あれが気になるのか？」と訊くと、達也はゆっくりと頷いた。

確かに、この時間に鈴本が家のパソコンで仕事をするのは珍しい。

「ちょっとした頼まれごとがあってね」

碁を中断した鈴本はテーブルに移動し、達也にパソコンのモニターを見せた。

「なにかの暗号らしいんだが、どうやって解くのかさっぱりわからない」

そう言う鈴本の隣で、達也は食い入るようにモニターを見つめている。

「単なるアルファベットと数字の羅列にしか見えないだろう？」

それには答えず、達也はやにわにマウスを手に取り、画面をどんどんスクロールしていった。その瞳は、まるでアルファベットと数字を写し取っているかのように瞬きもしない。

数分後、達也は急に興味を失ったのか、モニターから目を離し、そのまま立ち上がった。

「どうした？」

達也は鈴本を見下ろすと、「見えた」とひとこと言った。

「なにが？」

「八本の帯」

「え？」

「並べていったら八本の帯になった」

「並べたって……、どうやって？」

「頭のなかで」

「どんなふうに？」

達也は首を捻った。「わからない」

いつもそうだ。達也は与えられた問題に対する解答をビジョンで捉える。そこに至るまでの過程は本人にも説明ができない。

「どんな帯？」

「アルファベットと数字が並んだもの」

「どんなアルファベットと数字？」

「一つはPとBとなにかの数字だった」

「他のものは？」

「さっきまで浮かんでいたけど、消えちゃった」

「そう、か……」

鈴本が肩を落とすと、達也は大きな欠伸《あくび》をした。

「寝る」

いつもは深夜まで起きているのだが、先ほどの作業で集中力を使って疲れたらしい。小さい子供と同じで、達也は自分の体力をコントロールできない。疲れると、まるで電池が切れたかのように眠り始める。

〈八本の帯〉の正体をもっと知りたいところだが、それは諦めざるを得ない。

「おやすみ」と挨拶した達也は、「前はF（Forward）、後ろはB（Back）……」という奇妙な言葉を口にしながら、自室のほうに歩いていった。

その言葉が耳に残った鈴本は、「それ、どういう意味だ？」と訊いた。

達也は、自室のドアに手をかけながら、こちらを振り向いた。

「さっきのパズルのことだよ」

――パズル……？

意味がわからない。だが、一見奇想天外に思える達也の言葉や行動にも、実はそれなりの意味がある。

しばらく考えた鈴本は、スマートフォンを取り出し、鹿取に電話した。

何回かの呼び出し音の後、「鹿取です」という声が聞こえた。

「鈴本だが、そっちはどうだ？」

電話の相手が鈴本だとわかった瞬間、鹿取は「大変なことをお願いしてすみません」と殊勝な言葉を口にし、「頑張っているんですが、全然わかりません」と弁解した。だが、鹿取の電話の後ろからは、先ほどから微かに女性の声が聞こえる。

「お前、暗号解読は俺に任せて、部屋に彼女でも呼んでいるのか？」

なんのことかわからない様子で一瞬黙り込んだ鹿取は、「ああ、あれですか」と言って笑った。

「別のパソコンで立ち上げているネットアイドルのサイトです」

「ネットアイドル？」

「ネットの世界で活動しているアイドルのことです。まあ、ほとんどが自撮りの動画を流しているだけですけどね」

「お前、いい年してなにやっているんだ？」

「勘違いしないでください。ネット犯罪防止のため、こうやって夜も仕事しているんです」

――つくなら、もう少しましな嘘にしろよ……。

頭を抱えた鈴本は、気を取り直して言った。

「昨年の囲碁部の同窓会で、俺に息子がいることは話したよな？」

いきなりの話に、鹿取は戸惑いながら記憶を辿った。

「ああ……、確か、達也君でしたっけ？」

「あのときは話さなかったが、達也はアスペルガー症候群という診断を受けている」

「はあ……」

「その診断を受けた人間は、特定の分野において驚くべき才能を発揮する場合がある」

「それは聞いたことがあります」

「達也には数学に関する特異な才能があるようなんだが、解答はビジョンで浮かぶらしく、それに至る経緯の説明はできない」

当惑した鹿取は、「先輩、お話の趣旨が摑めないんですが……」と言った。

だが、鈴本はそのまま続けた。

「その達也が、この暗号の解答はアルファベットと数字が並んだ八本の帯だと言った」

「帯……、ですか？」

「ああ。そしてあいつは、前はF、後ろはBとも言っていた。ということは、右はR（Right）、左はL（Left）ということになる」

――なるほど……。

ようやく鈴本の話の趣旨を理解できた鹿取は、「ちょっと待ってください」と言うと、机の上に並んだ数台のパソコンの一つでエクセルを起動した。

「今、その方法を試してみます」

画面に碁盤の目のような表を作り、起点となるセルに赤い色を付ける。次に、碓井の遺したデータを最初から追っていく。

データはAからZまでのアルファベットと1から9までの数字がバラバラに並んでいる。

そのなかからF、B、R、Lの四つのアルファベットを探すと、最初に出てきたのは〈B〉だった。その後には〈4〉という数字が続いている。

――『起点から四つ後ろ』という意味か……？

鹿取は、赤いセルから四つ下のセルにカーソルを移動させた。

――ここにどの文字を入れる？

迷った鹿取は、とりあえず、〈4〉の次に続いている〈H〉の文字を入れた。

その操作を繰り返していった鹿取は、「こりゃ、まるでパズルだな……」と呟いた。

「達也もそう言っていたよ」

「なるほど……」鹿取は唸った。「達也君は頭のなかでこの操作を繰り返し、その結果としてアルファベットと数字でき上がった形を〈八本の帯〉と呼んだのですか……？」

「そうらしい」

「すごい才能ですね……」

「なにかのヒントになるか？」

「規則性さえわかれば、後はスクリーニングソフトを作って不要な数字やアルファベットを取り除き、残ったものを組み合わせていきます」

「その作業にどれくらいかかる？」

「数時間程度でしょう」

「では、その結果を送ってくれ。朝一番でその内容を確認し、結果を連絡する」

「わかりました」

ここまで来れば鹿取の作業は早い。

鈴本は、「頼んだぞ」と言うと、ネットアイドルの上げる嬌声《きょうせい》が響いている電話を切った。

翌朝、五時過ぎに目を覚ました鈴本は、すぐにメールを確認した。

鹿取からのメールが届いている。

メールに表示されているURLからセキュリティファイルにアクセスし、別のメールで届けられたパスワードを入力すると、エクセルのファイルが表示された。

それを開いた鈴本は思わず唸り声を上げた。

達也の言ったとおり、エクセルのシートにはアルファベットと数字で構成された〈八本の帯〉が描かれていた。

そのうちの一本はアルファベット一文字で〈MMMMMMM〉。別の帯は二文字の〈HAHAHAHA〉。〈PB1PB1PB1〉という、アルファベットと数字の組み合わせの帯もある。

――これは……。

達也が〈八本の帯〉と言ったときからある予感を抱いていた鈴本は、今、それが正しかったことを確認した。

HAは〈ヘマグルチニン〉、NAは〈ノイラミニダーゼ〉、PAは〈RNAポリメラーゼα サブユニット〉、PB1は〈RNAポリメラーゼβ1サブユニット〉、PB2は〈RNAポリメラーゼβ2サブユニット〉、Mは〈マトリクス蛋白〉、NPは〈核蛋白〉、NSは〈非構造蛋白〉。

間違いない。これはA型インフルエンザウイルスの遺伝子構造式だ。

そして、さらに驚くべきことに、鈴木はこの構造式に見覚えがあった。

――なぜこれが……？

謎が謎を呼ぶ展開に、鈴本はパソコンのモニターを呆然と見つめた。

二月十七日　東京　国立感染症研究所

朝の六時に鈴本からの電話を受けた鹿取は、警視庁の八代と三田署の北条を伴い、就業開始時間の九時きっかりに国立感染症研究所のインフルエンザウイルス研究センターに姿を見せた。

迎えに出た鈴本は、鹿取の脇に立つ八代と北条に視線を向けた。

「こちらが例の刑事さんたちか？」

八代と北条は頭を下げ、それぞれ自己紹介した。

鈴本は二人に挨拶すると、「こちらへどうぞ」と促した。

カーテンが閉められた薄暗い会議室にはパソコンとプロジェクターが置かれ、壁にはスクリーンが設置されている。

鈴本は、「こんな物しかなくて……」と言いながら、対面に座った三人に自動販売機で買った缶コーヒーを渡した。

「こりゃ、すみません」

八代は早速コーヒーのプルトップを開け、熱いコーヒーをズズと啜《すす》った。

鹿取と北条がそれに倣《なら》っている間、鈴本はパソコンを立ち上げてキーボードを叩き、壁のスクリーンに最初の画面を出した。

そこには八本の帯のようなものが映っており、それぞれにHA、NAといったアルファベットが付されてある。

「これは？」と、缶コーヒーから口を離した八代が訊いた。

「解読を依頼されたデータファイルのうちの一つ、〈L〉のデータです」

「なん……ですか、これ？」と北条。

「インフルエンザウイルスの遺伝子情報です。ファイルの名称を採ってL型ウイルスと呼ぶことにしました」

「インフルエンザ……、ですか？」

もっと重要な情報を期待していた八代は、少し拍子抜けしたような声を出した。

「やはり、通常の研究に使うデータだったんですね……」と言う北条に、「いや、そう解釈するのはまだ早いです」と答えた鈴本は、スクリーンに次の画面を映し出した。

そこにも帯のようなものが映っている。

「これは？」

その質問に答える前に、鈴本は無言で立ち上がり、会議室のドアのほうに歩いていった。

――……？

顔を見合わせる八代たちの前でドアの外を確認し、鍵をかけた鈴本は、念を押すように言った。

「これから先の話は絶対に口外しないでいただきたい」

有無を言わさない鈴本の態度に、三人は揃って首を縦に振った。

それを確認した鈴本は再び机に座り、スクリーンの画面を切り替えた。

写真が映った。体育館らしい。床にはブルーシートが敷かれており、その上には無数の白いシートが並べられている。よく見ると、どのシートも不自然な形に盛り上がっていた。

――なんだ……？

三人は目を細めながらスクリーンの画像に見入った。

――これは、もしかして……。

それが遺体を覆うシートだとわかったとき、八代は思わず手で口を覆った。

体育館に並べられた無数の遺体。それを調査する防護服姿の男たち。

「これは一体……？」

「見てのとおりです。遺体の数は二百三十八」

「どこの国の写真ですか？」と北条が訊いた。

「日本です」

「え？」

「場所は長崎の五島列島の小島。一週間前の出来事です」

沈黙が流れた。

やがて、鈴木が口を開いた。

「一週間前、長崎県五島列島の沖合にある、松ヶ島という人口三百人ほどの小さな島で新型インフルエンザと思われるウイルスが流行し、一日で島民の八割が死亡しました。この写真の遺体はその犠牲者です」

「………」

「この島には大きな病院もなく、遺体を安置する場所が確保できませんでした。そのため、一時的に体育館を利用したのです」

この話を初めて聞かされた鹿取は、啞然とした表情で言い返した。

「そんなニュース、どのテレビ局でもやっていなかったじゃないですか……」

北条も頷いた。「新聞にも載っていませんでした」

「新聞やテレビの報道は、五島列島の小島でインフルエンザが流行し、複数の死者が出たという控えめな内容になっていました」

北条が口を尖らせた。

「それって、控えめどころか報道管制ですよね」

鈴本は鋭い視線を北条に返した。

「それは本日の話の主題ではないと思いますが……」

「しかし……」と反論しようとする北条を八代が手で制した。

北条が不満げに口を閉じると、鈴本は次の画像をスクリーンに映した。

そこには別のウイルスの遺伝子構造式が映っていた。

「これは？」と八代が訊いた。

「五島列島で採取した新型インフルエンザウイルスの遺伝子です」

「先ほどのL型ウイルスの遺伝子と似ていますね」

「ええ」と頷くと、鈴本は画面を二分割し、先ほどのL型ウイルスの画像を横に並べた。

「見比べてみてください」

「これは……」

画面に映った遺伝子情報は瓜二つだった。

話の意外な展開に、このデータの暗号を解読した鹿取本人も困惑した表情を見せた。

「どういう……ことですか？」

「松ヶ島の島民が犠牲になったウイルスと、亡くなった碓井さんの持っていたL型ウイルスは同一のものだったということです」

「え？」と八代が素《す》っ頓狂《とんきょう》な声を上げた。「死んだ碓井はそんな危険なウイルスの情報を持っていたってことですか？」

「そういうことになります」

すかさず北条が訊いた。

「その五島列島のL型ウイルスは、その後どうなったのですか？」

いい質問だ、と八代は思った。これほど危険なウイルスが流行しているというのに、全く話題にもなっていない。

鈴本は一呼吸置くと、「終息しました」と言った。

「終息……した？」

「ええ。爆発的な感染は一日で終息しました」

「特効薬のようなものがあったのですか？」

「確かに抗ウイルス薬の投与は行われました。ですが、どちらかというと自然に終息したと言ったほうが正しい」

「それはどういうことなのでしょうか……？」

「原因は調査中です」

「その後の再流行の兆しは？」

「全くありません。そのため、政府も、本腰を入れた防疫対策の導入には二の足を踏んでいます」

八代は混乱した頭のままで訊いた。

「そのウイルスは、毒性は強いが持続力はないということですか？」

「毒性が強いというのは正しい。しかし持続力については調査の結果を待たなければなんとも言えません」

そう答えると、鈴本は組んでいた腕をゆっくりと解き、再びパソコンのキーボードを叩いた。

スクリーンに次の画像が現れた。今度は数字だけの羅列だ。

「これは？」

「二つ目のファイル〈S〉のデータです。この〈S〉のデータの解読が、五島列島で流行したL型ウイルスの謎を解く鍵ではないかと思います。しかし……」

八代が眉をひそめた。「しかし……、なんですか？」

「〈S〉と〈L〉のデータには共通の規則性がないため、〈S〉の解読にはかなりの時間がかかると思われます」

「でも、〈L〉のデータは解読できたんですよね？」

「それは鈴木さんの息子さんの天才的な閃《ひらめ》きがあったからです」と、鹿取は〈L〉データを解読するまでの経緯を説明した。

「そうだったんですか……」

「息子は〈S〉の解読にも取り組んでいますが、今のところ苦戦しているようです」

うーんと唸る八代に鈴木が言った。

「今、お見せした情報から推測するに、松ヶ島のウイルスは人為的に計画された可能性が大きい。これを放置するわけにはいきません。私と鹿取は引き続きデータ解読を進めますので、お二人にはクラリス・ジャパンへの探りを入れてもらえませんか？」

「碓井豊の不審死に関する事情聴取という形でなら可能です」と八代は答えた。「しかし、お話を伺う限り、碓井はなにかとんでもなく大きな事件を計画したか、または巻き込まれた可能性がある。我々のような捜査課の刑事風情で務まるのでしょうか？」

鈴本は複雑な表情で「それは我々も同じです」と答えた。「私は一介の研究員、鹿取も一介の警察官に過ぎない。しかし、松ヶ島で起こったことをひた隠しにしている政府に迅速な対応は期待できません。今のところ、動けるのは我々しかいない」

八代はちらりと北条を見た。北条はしっかりと頷き返した。

「八代さん、とにかく捜査を続けましょう」

鈴本はパソコンの電源を落とすと、三人を見つめた。

「L型ウイルスはいつ、どこで再流行するかわからない。急ぎましょう」

二月十七日　東京　六本木

エレベーターを降りた八代と北条を迎えたのは金色の髪をした白人の秘書だった。

体にぴったり合ったスーツに、ただでさえ長い足をさらに際立たせるハイヒール。

腰を左右に揺らしながら歩く姿は、一瞬ここが日本だということを忘れさせてしまう。

〈碓井豊不審死事件〉の捜査の名目で六本木ミッドプラザのクラリス・ジャパン本社を訪れ

た八代と北条は、その内装の豪華さと秘書の美しさに圧倒された。

八代は、今日くらいは年季の入ったよれよれのコートではなく、先週買った新しいコートを着てくるべきだったと悔やんだ。

金髪の秘書は、長い廊下の端にある社長室の前で立ち止まると、ドアをノックした。

「Come in」という流暢な英語が返ってくる。

秘書がドアを開けた瞬間、四十三階の社長室の窓に広がる大都会のパノラマが眼前に迫った。

その景色をバックにして座っている人影が動いた。

クラリス・ジャパン社長の水之江宏平だ。

少し白髪の混じった豊かな髪をオールバック気味にまとめた水之江は、秘書に「Thank you」と礼を言うと、長身の体を椅子から持ち上げた。

「ようこそいらっしゃいました」

大げさに両手を上げて近づいてくる水之江に向けて、八代は警察手帳を提示した。

「警視庁の八代です。こちらは三田署の北条刑事」

「そんなもの、見せていただかなくても結構ですよ」

笑顔でそう答えた水之江は、二人に立派な革張りのソファを勧めた。

腰を下ろす前に、八代と北条は「社員の方がお亡くなりになり、お慰めの言葉もありません」と言いながら頭を下げた。

「いえ、こちらこそご厄介をおかけして恐縮です」

そつのない言葉を返した水之江は、二人が座るのを待ち、自分もソファに腰を下ろした。

それを見計らっていたかのように、先ほどの秘書がコーヒーを運んできた。

「どうぞ」と勧められ、コーヒーを一口飲んだ北条は、「早速ですが、いくつか質問しても宜しいですか？」と切り出した。

「私でお答えできることであれば、なんなりと」

北条は基本的な質問から始めた。

水之江は、自社の不利益になりそうな点は巧妙にはぐらかしながらも、一つ一つの質問に丁寧に答えていった。

その受け答えを聞いていた八代は、水之江はかなりの〈やり手〉だと判断した。

――だが、人間としては全く摑みどころがない……。

北条が七つ目の質問をしようとしたとき、社長室のドアが軽くノックされ、白髪の痩せた男が入ってきた。

「ああ、来たか」

水之江は、その男に手招きすると、二人に紹介した。

「クラリス・ジャパンの新薬開発総責任者の笹川久則《ささがわひさのり》常務執行役員です」

生粋の技術者と思しき笹川は、枯れ枝を思わせる痩軀《そうく》を伸ばし、生真面目そうに頭を下げた。

「笹川です」

「警視庁の八代と三田署の北条です」

立ち上がって頭を下げる八代と北条を前に、笹川はかなり緊張した面持ちで「宜しくお願いいたします」と挨拶した。

笹川が腰を下ろすと、北条はスーツの内ポケットから一枚のメモを取り出し、その前に置いた。

「技術者のあなたなら、このデータの意味はおわかりですよね？」

メモを見た笹川は戸惑ったように顔を上げた。

「インフルエンザウイルスの遺伝子データのようですが……」

北条は頷いた。「そのとおりです」

「これがなにか……」

「亡くなった碓井さんが持っていました」

「え？」

意外な事実に笹川が眉をひそめると、「どうしてこんなものを碓井君が？」と水之江が口を挟んだ。

メモをスーツのポケットに戻した北条は、水之江の質問には答えないまま、話を続けた。

「これ以外にも、碓井さんはいくつかの暗号化されたデータを遺していました」

「そのデータとは……、その……、どのような……？」

「暗号を解読中ですが、正直、苦戦しています」

八代は黙ったまま、北条と笹川のやり取りを観察していた。笹川のこめかみが微かに震えたように見える。だが、それがデータの中身を懸念してなのか、それともデータの流出という事態を懸念してなのかはわからない。

今度は八代が質問した。

「このようなデータは、本来、社外への持ち出しが禁じられているのではないのですか？」

「内部統制上、問題なのではないですか？」と北条も追い討ちをかける。

「もちろん、研究データの社外への持ち出しは禁じています」と、笹川は裏返りそうになる声を抑えながら答えた。「しかし、碓井君の持っていたデータが社内のものなのかどうかは、内容を確認しなければわかりません」

「なるほど」

そのとき、水之江が「いかがでしょう？」と口を挟んできた。「宜しければ、そちらでお持ちのデータを我々に見せていただけませんでしょうか？　そうすれば、暗号の解読にもご協力できると思うのですが」

上手い交渉術だ。自然な方法で碓井のデータを入手しようとしている。

八代は残念そうに答えた。

「ご厚意には感謝しますが、事件の証拠となるデータですので……」

「そうですか……」

肩をすくめる水之江に「すみません」と謝った八代は、逆に質問した。

「ウイルス遺伝子のデータを気にされているご様子ですが、なにか新しい薬でも開発されているのですか？」

水之江はそうとも違うとも答えなかった。

「新薬開発は最高レベルの秘密事項ですので……。ご容赦いただけませんでしょうか？」

予想された返答だ。これ以上突いても無駄だろう。八代は「わかりました」と答えると、北条に質問を続けるよう促した。

北条は次の質問に移った。

「碓井さんの勤務態度や交友関係について教えていただけませんか？」

この質問には笹川が答えた。

「勤務態度は真面目でしたし、業務成績も極めて優秀でした。温厚な性格ですし、決して恨みを買うような人物ではありません」

水之江も相槌を打った。

「碓井君に限って、誰かに恨まれて殺されるなどということは考えられません」

その後も北条の質問が続いたが、水之江には一切の動揺の色は見られなかった。だが、笹川のほうは顔色が冴えない。額にはうっすらと汗が滲んでいる。

──攻めるとしたら笹川か……。

八代は心のなかで呟いた。だが焦りは禁物だ。今日の訪問の目的は相手に揺さ振りをかけることだ。

八代は「今日はこの辺でいいだろう」と北条に告げると、腰を上げた。

「貴重なお時間を頂戴し、ありがとうございました」

「いえ。なにか追加でご質問がありましたら、いつでもどうぞ」

「ありがとうございます」

笹川も立ち上がり、「本日はご苦労様でした」と言って深々と頭を下げた。

八代と北条が社長室を出ると、水之江と笹川は見送りのためにエレベーターホールまで付いてきた。

やってきたエレベーターに北条と乗り込んだ八代は、水之江に声をかけた。

「なにかわかったらご連絡しますよ。たとえそれがあなた方にとって都合の悪いものであってもね……」

「え?」と水之江が訊き返そうとしたとき、ドアが閉まった。

エレベーターが動き始めたのを確認した水之江は、いきなり拳で壁を叩いた。

「あいつら、どこまで知っている……?」

隣では笹川が蒼い顔で立ちすくんでいる。

水之江は笹川を睨み、「雅井はどこまでのデータを持ち出したんだ?」と訊いた。

笹川は「わかりません……」と、蚊の鳴くような声で答えた。

「暗号化とはなんのことだ?」

「恐らく、雅井が自分でデータを暗号化したのかと……」

身を固くしている笹川を横目で見ながら、水之江は「まあいい」と呟いた。「今更、どうあがいても手遅れだ。矢はすでに放たれている……」

六本木ミッドプラザを出たところで、八代の携帯が振動した。

電話に出ると、鹿取の機械のような声が聞こえた。

「碓井の出身地がわかりました」

「どこですか？」

「長崎県。五島列島の松ヶ島です」

「え……？」

「碓井の父親は今回のウイルス事件の生存者の一人で、隣の福江島で隔離療養中とのことです」

「………」

北条が「どうしました？」と訊いた。

電話を切った八代は、複雑な表情で北条を見返した。

「碓井の出身地は松ヶ島だった。父親もいる」

「松ヶ島って、あのウイルス事件の？」

「ああ。父親は生き残ったらしい」

北条はうーんと唸った。

「ということは、碓井はデータだけでなく、ウイルス自体も持っており、それを松ヶ島に持ち込んだということですか？」

「そうかもしれない。だが、なんのために？」

「松ヶ島の島民に恨みがあり、その復讐のためにウイルスを会社から持ち出したとか？」

「いささか突飛な発想だな」

「そうでしょうか……？」

「もしそうだとしても、そもそも、なぜクラリス・ジャパンがそんな危険なウイルスを持っていた？　それをどこから手に入れた？」

北条は再びうーんと唸った。だが、その答えがわかるはずもない。

八代は首を傾げている北条の肩を叩いた。

「とにかく俺は、存命だという碓井の父親に会ってくる。お前はクラリス・ジャパンの笹川を徹底的にマークしてくれ」

「わかりました」

「あいつは絶対に尻尾を出す。そのときを逃すな」

第二章

二月十八日　タイ　バンコク

遠くに高層ビル群が見えてきた。

バンコクだ。

追っ手を撒くため、途中で迂回しながら一日半かけてここまで辿り着いた新庄は、アジア有数の大都市の威容に思わず目を奪われた。

助手席では泣き疲れたカンヤラットが死んだように眠っている。無理もない。たった一人の兄が目の前で撃たれたのだ。

その後、カンヤラットが村の知り合いに電話したところ、チャナチャイが助からなかったことがわかった。その人は、遺体が警察から返還されたら丁重に葬ることを約束してくれた。そして、カンヤラットにはしばらく村に帰ってこないほうがいいと忠告した。

だが、新庄には腑に落ちない点が一つあった。

いくら勢力を伸ばしているとはいえ、チャナチャイなど、捜査当局にとっては取るに足らない存在のはずだ。あのような大げさな捜査は度が過ぎているとしか思えない。それに、なぜ彼らは新庄が村を去る前に襲ってきた？　もしもやつらの狙いが自分で、チャナチャイの家で厄介になっていることが漏れていたとしたら……？

その場合、この兄妹を巻き込んでしまったことになる。

まだ幼さが残るカンヤラットの寝顔を見ながら、新庄は複雑な気持ちでバンコク市内へ車を乗り入れた。

通勤時間は終わったとはいえ、バンコク市内はかなり渋滞していた。

目を覚ましたカンヤラットは、無言のままでナビに目的地の住所を入力すると、再び窓の外に視線を移した。

新庄も黙ったまま、ナビの指示どおりに車を進めていった。

三十分後、ようやく目的地周辺に着いた。

路地に張り出したタイ語と中国語の看板。窓から突き出した竹竿。そこに干されている無数の洗濯物。水はけの悪い道路。その脇に並べた椅子に座ってお茶を飲んでいる労働者ふうの男たち。

「ここは？」と訊くと、カンヤラットはこちらに顔を向け、ようやく口を開けた。

「あなたを連れていく病院」

「こんなところに病院が？」

「お兄ちゃんのような商売の人たちがお金を出し合って作った〈闇の病院〉よ」

「私をここに連れていけと？」

カンヤラットは頷いた。

「あなたの頭痛が気になるからって……」

お世辞にも治安が良い地区ではなさそうだ。車の近くには早くも怪しげな連中が集まってきている。だが、カンヤラットは怖気《おじけ》づくこともなく車の外に出ると、「こっちよ」と新庄を促した。

路地を十メートルほど歩いたところに錆びた鉄製の扉があった。

ベルを押し、しばらく待つと、男の声が返ってきた。二言三言の会話の後にドアが開き、一人の男が姿を現した。このような場所には似つかわしくない、きちんとした身なりをしている。どうやら、彼が闇医者らしい。

カンヤラットは両手を合わせて頭を下げた。医者も挨拶を返し、二人を招き入れた。

建物のなかはなんの変哲もないアパートだった。

ソファに座ったカンヤラットは、隣に腰を下ろした新庄を指しながらタイ語で説明を始めた。

医者はゆっくりと頷きながら聞いている。

話が終わると、医者は新庄に視線を移し、「記憶がないって？」と流暢な英語で訊いてきた。

新庄は、自分が記憶を失って川辺に倒れていたこと、そして記憶の断片が蘇りそうになると激しい頭痛に襲われることを説明した。

「なるほど……」

説明を聞き終えた医者はいきなり立ち上がり、付いてくるよう指示した。

腰を上げた新庄に、カンヤラットが「ちょっと待って」と声をかけた。

その手にはアイフォーンが握られている。

「あの白い壁のところに立って」

「え？」

「早く」

わけがわからないまま、とにかく壁を背にして立つと、カンヤラットは数枚の写真を撮った。

「さあ行って。先生の名前はサイユッド」

新庄は小さく頷き、サイユッドという名前らしい医者の後を追った。

狭い廊下の先に扉があった。テンキーロックが付いている。サイユッドは数桁の番号を入力して鍵を解除し、重そうな扉を押した。

その先の部屋を見た新庄は思わず目を見張った。いくつもの検査機器がぎっしり並んでいる。

「これだけのものを誰が揃えたのですか？」

サイユッドは笑った。

「まともな病院に行けない裏のコミュニティの人間たちさ。彼らのなかには警察の指名手配を受けている者もいれば、タイに密入国していた者もいる。日のあたる場所に出ていけない者たちだ」

サイユッドの指さす方向にはＭＲＩ（磁気共鳴画像検査機）があった。

——こんなものまで……。

驚いた新庄は、思い切って、「なぜここの医者を？」と訊いてみた。

サイユッドは再び笑った。

「医者だって人生を踏み外すことはある。私もその口さ」

そう言っている間にもＭＲＩ検査の準備を終えると、新庄に耳栓を渡し、横になるよう指示した。

言われたとおり横になると、新庄の体は自動的にＭＲＩの円筒のなかに入っていった。

小槌で叩くような独特の音が鳴り響く。

耳栓をしても煩《うるさ》い音を我慢していると、検査は五分ほどで終わった。

「検査結果が出るまで隣の部屋で休んでいてくれ」

二十分後、新庄は別室に呼ばれた。

サイユッドはパソコンのモニターに映ったＭＲＩの画像を指し、「君の脳は極めて健康だね」と診断した。

「脳に異常はないと？」

サイユッドは頷いた。

「ということは、君の記憶喪失の原因は精神的なものということになる」

「精神的……？」

「ああ。今の君の症状に最も近いのは全生活史《ぜんせいかつし》健忘《けんぼう》（Generalized Amnesia）と呼ばれるものだ」

「自分の名前や年齢、家族など、自分個人に関する記憶をすべて失ってしまう解離症状だ。極度のストレスがきっかけとなって生じる場合が多い」

「極度のストレス、とは？」

「例えば壮絶な体験をしたとか、大切な人を失ったとか……」と言ったところで、サイユッドは首を傾げた。「君は医者だと聞いた。私が説明するまでもないのではないのか？」

新庄は肩をすくめた。

「もしもそうだとしても、精神医学は専門ではないらしい」

「私もさ」サイユッドは白い歯を見せた。

「話を続けてください」

「君は、なんらかの方法で強いストレスをかけられ、精神が崩壊する寸前のところまで追い詰められた。そして記憶を失った。そうではないのかな？」

「自ら記憶を消したということですか？」

「あくまでも推測だが、その可能性が高いと思う」

新庄は黙り込んでしまった。壮絶な体験と言われても、当然ながら思い当たる節はない。

サイユッドは一呼吸置き、話を再開した。

「君の頭痛についても原因がわかった」

「え？」

サイユッドは、モニターに映っている脳の断面図の一つを拡大した。

「ここに小さな影が見えるだろう？」

目を凝らしてみると、確かに白い影がある。

「これは……」

「〈コイル塞栓術《そくせんじゅつ》〉で使用するコイルの影だ」

「脳動脈瘤の破裂を予防するための手術ですか？」

「そうだ」

動脈瘤とは血管にできた〈こぶ〉であり、それが破裂して起こる〈くも膜下出血〉を予防するため、動脈瘤内にプラチナ製のコイルを詰めて閉塞してしまうのが〈コイル塞栓術〉と呼ばれる手術だ。

「私がこの手術を受けていたということでしょうか？」

「その記憶は？」

「ありません」

「まあ、なくて当然か……」サイユッドは笑った。「記憶を失っているのだからな」

「笑えない冗談ですね」

新庄の抗議に、サイユッドは「すまない」と短く謝り、話を続けた。

「だが、君が動脈瘤の破裂を防ぐ目的でこの手術を受けた可能性は低いな」

「なぜ？」

サイユッドはボールペンで画像を指した。

「コイルが詰まっているのはごく小さな瘤だ。わざわざ閉塞する必要はない」

言われてみると確かにそうだ。新庄は眉をひそめた。

「ではなんのために？」

しばらく腕を組んでいたサイユッドは、「これはあくまで推測だが……」と前置きし、「この金属コイルはなにかに反応して変形するのではないだろうか？」と言った。

「なにかとは？」

「例えば、微力な電流……」

「脳波ということですか？」

サイユッドはゆっくりと頷いた。

「脳波は覚醒時、緊張時、リラックス時、睡眠時と、それぞれ振幅や周波数に特徴がある。このコイルは、君が記憶を取り戻し、本当の意味での覚醒状態になったときの脳波に反応するのではないだろうか？」

――特定の脳波に反応して変形する……？

確かに、ピエゾ素子（圧電素子）と呼ばれる電子部品は電圧を加えられると変形する。だが、脳波のような微力な電流に反応するものが存在するのか……？

その推測が正しいとすれば、血管内部のコイルは記憶の断片が浮かぶ度に変形する。変形したコイルは血流を阻害し、頭痛を引き起こす。

――では、もしも記憶が完全に蘇ったらどうなる？

考えるまでもない。記憶が蘇り、本当の意味での覚醒状態になったとき、その脳波に反応して大きく変形したコイルは血管を突き破る。そうなれば脳内出血で意識を失い、最悪の場合は死に至るだろう。

「誰が、なんの目的で……？」

蒼白な顔で俯《うつむ》く新庄に、サイユッドは同情とも憐れみともつかない視線を向けた。

「考えられる可能性としては、君の記憶を封じておくためだろう」

「なぜ？」

「知られたくない事実を君が知ってしまったから、とは考えられないか？」

――知られたくない事実？

人の脳に細工を施してまで封印したい事実とは、一体なんだ？

「では、なぜ殺さない？」

「殺すには惜しいと思ったからでは……？」

新庄は再び視線を落とした。

サイユッドの話は俄《にわ》かには信じられないが、辻褄《つじつま》が合わないわけではない。

脳に細工を施した連中のことを〈彼ら〉と呼ぶとして、新庄は〈彼ら〉にとって不都合な事実を知ったがために記憶を消された。そして〈彼ら〉から逃げ出し、川に飛び込んだとしたらどうだろう？

チャナチャイは川辺で同業者に撃たれたと言っていたが、実は新庄と間違えられたのではないのか？　そして、新庄を追ってチャナチャイの家までやってきたのも〈彼ら〉では？

新庄は視線を上げ、こちらを見つめているサイユッドに訊いた。

「ここでコイルを取り出すことはできませんか？」

サイユッドは首を振った。

「君の知っているとおり、一度設置したコイルを除去するには開頭手術が必要だ」

「ここでは無理、ということですか……？」

「かなり高度な技術を持った脳神経外科医のいる大病院でないと無理だ」

新庄は唸った。正規の病院に行くという選択肢は今の自分にはない。

サイユッドは、再び俯いてしまった新庄の肩を優しく叩いた。

「君は今すぐ日本に帰るべきだ」

新庄は首を振った。

「今の私にはパスポートすらありません。どうやって日本へ帰れと？」

「日本大使館に助けを求めたらどうだ？」

確かに、それも一つの方法だろう。だが、自分が誰かもわからない状態で日本大使館に駆け込んだところで、日本への偽装入国を疑われるのが落ちだ。その疑惑を解くまでには相当な時間がかかるだろう。それでは遅すぎる。それではあの心の声に応えられない。

――では一体どうすればいいのだ？

新庄は途方に暮れた。

二月十八日　長崎　五島列島

福岡空港を飛び立ったＡＮＡ四九一五便は佐世保を過ぎ、真っ蒼な五島灘の上空を飛行していた。

ボンバルディア社製のＤＨＣ８－Ｑ４００型は席数七十四の小型プロペラ機だ。その回転によって絶えず座席に伝わってくる小さな振動は、このところの激務で疲労の溜まった八代を眠りに誘い込んでいった。だが、心地よい眠りも長くは続かなかった。三十分もすると、「間もなく五島福江空港に到着いたします」というアナウンスが流れ、その声で起こされた八代は欠伸をしながら窓のシェードを上げた。

眩しさに目を細めて窓を覗くと、日光を反射して黄金色に輝く海原が見える。

そのなかに浮かぶ島々はどれも神々しいほど美しかった。

――これが五島列島か……。

飛行機はゆっくりと高度を下げ、定刻の九時三十五分に五島福江空港に着陸した。

手荷物受取所を出ると、コートを着た中年男が「八代刑事ですか？」と声をかけてきた。五島警察署の渥美《あつみ》刑事だ。

八代は「ああ、すみません」と頭を下げた。「わざわざお迎えにまで来ていただいて」

「八代さんこそ。遠路はるばるご苦労様です」

「意外に寒いですね」

思わず肩をすぼめる八代に、渥美は「驚かれましたか？」と笑いかけた。「長崎というと南国のイメージがあるかもしれませんが、ここは東シナ海からの海風を直接受けますからね。

冬はかなり寒いですよ」

「なるほど」

渥美はターミナル出口を指し、「車を用意していますので、どうぞ」と促した。

空港の前には黒塗りの車が待っていた。八代は荷物をトランクに入れ、後部座席に乗り込んだ。

助手席に座った渥美は、「早速ですが……」と言って後ろを振り返った。

「松ヶ島への唯一の交通手段であるフェリーの船長に碓井の写真を見せたのですが、ここ数年、乗せたことはないそうです」

「え？　船長は乗客全員の顔を憶えているのですか？」

「はい。フェリーといっても小さな船ですし、船長は昔から松ヶ島の島民と顔見知りです。碓井の顔もおぼろげながら憶えていました」

「ほう……」八代は顎を撫でた。「ということは、碓井はここしばらく松ヶ島には帰っていなかったということですか」

「そういうことになります」

「わかりました。ありがとうございます」

渥美は、鈴本が新型ウイルスの調査で派遣された松ヶ島で現場の指揮を執っていた刑事だ。

八代が五島列島に出張することを聞いた鈴本は、すぐに渥美に連絡を取ってくれた。

八代も渥美に電話し、ここ数カ月の間に碓井が松ヶ島に帰省した形跡がないか、調査を依頼していたのだ。だが、碓井は松ヶ島へ帰っていなかった。

——では、なぜ松ヶ島でL型ウイルスが流行した……？

八代が考え込んでいるうち、車は空港から一般道路に出た。

しばらく走ったところで、渥美は「八代刑事は、あの事件のことをご存知だと聞いていますが……」と訊いてきた。

「ええ」八代は頷いた。「国立感染症研究所の鈴本さんからお聞きしました」

渥美は大きな溜息をついた。

「あれはひどい事件でした。全滅した一家も多数ありますし……」

「生き残った方々は？」

「感染を免れた方も、念のため、もうしばらくは隔離される予定です」

「碓井さんのお父さんも？」

「ええ。この島の南端の病院に隔離中です」

インフルエンザは、たとえ検査で陰性と出ても感染していないとは断定できない。感染後間もない場合は感度が弱く、陰性となる場合もあるからだ。そのため、発症していない松ヶ島の島民も遠隔地に隔離されていた。

「これからそこに行けますか？」

「わかりました」

渥美が指示すると、運転手の若い刑事は車線を変更し、福江島の南端に向かってアクセルを踏み込んだ。


碓井の父親の徳三《とくぞう》が入院していたのは廃校になった小学校を改修した簡易病棟だった。

事情聴取は、教室を改装した病室で、窓越しに行われた。

徳三はベッドに上半身を起こし、会話用のマイクを持ってこちらを見ている。

その頬は削げ、目の下には隈ができていた。肌はカサカサに乾燥している。

――無理もないか……。

八代は同情を禁じ得なかった。松ヶ島で地獄を見たうえ、息子まで亡くしたのだ。加えて、隔離病棟での生活も長引いている。

八代は徳三に向かって頭を下げ、マイクに向かって話しかけた。

「ご子息がお亡くなりになり、お慰めの言葉もございません」

徳三は虚ろな視線をこちらに向け、小さく頭を下げた。

「このようなときにまことに心苦しいのですが、いくつか質問をさせていただいても宜しいでしょうか？」

徳三は頷いた。

「息子さんが最後に松ヶ島に帰省されたのはいつのことですか？」

徳三は天井に視線を向け、しばらく考え込んでいたが、やがて「あれは家内の死んだときじゃから……」と呟いた。

「はい」

「かれこれ四年ほど前じゃろうか……」

「かなり長い間、帰省されていなかったんですね」

「松ヶ島は小さか島です。出ていった若い衆は滅多に帰ってこんとです」

「そうですか……」

四年も松ヶ島に帰ってきていない碓井が島民に対して恨みを抱いたとは考えにくい。

——怨恨《えんこん》説は無理があるか……。

そう思いながら、八代は続けた。

「電話やメールは？」

「長《なご》う来んかったですが、最近、いきなり電話のあったとです」

「え？」

「荷物ば送るんで、家でとっとってくれと言われました」

「荷物を？」八代は思わず身を乗り出した。「それは今回の事件の前ですか？」

「はい」

「その荷物は、今どこにありますか？」

「それが……」

「どうしました？」

「届いとらんとです」

「え？」

「待っとったとですが、結局、届かんかったとです」

——どういうことだ……？

「徳三さん、よう思い出してくれんね」と渥美が訊いた。「本当に届いとらんとかね？」

「届いとらんもんは届いとらん」

八代は質問を変えた。

「電話がかかってきたとき、息子さんの様子はいかがでしたか？」

徳三は少し考えると、「焦っとりました」と答えた。

「焦っていた？」

「久しぶりの電話じゃちゅうのに、研究用のサン……サン……」

「サンプルですか？」

「ああ。サンプルば送るけん大切にとっとってくれ言うて、一方的に電話ば切りよりました」

徳三への事情聴取を終えた八代は北条に電話した。

「二月の初めから十日までの期間に東京から松ヶ島に送られた宅配便を調べてもらえないか？」

わかりましたと言って電話を切った北条は、十分後に折り返してきた。

「二月六日の夜、芝浦のコンビニから松ヶ島の碓井徳三宛に、ムサシ運輸扱いで荷物が発送されています。発送人は碓井です」

「内容物は？」

「日用品です」

「配達履歴は？」

「二月九日に配達済みということになっています」

済みになっている。


「配達済み……？」

「記録上はそうなっています」

　――おかしい……。

　電話を切った八代は首を傾げた。徳三が届いていないと言っていた荷物が、記録上は配達済みになっている。

　――これはどういうことだ？

　そのとき、再び北条から電話が入った。

「休みを取っていた芝浦のコンビニのアルバイト店員と連絡が取れました。碓井が死んだ二月六日の夜、宅配便を送って欲しいとの依頼を本人から受けていました」

「宅配便の送付手続をコンビニの店員に依頼したというのか？」

「ええ。碓井は非常に急いでおり、送り状を書く時間がないと言っていたとのことです」

「わかった。ご苦労だった」

　北条からの電話を切った後、八代は渥美を伴ってムサシ運輸の集配所を訪問し、二月九日の配達記録を調べた。

　それによると、荷物は定期便のフェリーで福江島から松ヶ島に送られ、配達用の軽トラックに積まれていた。そして、すべての荷物は〈配達済み〉と記録されていた。

「おかしいな……」

首を傾げる八代の隣で、荷物のリストを覗き込んでいた渥美が「そうか」と声を上げた。

「どうしました？」

渥美は集配所の係員に二月十日の新聞を持ってくるよう指示した。

新聞が来ると、渥美はそれを机の上に広げた。

そこには、二月九日の午後、松ヶ島一帯は季節外れの嵐で大荒れの天気になったという記事が載っていた。

「この日、雨で視界を遮られた宅配便の軽トラックが谷に転落するという事故がありました」

「谷に、ですか？」

「ええ。そんなに深い谷ではなかったのでドライバーは無事でした。散乱した積荷もすべて回収され、配達されたと聞いていたのですが……」と、ここまで話した渥美は、集配所の係員に訊いた。

「このときのドライバーと話せるか？」

その質問に、係員は沈鬱な表情で首を振った。

「そうか……、あのウイルス事件で亡くなったのか」

集配所の係員は頷くと、言いにくそうに口を開いた。

「死んだ人のことをとやかく言うのも気が引けますが、あのドライバーさんは多少いい加減なところがある人でしたので……」

「なにが言いたい？」

「見つからなかった荷物を配達済みとしたのかも……」

「なんだと？」渥美は目を剝いた。「お前ら、そんないい加減な商売しているか？」

「いえ、その可能性もあるかな、という程度なんですけど……」

――なるほど……。

八代は顎を撫でた。新型インフルエンザは宅配便の配送トラックが事故を起こした直後に流行している。碓井が父親に送った荷物の中身がL型ウイルスだった可能性は高い。

そう考えた八代は携帯電話を取り出し、鈴本の番号を押した。

鈴本はすぐに出た。

「八代さん、なにか情報は摑めましたか？」

「碓井はL型ウイルスを宅配便で松ヶ島に送っていた可能性があります」

「え……？」鈴本の声が裏返った。「どういうことですか？」

「碓井は父親宛に宅配便を送っていたことがわかりました。それを積んだトラックが事故ったんですが、新型インフルエンザはその直後に流行しています」

「荷物の中身がL型ウイルスだったと？」

「そう考えれば筋が通ります」

「ウイルス保存液を宅配便で……？」

「宅配便を送ったコンビニの店員の話では、碓井は送り状を書く時間もないほど焦っていたようです。なんらかの事情があったのかもしれません」

「誰かに追われていたとか？」

「ええ。だが、ここで考えていても仕方がない。私はこれから事故現場に向かいます」

そう言って電話を切ろうとした八代に、鈴本は、慌てて「待ってください」と言った。

「え？」

「それは危険です。これからすぐにそちらに飛びますので、それまで待っていてください」

「しかし、東京からでは時間がかかるのでは？」

「私は今、長崎にいます」

「長崎に？」

「松ヶ島の事件の事後処理で急な出張が入ったんです。五島列島ならすぐに行けます」

「わかりました。では、松ヶ島でお待ちしています」

鈴本たちが乗ったヘリが松ヶ島に到着したのは二時間後の午後三時だった。

鈴本に続いて、重そうなバッグを抱えた男たちがぞろぞろとヘリから降りてくると、待機していたマイクロバスに乗り込んでいった。

それを先導する形で、八代と渥美、そして鈴本が乗った車が出発した。

「ものものしい陣容ですね」

「ええ」と鈴本は頷いた。「長崎県医療政策課の職員の皆さんです」

事故現場に着き、車内で防護服に着替えた一行は、宅配便の配送トラックが転落した場所に降り立った。

そこは道路が大きくカーブしており、トラックが乗り越えたと思われる個所のガードレールはひどく破損していた。その先は浅い谷だ。

事故当日、配送トラックは叩きつけるような雨で視界を遮られ、カーブを曲がりきれずに谷に転落したと思われた。

――ここから落ちて、よくドライバーは無傷で済んだな……。

八代は谷を見下ろしながら感心した。

すぐに捜索が開始されたが、それらしき荷物はなかなか発見できなかった。谷の底には小さな川が流れている。荷物が増水した川に落ち、流されてしまった可能性もある。

日も暮れかけた頃、医療政策課の一人が、木の蔦の隙間に挟まった金属製の容器を発見した。

木の枝の間からその容器を慎重に取り出した医療政策課の職員は、「蓋の部分が破損しています」と言いながら鈴木に見せた。

かなり強い衝撃を受けたのか、本体と蓋の接合部分にわずかな亀裂が生じている。

——こんな小さな割れ目から漏れ出したウイルスで、あれほどの被害が……？

慄然とした表情で立ち尽くす鈴木に、八代が近づいてきた。

「それが、碓井が父親に送った荷物ですか？」

鈴木は頷いた。

「まず間違いないでしょう」

「ただの水筒みたいに見えますね」

「それよりは遥かに頑丈です。内容物が漏れ出さないよう何重にも密閉されているのですが、事故の衝撃には耐えられなかったらしい……」

「内容物は？」

「不活性化したウイルスの保存液だと思われます。感染が広がったということは、不活性化が完全ではなかったのでしょうが、この保存液は空気に触れるとゲル化するようで、幸い、亀裂の部分は固まっています。漏れたウイルスが少量で済んだのはそのおかげでしょう」

鈴本はアイスボックスのような形状の保管箱を地面に下ろし、そのなかに保管容器を入れると、職員に渡した。

「保管箱の完全密閉処理を終えたら、私はそれを持ってヘリで長崎大学医学部に飛びます。向こうでは藤澤教授がスタンバイしていますので、八代さんも一緒に来てください」

「医療政策課の人たちは？」

「他に不審なものがないか調査し、この一帯の消毒殺菌を行います」

すでに、様々な機材を持った職員たちが谷一帯に散らばっている。

それを見た八代は、「これが東京で起きていたらと思うと、ぞっとしますね」と小声で言った。

鈴本は強張った表情で頷いた。

「首都圏は壊滅的な被害を受けるでしょうね……」

二月十八日　タイ　バンコク

〈闇の病院〉から出た新庄は車に戻り、蒼白な顔のまま運転席に座った。

助手席で待っていたカンヤラットが心配そうに顔を覗き込む。

「どうだったの？」

新庄は前を向いたまま「残念ながら、よくない結果だ」と答えた。

「どんな……？」

「誰かが私の頭に細工をしたらしい。記憶が蘇ったら脳血管が破裂して死ぬ」

「え？」

冗談だと思ったカンヤラットは、驚きと笑いのどちらで応えて良いかわからず、その二つが入り混じった奇妙な表情を作った。

それを見た新庄は申し訳なさそうに言った。

「悪い。冗談じゃないんだ」

「死ぬって……、本当……？」

蒼褪《あおざ》めるカンヤラットを見た新庄は、「日本に帰って手術を受ければなんとかなるらしい」と付け加えた。

「本当に？」

「ああ。だが、もっと悪い知らせがある」

「え？」

「どうやら、私は君たち兄妹を巻き込んでしまったらしい」

「どういうこと？」

「チャナチャイを襲った捜査官は、私を追っている連中に買収されていた可能性がある」

「え……？」

カンヤラットの動きが止まった。

車内に重い沈黙が流れる。

しばらく時間を置き、新庄が話を再開しようとすると、彼女はそれを遮るように訊いた。

「どうしてそう思うの？」

「それは……、そう考えれば、あのタイミングで彼らが襲ってきたことの辻褄が合うからだ」

「辻褄が合うって……、なにか証拠が？」

凍りつくようなカンヤラットの表情に、新庄は自分の軽率な発言を悔いた。いくら大人びているとはいえ、彼女はまだ十四歳だ。兄を失っただけでも涙が涸《か》れ果てているのに、それが新庄のせいだなどと言われても、どう対応して良いかわからないだろう。

一呼吸置くと、新庄は「証拠は……、ない」と答えた。

カンヤラットは口を尖らせた。「なんだ、推測じゃない」

「申し訳ない。だが……」

「もういいわ」

「え？」

「だからこんな怖い商売は止めてって何度も言ったの。でもお兄ちゃんは聞いてくれなかった。そしてどんどん深みにはまっていった」

「………」

「でも、そんな馬鹿なお兄ちゃんだけど、私のことを一番心配してくれていたことには違いない……」そう言いながら、カンヤラットの目にみるみる涙が溢れてきた。「だから、今はお兄ちゃんの言いつけを守るの。他のことを考える余裕なんてない」

顔を伏せて嗚咽するカンヤラットの背中を、新庄は「悪かった」と言いながら優しく撫でた。

カンヤラットはしばらく肩を震わせていたが、やがて気を取り直したように涙を拭き、洟《はな》を啜ると、バッグから紙袋を取り出した。

「これ……」

差し出された紙袋から出てきたのは赤い表紙のパスポートだった。

――これは……。

間違いない。日本のパスポートだ。所持人は柴田《しばた》光雄《みつお》という名前だが、写真は新庄のものだ。

「本物と見分けがつかないな……」

カンヤラットは、「だって本物だから」と言った。「盗品だけど……」

「盗品？」

「本物のパスポートの写真をあなたのものに取り換えたの」

「〈闇の病院〉で私の写真を撮っていたのは、このためだったのか？」

「そう。ＩＣチップのなかの写真のデータも差し替えたって言ってた」

「そんなこと、可能なのか？」

「私にはわからない。これを作ったのは死んだお父さんの知り合いだけど、なんだかすごい技術を持っている人みたいだった」

「信じられないな……」

「ただ、タイから出国するとき、審査官は入国審査で撮った写真とあなたを見比べるかもしれないから、できるだけ年恰好《としかっこう》の似た人のパスポートを使ったって」

「この柴田って人が私に似ていたということか？」

「そう」

「だが、盗品ということは、この柴田って人はまだタイにいるということだ。日本大使館に届け出られたらアウトだな」

「その人が言うには、この男はろくに仕事もしていないくせに、バンコクで知り合った女性のアパートに入り浸っているって。パスポートを盗まれたことも気づいていないらしいわ」

新庄は苦笑した。「なるほど……」

「あとは航空券を買わなきゃ」

「明日は何日だ？」

「二月十九日」

それを聞いた新庄の口から、なぜか「新日本エアの朝便」という言葉が出た。

「なぜその航空会社なの？　それも朝便？」

「すまない。理由はわからない。十九日と聞いていきなり頭に浮かんだ」

カンヤラットは肩をすくめると、「いいわ」と答えた。「でも、私は航空券なんて買ったことないから、あなたも付いてきて」

新庄は車で市内を移動し、目に付いた旅行代理店の前で停めた。

カンヤラットを伴って店に入り、明日の新日本エアの朝便の空席情報を尋ねると、幸い、まだ席が残っていた。

——七時十五分発、新日本エア七二六便か……。

偽のパスポートで発券されたEチケットの控えを渡された新庄は、信じられないといった表情で、それをまじまじと見た。

「本当に日本に帰れるのか……」

「空港の出国審査でヘマをしでかさなければ、ね」

車に戻った新庄は、「本当にありがとう」と礼を言い、カンヤラットに頭を下げた。

「何度も言っているように、これは取引よ」

新庄はゆっくりと頷いた。

「では、今度は私の番だ。今から君を叔母さんの家まで送る。そこで別れよう」

「え？」

「それで取引は終了のはずだ」

「あなたを出国させるまで取引は終わらない」

新庄は、運転席に座ったまま、カンヤラットに向き直った。

「これまで君がしてくれたことについては本当に感謝している。この恩には必ず報いたい。だが、これ以上君を巻き込むことはできない」

「巻き込む……？」

「さっきの話の蒸し返しになるが、私は、私の記憶を消した連中にとって不都合な事実を知ってしまったらしい。君は私の近くにいないほうがいい」

「でも、お金も泊るところもないんでしょう？」

「それはそうだが、少しばかりの金を貸してもらえればなんとかなる。必ず返すよ」

だが、カンヤラットは首を縦に振らなかった。

「私を放り出すの？」

「そうじゃない。君が叔母さんの家に入っていくまで、きちんと見届ける」

「あなたは叔母がどんな人か知らない。お金のことしか考えていない人よ。私、大嫌い」

「だからって……」

兄を失ったうえ新庄まで去ってしまうことに急に怖気づいたのか、カンヤラットはこれまでとは打って変わり、完全な子供に戻ってしまった。

新庄は困惑の表情を浮かべた。

「今の君にとって叔母さんは唯一の肉親なんだろう？　それに、叔母さんの家からバンコクの学校に通うというのはお兄さんの言いつけでもあるはずだ」

〈兄の言いつけ〉という言葉に、カンヤラットは顔をしかめた。

「それはわかってるけど……」

「日本に帰ることができ、記憶が戻ったら、私は必ず君に会いに戻ってくる。だから、ここは私の言うことを聞いてくれ」

カンヤラットはそれでも口を尖らせていたが、やがて、しぶしぶながら頷いた。

「じゃあ、ホテルまで私が送り届ける。私はそこから叔母の家に行く」

「しかし……」

「そうじゃなきゃ、私は叔母の家には行かない」

新庄は溜息をついた。なにか言おうにも、カンヤラットは完全にそっぽを向いている。どうやら、これがぎりぎりの妥協点らしい。

「わかったよ」

新庄はしぶしぶ頷くと、ハンドブレーキを解除し、車を出した。

二月十八日　東京　六本木

六本木ミッドプラザのクラリス・ジャパンを出た常務執行役員の笹川は、そのまま都営大江戸線の六本木駅に向かった。

本人は全く気づいていなかったが、その後には北条がぴったりと張りついていた。

大門駅で都営大江戸線を降りた笹川は、コインロッカーに立ち寄ってキャリーバッグを取り出し、そのまま都営浅草線のホームへ向かった。

——もしかして、羽田空港へ行く気か？

そう考えながら尾行すると、果たして、笹川は折よくやってきた羽田空港行のエアポート快特に乗り込んだ。

帰宅時間ということもあり、車内はかなり混んでいる。

北条は、気づかれないように注意しながら、同じ車両に別のドアから乗り込んだ。

混んだのは京急蒲田駅までで、その後は停車する度に乗客が降車していった。平日のこの時間に羽田空港まで行くのは、東京出張から地方に帰るか、または地方の出張先に前日に着いておきたいビジネスマンくらいなのだろう。

——地方へ出張するのか？

それは妙だ。北条は明日、二回目の事情聴取の約束を取りつけている。今から地方へ出張するということは、それを反故《ほご》にすることだ。

エアポート快特が羽田空港国際線ターミナル駅で停車すると、笹川はキャリーバッグを引いて降車した。

——海外かよ！

国内線だとばかり思っていた北条は慌ててその後を追った。

エスカレーターで出発ロビーに上がった笹川は、そのまま航空会社のカウンターに向かった。搭乗手続を済まし、搭乗券を受け取って振り向く。

そこにいたのは北条だった。

「海外出張ですか？」

あっと驚いた笹川の顔が醜く歪む。

「き……急な用ができて……」

しどろもどろになりながら立ち往生する笹川。

その姿に、搭乗手続待ちの乗客が訝しげな視線を送ってきた。

「とりあえず、お茶でも飲みませんか？」

そう言うと、北条は、半ば強制的に笹川を国際線ターミナル四階のコーヒーショップに連れていった。

「コーヒーでいいですか？」

「はあ……」

コーヒーを二つ注文すると、北条は射るような視線を笹川に向けた。

「警察との約束を反故にするのは良くないですね」

「いえ……、その……、今からご連絡しようと思っていたところです」

「国外逃亡の連絡を、ですか？」

「そんなことは……」

笹川の態度は明らかにおかしい。先ほどから妙にそわそわしている。

コーヒーが運ばれてくるのと同時に、笹川の携帯電話が振動した。

「どうぞ」と北条は促した。「ただし、ここでお願いします」

笹川は頭を下げ、電話に出た。

「ああ……、ああ……」と相槌を打っていた笹川は、突然顔を上げ、「え？」と息を呑んだ。

その視線の先には、こちらに向かって頭を下げている二人の女性がいた。

一人は笹川と同年代、もう一人は大学生くらいに見える。妻と娘に違いない。

「ご家族ですか？」

笹川は見るに堪えないほどの取り乱し方で、「すぐに行くから、そこで待っていてくれ」と携帯電話に向かって声を上げた。

どうやら、彼との待ち合わせ前にお茶でも飲もうとやってきた家族と鉢合わせてしまったらしい。

「ご家族連れで海外出張ですか？」と、北条は皮肉たっぷりの表情で言った。

ここ数日でげっそり頰の削げた顔を北条に向けた笹川は、いきなり頭を下げた。

「見逃してください」

「見逃す……？」

「東京にいては危険なんです」

額には脂汗がじっとりと滲み、呼吸も荒くなっている。

北条は「落ち着いてください」と声をかけた。

「時間がないんです……」

「とにかく落ち着いて！」

つい声を荒らげてしまった北条を周囲の客が振り返った。

北条は声のトーンを下げた。

「とにかく、話は署でお聞きします」

保安検査場で「必ず後で行くから」と手を振って家族を見送った笹川は、北条の待っているベンチに戻ってきた。

「お待たせしました」

「では、タクシーで三田署まで行きましょう」

国際線ターミナル前のタクシー乗り場には凍てつくような風が吹きつけていた。ちょうど最後のタクシーが客を乗せて出てしまったところなのか、車は途絶えてしまっている。いつもは客待ちの長い列を作っているのに、珍しいことだ。

凍えそうになりながら待っていると、しばらくして数台のタクシーがやってきた。

北条が手を上げた瞬間、笹川は脱兎のごとく駆け出した。

——え？

その動きは、げっそり痩せた彼のどこにそんな力が残っていたのかと疑わせるほど俊敏なものだった。

——ふざけやがって！

北条はすぐに後を追った。

自動ドアから出てきた中国人観光客の一団に飛び込んだ笹川は、何人もとぶつかり、スーツケースやキャリーバッグを弾き飛ばしながら逃げていく。

だが、その体力も長くは続かなかった。というより、鍛え上げられた北条の瞬発力に敵うはずもない。追いついた北条に襟首を摑まれた笹川は、それを振りほどこうとしてバランスを崩し、そのまま前のめりに倒れた。それに引き摺られた北条も倒れ、二人は絡み合いながら空港ターミナル前の歩道を転がった。

這ってでも逃げようとする笹川の足首を北条が摑んだ。それを笹川がもう一方の足で蹴る。手が離れた。立ち上がる笹川。その体を北条が羽交い絞めにした。

「観念しろ！」

ひーひーと気管を鳴らしながら抗う笹川の胸元を思い切り捻りあげた北条は、転んだときに切った口元の血を拭いながら言った。

「話は署でゆっくり聞こうか」

三田署の取調室に入る前、北条は八代に電話し、海外へ逃亡しようとした笹川を捕まえて任意同行させたことを伝えた。

「やはり尻尾を出したか」と喜んだ八代は、松ヶ島でウイルス保存液入りの容器が見つかったことを話した。

北条は驚いた。「あの宅配便の中身がL型ウイルスだったのですか？」

「ああ。なんらかの目的でクラリス・ジャパンから持ち出したが、追っ手が迫り、切羽詰まって宅配便で送ったたってところだろう」

「そうですか……」

「で、取り調べだが、一人で大丈夫か？」

「ええ、なんとかやります。あいつ、東京にいては危険だ、などと不審なことを口走っているので、その点を中心に訊いてみます」

取調室では、笹川が蒼白い顔で俯いていた。

北条はその前に座り、書記役の若い警官に「始めようか」と言った。

警官はペンを取った。

北条は睨みを利かせると、おもむろに口を開いた。

「なぜ海外へ逃げようとしたのですか？」

笹川は顔を上げない。固く結んだ拳を乗せた膝は、先ほどから微かに震えていた。

「なにを恐れているのですか？」

答えはない。

「あなたは『東京にいては危険だ』と言った。それはどういう意味ですか？」

それでも沈黙が続いたが、「答えてください！」と強く促すと、笹川はやっと観念したように顔を上げた。

「気になるのです」

「なにがですか？」

「なぜ碓井があのウイルスのデータを持ち出したのか、その理由が気になるのです」

「やはり社内データだったのですね？」

笹川は頷いた。

「碓井は、新しい抗インフルエンザ薬である〈ノイラミフル〉の効果の最終検証を行っていました。検証は様々な種類のウイルスに対して行われましたが、碓井から出てきた報告は、A・B型系のインフルエンザウイルスに対しては非常に高い効果が期待できるというものでした。しかし……」

「しかし、なんですか？」

「その後、碓井は、あるインフルエンザウイルスに関する検証をやり直したいと言ってきました」

「そのウイルスとは？」

「……L型というタイプです」

——やはり……。

話が核心に迫ってきた。逸《はや》る気持ちを抑え、北条は素知らぬ顔で訊いた。

「L型とはどのようなタイプのウイルスなのですか？」

「A・B型と同系列ですが、毒性と感染力が格段に強いウイルスです」

「なぜクラリス・ジャパンがそのようなウイルスを持っていたのですか？」

「それは……、話のなかで説明しても宜しいでしょうか？」

北条は「いいでしょう」と頷いた。「続けてください」

「碓井の再検証の申し出に対する水之江の答えはノーでした」

「再検証の必要はないと？」

「ええ」

「どうして？」

「時間が……、なかったのです」

北条は眉をひそめた。

「なぜ？」

「当社は〈ノイラミフル〉以外に新規の抗がん剤の開発も行っていますが、そちらは完成の目途が立っておらず、膨大な開発費用がクラリス・ジャパンの経営を圧迫しています」

意外な事実に、北条は一瞬戸惑った。

「親会社であるクラリス・スミソニアンの支援を仰げば良いのでは？」

「水之江はスパーリング副社長に相談しました。そして、ウェイトリーに相談しろとの指示をもらいました」

「ウェイトリー？」

「クラリス・スミソニアンは、アジア地区における感染症の研究のため、タイに〈アジア・ウイルス研究所〉という研究施設を持っています。ウェイトリーはその所長です」

話が込み入ってきた。

当惑した北条は、「この話と私の質問と、どのような関係があるのですか？」と訊いた。

「〈ノイラミフル〉です」

「え？」

「ウェイトリーは〈ノイラミフル〉を使ったらどうかと提案してきたのです」

「ですが、その薬は厚労省からの承認待ちなのではないですか？」

「ええ。承認の取得には一年近くかかります。クラリス・ジャパンの経営はそこまで持ちません」

「それで？」

「ウェイトリーが提案してきたのは厚労省からの承認を早める方法です」

「そんなこと、可能なのですか？」

「〈ノイラミフル〉は、現存するどの抗インフルエンザ薬よりも即効性があります。もしも大都市で強力なインフルエンザが流行すれば、厚労省は〈ノイラミフル〉に頼らざるを得ない」

「しかし、そんな都合よくインフルエンザが流行するなんて……」と言ったところで、北条は大きく目を見開いた。「まさか、人為的に……？」

笹川は強張った顔で頷いた。

「ええ。首都圏で強力なインフルエンザが流行すれば、日本政府は藁《わら》にも縋《すが》る思いで〈ノイラミフル〉の承認を早め、当社に大量発注するでしょう。その利益で新規抗がん剤の開発失敗の損失を埋めるというのがウェイトリーの提案でした」

北条の顔から徐々に血の気が引き始めた。

「もしかして……、その計画に使うインフルエンザウイルスというのは……」

笹川は目をつぶり、絞り出すような声で答えた。

「……L型です」

北条は机に拳を叩きつけた。

「あなたたちは松ヶ島の惨状を知っているのか？」

「あらかたの情報は得ています……」

「そんな危険なウイルスをばら撒こうとしているだと？」

答えはない。

「どうなんだ？」

畳みかける北条の迫力に、笹川は絞りきった声をさらに絞りながら答えた。

「感染の初期の段階で〈ノイラミフル〉を集中投与すれば、症状は劇的に改善されます。また、L型ウイルスは一定の期間が経過すると自ら増殖を止めてしまうことがわかっています。そのため、今回の計画には死亡者は想定されていません」

「松ヶ島の人たちは〈ノイラミフル〉がなかったがために亡くなったと？」

「そういうことに……、なります」

——こいつ、よくもしゃあしゃあと……。

死んだのはクラリス・ジャパンの薬を使わなかったせいだと言っているのだ。

北条は、ふつふつと湧き上がる怒りをなんとか抑え、質問を続けた。

「では、なぜ家族ごと海外に逃亡しようとしたのですか？　〈ノイラミフル〉がそんなに効力のある薬なら、逃げる必要はないのではないですか？」

「最初は私もそう思っていました」と、笹川はためらいがちに答えた。「しかし、最近、不安になってきたのです」

「なぜ？」

「妙な事象が……、頻発しているのです」

「碓井さんの不審死ですか？」

「それもありますが……」

北条は眉をひそめた。「他にも？」

「研究員が失踪を……」

「え？」

「L型インフルエンザウイルスを発見したのは〈アジア・ウイルス研究所〉ですが、そこに長期出張している当社の研究員の行方がわからなくなっているのです」

「地元の警察と日本大使館へは？」

「届けていますが、今のところ情報はありません」

「それで怖くなったと？」

「はい」と、笹川は神妙に頷いた。「死んだ碓井も失踪した出張者もウイルス研究に深くかかわっていた人物です。この二人が消えたのは偶然とは思えない……」

――こいつ……。

その身勝手さに、北条は今更ながら呆れ返った。松ヶ島であれほどの事件を起こしておきながら、心配していることといえば自分と家族のことばかりだ。

北条は射るような視線を笹川に向けた。

「危険なウイルスのサンプルを関係会社から仕入れ、その取扱不注意から二百三十八人もの犠牲者を出し、挙句の果てに首都圏にウイルスをばら撒こうとしているだと？」

笹川は必死で手を振った。

「ちょっと待ってください。松ヶ島でのことは我々のあずかり知らぬところです」

北条は再び拳で机を叩いた。

「そんな言い訳が通れば警察はいらないんだよ！」

ドンという音が部屋中に響き、笹川は思わず椅子の上で身を縮めた。

赤くなった拳を撫でながら、北条は言った。

「とにかく、その計画を潰すのが最優先だ。L型ウイルスは今どこにある？」

「日本には……、ありません」

「なんだと？」

「我々が持っているのは少量のサンプルだけです」

「計画に使うL型ウイルスはどこから調達するんだ？」

「その方法は知らされていません」

「どういうことだ？」

「この計画はウェイトリーによって進められており、我々は厚労省への根回しと、〈ノイラミフル〉の大量発注を見込んだ生産だけを指示されています」

「じゃあ、そのウェイトリーってやつから訊き出せばいいだろう！」

「無駄です」と、笹川は力なく首を振った。「彼は尻尾を掴まれるようなヘマはしません。なにを訊いてもはぐらかされ、証拠一つ押さえることができないでしょう」

確かに、目に見えないウイルスが相手では、証拠の押さえようもない。

北条は返す言葉を失い、しばし呆然となった。

首都圏でパンデミックを引き起こすウイルスが密かに日本に持ち込まれようとしている。いや、すでに持ち込まれているのかもしれない。しかし、それを確認する術はない。

北条は心のなかで呻き声を上げた。

——一体どうすれば……？

二月十八日　タイ　バンコク

チャオプラヤ川を見下ろすシャングリ・ラ ホテル バンコクの部屋のバルコニーで、二宮《にのみや》貴美花《きみか》はワイングラスを片手に深い溜息をついた。

明日にはバンコクを発って日本に帰らなければならない。

外科医として勤務していた都内の総合病院に辞表を提出してから、かれこれ二週間が過ぎようとしている。

助手として立ち会った手術で起きた医療事故。執刀した副院長の蒲生正夫《がもうまさお》は、手術室にいた貴美花以下の全員に箝口令を敷き、医療データの改竄を命じた。

悲しみに暮れる遺族の姿を目の当たりにした貴美花は、正夫の父親でもある院長の蒲生勝《まさる》に医療ミスの情報開示を進言したが、一笑に付されただけでなく、「このことを外部に漏らしたら、君の将来はないぞ」と脅された。勝は医師会の大物役員だ。その言葉が単なる脅しでないことは貴美花もよくわかっていた。

自分の将来と医者としての良心との間に挟まれ、悩んだ貴美花の出した結論は、医療データの改竄を断り、病院に辞表を提出することだった。

その直後、貴美花は逃げるようにして日本を出た。行先はどこでもよかった。バンコクにしたのは、たまたま旅行代理店の店頭にバンコク行きの格安航空券の広告が出ていたからに過ぎない。

バンコクに到着早々、恋人の同僚医師から電話が入り、もう別れようと告げられた。同僚を売るような人間と付き合っていては自分の将来に響くということらしい。おまけに、ご丁寧にも、日本に帰っても雇ってくれる病院があるかどうかわからないぞとまで忠告してくれた。

失業と失恋のダブルパンチを食らった失意の一人旅は想像以上に辛かった。

それを救ってくれたのはタイの人々の明るさと優しさだったが、それも今日までだ。明日には世知辛い東京に戻らなければならない。

憂鬱な気分から逃避するため、慣れないワインを飲みすぎた貴美花の揺れる視線の先には、チャオプラヤ川に沈む真っ赤な夕日があった。

——日が落ちる……。

外に食事に出る気もしなかったが、こうやっていても気が滅入るだけだ。

そう考え直した貴美花は、思い切ってバンコクでの最後の夜を楽しむことにした。

昨日買った服を着てみる。三十二という年にしては少し大胆すぎるかもしれないが、この南国の街でなら許されるだろう。

鏡に映った自分に『元気を出して！』と言い聞かせると、貴美花は少し高めのヒールを選び、ホテルのロビーに下りていった。

「タクシーですか？」と訊くドアマンに、「どこか美味しいレストランはある？」と訊いた。

ドアマンは、貴美花の美しさに見とれながら、「お一人で？」と首を傾げた。

「残念ながら、そうなの」

「お好みは？」

「やはりタイ料理ね。賑やかなところがいいわ」

カップルだらけの静かなところでは余計に気が滅入る。

ドアマンは笑った。「それもいくつか候補があります」

「一人で食事しても退屈しないところ、かな……？」

「わかりました」

ドアマンはタクシーを呼ぶと、レストランの名前と場所をドライバーに伝えた。

有名な店のようだ。ドライバーはすぐにわかったらしく、大きく頷いた。

価格の交渉もしてくれたドアマンは、後部座席に乗り込んだ貴美花に「五十バーツで行ってくれるそうです」と伝えてきた。

バンコクのタクシーにはメーターのあるものとないものがある。また、たとえメーターがあったとしても、出発時にわざと倒さないドライバーもいるので要注意だ。

貴美花はドアマンに礼を言うと、派手なピンク色のタクシーのドアを閉めた。

バンコク市内はすでに夕方の渋滞が始まっている。

最初こそはスムーズだったが、ラマ四世通りに入ったところでタクシーはほとんど動かなくなった。退屈した貴美花が窓の外に目を向けると、隣の車線では日本人らしき男性が黒いトヨタ車を運転していた。

助手席には少女が乗っていた。こちらはタイ人らしい。

バンコクには金に物を言わせて若いタイ人女性と付き合う日本人男性が多くいると聞くが、あんな少女を？

――まさかね……。

そんなことを考えているうちに、黒いトヨタ車は急にハンドルを切り、狭い路地に入っていった。

貴美花を乗せたタクシーは、そのままレストランへ向かった。

路地に入ったカムリのなかでは、カンヤラットが新庄に細かな指示を出していた。

「そこの路地を入って」

「ここか？」

狭い路地だ。道路脇に椅子と机を並べて夕食の支度を始めている人たちを避けながらでないと車を進められない。

そうやっていくつもの路地を通りすぎているうち、やがて車は安宿と住宅の密集している地区に入った。

「ここよ」

カンヤラットが指さすホテルは、建物は古いが、清潔そうなところだった。

新庄に代わってチェックインの手続をしてくれたカンヤラットは、叔母の家に行く前にシャワーを浴びたいと言って、強引に部屋まで付いてきた。

部屋は四階で、狭いながらも、心地よさそうなベッドやソファ、そしてシャワーが揃っていた。

唯一の荷物であるアタッシュケースを床に置くと、新庄はカンヤラットにシャワーを使わせ、自分はベッドに横になった。

いろいろなことがありすぎて、頭も体も疲労の限界を迎えている。シャワーの水音を聞きながら、新庄はいつしか深い眠りに落ちていった。

目が覚めたのは深夜だった。腕が痺れて痛い。首を捻ると、そこには、新庄の腕を枕にして眠っているカンヤラットがいた。

——行かなかったのか……。

寝入ってしまった自分も悪いが、どうやら、カンヤラットは最初からここに居座る気だったらしい。彼女にしてみれば、こうやって体を寄せ合っているだけでも少しは安心なのだろう。

時計は午前三時を指している。フライトは七時十五分だ。ということは、二時間前の五時十五分までには空港でチェックインしたほうがいい。

新庄は、カンヤラットを起こさないように気をつけながら、ゆっくりと腕を抜いた。

わからないタイ語の寝言を口にした彼女は、再び寝息を立て始めた。

フットライトの光でほのかに明るい部屋を見渡してみると、テーブルの上にはテイクアウトしたカオパット・クン（海老炒飯）が置いてあった。夕食にするつもりで買ってきたのだろう。

空腹を覚えた新庄は、冷えたカオパット・クンを頬張りながら、これからのことを考えた。

とりあえず日本に帰ることはできそうだ。しかし、その先になにが自分を待っているのか、それはさっぱりわからない。

——いずれにしても、記憶を取り戻さないことには先へは進めない……。

カオパット・クンを食べ終えた新庄は、音を立てないようにお湯の勢いを弱めてシャワーを浴び、カンヤラットが買ってくれたらしい新しい服とズボンを身に纏うと、そのまま足音を忍ばせてドアに向かった。

空港まではタクシーを拾えばいい。それくらいの金はカンヤラットから借りている。彼女を置いていくのは忍びないが、これ以上危険な目に遭わせるわけにはいかない。

そのとき、新庄は廊下の軋む微かな音に気がついた。

最初は気のせいかと思ったが、耳を澄ますと確かに聞こえる。それも複数の人間のものだ。

——追っ手か……？

新庄は窓から下を覗いてみた。この部屋は四階だが、幸い、隣接する建物の屋根がすぐ下に見える。そこに飛び移れば逃げられる。

新庄はカンヤラットの寝ているベッドに近づくと、そっと彼女を起こした。

彼女は目をこすりながら、「なに？」と眠そうな声を上げた。

新庄は人差し指を口に当てた。「声を出すな」

カンヤラットは大きく目を見開いた。

「どうしたの？」

「追っ手らしい。君はこの窓から隣の建物に逃げろ」

「あなたは？」

「まずは君を逃がす」

「一緒じゃなきゃだめ！」

「心配するな。俺は別の方向から逃げる。近くに高速道路の高架橋があったな？」

「ええ」

「車の運転はできると言ったな？」

「でも、こんな街中は初めて」

「大丈夫だ。深夜だから車はほとんどいない。高架橋の下に車を停めて待っていてくれ」

嫌がるカンヤラットに車のキーを渡し、窓から外に出した新庄は、彼女が隣の建物の屋根に飛び移ったことを確認すると、そっと窓を閉めた。

これでカンヤラットが逃げた痕跡は消すことができた。

新庄は丸めたバスタオルをベッドのなかに入れて誰かが寝ているように見せかけると、自分はアタッシュケースを抱えてドアの陰に身を隠した。

カチッという音とともに鍵が解除され、ドアが小さく開く。

飛び出そうなほど高鳴る心臓を押さえ、息を潜めてドアを見つめる新庄。

サイレンサー（消音器）を付けた銃口が隙間から覗き、プッという小さな銃声を響かせたと思うと、タオルで作ったベッドの膨らみが大きく揺れ、いくつもの穴が開いた。

次の瞬間、新庄は思い切りドアを引いた。不意を突かれた二人の男が部屋のなかに転がり込んできた。新庄はそれを跳び越し、脱兎のごとく階段を駆け下りた。

男たちはすぐに起き上がり、拳銃を手にして後を追った。

数段跳びで階段を駆け下りる新庄。その脇を銃弾が飛び、壁に当たって穴を開ける。足がすくむが、立ち止まったら終わりだ。転げ落ちるように階段を下った新庄は、ロビーを駆け抜けてホテルの前の通りに出た。

ここを左に行けばカンヤラットの待っている高速道路の高架橋の下だ。だが、新庄は敢えて右に曲がった。追っ手を少しでも彼女から引き離すつもりだった。

予想どおり、二人組は新庄を追ってきた。これでいい。もう少し行けば、ホテルに来るときに通った迷路のような路地があるはずだ。そこに逃げ込めば時間が稼げる。

――ここだ！

見覚えのある雑貨屋の看板の角を曲がろうとした瞬間、新庄はあっと声を上げた。

路地の入口の門が閉まっている。

――夜は閉めるのか……！

後ろからは男たちが迫ってくる。新庄の顔から血の気が引いた。男たちは銃を構え、こちらに狙いを定めた。放たれた銃弾が足元の地面に当たり、土埃を上げる。

——だめか……。

すでに足は棒のようだ。これ以上走り続けるのは無理だ。

そう思った瞬間、突然、後ろから男たちの叫び声が聞こえた。

——え……？

驚いて振り返った新庄の目に、猛スピードで爆走してくる黒いカムリが映った。

カンヤラットだ。

男たちは、轢かれそうになる寸前で身をよじって車を避け、そのまま路上に転がった。

カムリは新庄の脇で急停車し、助手席のドアが開いた。

「乗って！」

新庄はアタッシュケースを抱えたまま助手席に滑り込んでドアを閉めた。

その瞬間、カンヤラットは一気にアクセルを踏み込んだ。

新庄が助手席の背に叩きつけられる勢いで急発進したカムリは、まだ暗いバンコク市内を疾走した。

「なにか私に言うことは？」と、彼女はハンドルを握ったまま訊いた。

「あ……」急発進の勢いでシートからずり下がった新庄は、体を持ち上げながら「ありがとう」と礼を言った。

「そうじゃない」カンヤラットは頬を膨らませている。

「…………」

「私を逃がすためにわざと逆の方向へ逃げた。そうでしょう?」

険しい目でハンドルをさばくカンヤラットを見ながら、新庄は素直に頭を下げた。

「悪かった……」

「やっぱり、ね」

「君をこれ以上巻き込むわけにはいかないと思ったんだ」

カンヤラットは新庄のほうを向いた。

「私が子供だと思って舐めてるの?」

「そんなことはない」新庄は首を振った。「だが、あいつらはホテルにまでやってきた。後を付けられていたってことだ。甘く見ないほうがいい」

彼女は再び前を向くと、答えた。

「そうかもね……」

「だから……」と新庄が続けようとしたとき、カンヤラットは車を道の脇に寄せ、そこで停めた。

「ここで降りて」

「え……？」新庄は眉をひそめた。言っている意味がわからない。

「もう少し歩くとマッカサン駅がある。空港行きの電車の始発にはまだ早いけど、駅前にはタクシーが停まっているはず。それで空港へ行って」

「それはいいが、君は……」と言いかけて、新庄はカンヤラットの意図に気づいた。「まさか……、囮《おとり》になる気か？」

答えはない。

「馬鹿なことを考えるな！」

力ずくで車から降ろそうと外に出た瞬間、カンヤラットはドアを内側からロックした。

「なにをする！」

窓が少しだけ開いた。

「心配しないで。連中をあなたから遠ざけたら、私も車を捨ててすぐに逃げる」

「そんな危険な目には遭わせられない。今すぐ逃げろ」

「お兄ちゃんの言いつけを守るの」

「君のお兄さんはそんなことを望んじゃいない」

カンヤラットは助手席側の窓からアタッシュケースを放り出し、「早く行って！」と言い残すと、そのままアクセルを踏み込んだ。

カムリは急発進し、その煽《あお》りを食った新庄は地面に尻餅をついた。

――くそ！

アタッシュケースを摑んで立ち上がろうとした新庄の前を一台の車が通りすぎた。街灯の光で車のなかが一瞬見えた。乗っているのは先ほどの二人組だ。

――しまった……。

その車はカムリを追っていく。

カムリのバックミラーに追っ手の車が映った。

それを見たカンヤラットは、初めてぞっとするような恐怖を感じた。夢中だったとはいえ、自分のやってしまったことの恐ろしさに泣きそうになる。震える手でハンドルを握り締めた彼女は、

「お兄ちゃん、私を守って……」と呟いた。

明け方のバンコク市内は車もまばらだ。その道路を、カンヤラットは空港と反対の方向に向けて思い切りアクセルを踏み込んだ。こうなったら逃げきれるまで走るしかない。

追っ手の車はみるみるカムリに引き離されていく。その車中で、助手席の男が「なにをやっている？」と声を上げた。「もっと速度を上げろ！」

かなりの距離を走ったところで、二台の車は運河に差し掛かった。そこにかかる橋を走り抜けようとしたとき、カンヤラットは思わず悲鳴を上げた。運河沿いの倉庫の脇道からいきなり大型トラックが姿を現したのだ。それを避けようとしたカムリは大きくスリップし、激しく回転したまま橋のガードレールを突き破ると、運河に転落した。

追っ手の車はその場で急停止した。

カムリはゆっくりと沈んでいく。

「勝手に運河に突っ込みやがった」と助手席の男が目を輝かせた。「これじゃ助からんな」

「いや、死体を確認するまで断定はできない」と運転席の男が答えた。

「これで助かると思うか？」

河岸の電灯の光を頼りに、車の沈んだ辺りを見回したが、水面に人が浮かんでくる気配はない。

「そう……、だな」

——あのスピードでガードレールにぶつかって、意識があるわけがないか……。

そう自分にも言い聞かせた運転席の男は、ゆっくりと車を発進させた。

二月十八日　長崎　長崎大学医学部

深夜の長崎大学医学部の研究棟は薄暗く、不気味な雰囲気に包まれていた。

廊下の長椅子に腰かけた八代は、一向に研究室から出てこない鈴本と藤澤をいらいらしながら待っていた。

二人が病理学研究室に入ってからすでに一時間が経過している。

八代は十粒目になるガムを口に放り込むと、くちゃくちゃと嚙んだ。最初は爽やかだったミントの味も、舌が麻痺したのか、六粒目以降は味を感じなくなっている。

さらに三十分ほど待ったところで、ようやく研究室の扉が開いた。

姿を現した鈴本の手にはスマートフォンが握られ、顔からは血の気が引いている。

続いて藤澤が出てきた。こちらも沈痛な面持ちをしている。

嫌な予感がした八代は、足早に二人に歩み寄り、「悪いニュースですか？」と訊いた。

鈴本は小さく頷いた。「保管容器の中身はL型ウイルスでした」

「やはりそうでしたか……」

「そして、先ほど二つの電話がありました。一つ目は五島警察署の渥美刑事からで、碓井さんのお父様がお亡くなりになったそうです」

「え？」八代は目を見開いた。「しかし、午前中に事情聴取をしたときはお元気でしたが……」

「その後、容態が急変したそうです」

「でも、徳三さんはL型ウイルスには感染していなかったんじゃ？」

「正確に言うと、感染はしていたが発症していなかったということです」

「どういうことですか？」

「徳三さんの体内に潜伏していたウイルスが再び増殖を始めたのです」

「は……？」

八代はその意味を測りかねた。L型ウイルスは自ら増殖を止めて死滅するのではなかったのか？ そのことを口にすると、藤澤が答えた。

「L型ウイルスが増殖を止めるのは、ウイルスのコピーが宿主細胞から遊離するために必要なノイラミニダーゼという物質の生成が弱まっていくためです。通常、遊離できないウイルスはそのまま死んでしまいます。そのため、我々は、L型ウイルスも死滅したと思っていました」

「そうではないのですか？」

藤澤は残念そうな表情で首を振った。

「L型ウイルスは死んではいなかった。違う特性を持つウイルスに変異するため、一時的に活動を休止していたに過ぎなかった……」

わかりやすく説明しているつもりらしいが、すでに八代の理解の限界を超えている。

助けを求めるような視線を向けると、鈴本は、「どうやら二つ目の電話の内容をお話ししたほうが良さそうですね」と言った。

「誰からの電話ですか？」

「鹿取からです。やっと〈S〉ファイルのデータの解析が終わったとのことでした」

「あの数字の羅列の意味がわかったのですか？」

「ええ。私の息子の頭のなかでの計算が終わり、例のごとく、浮かんだイメージを鹿取に伝えたそうです」

「で？」

「スクリーニングの結果、最後に残ったのは塩基《えんき》置換《ちかん》速度のデータでした」

「塩基……置換……？」

「塩基置換とは、遺伝子を構成する塩基という物質が複製時のミスコピーによって別の塩基に置き換わる現象で、ウイルスで最も高頻度に観察される突然変異です。塩基置換速度は、単位時間あたりの塩基置換率を示しています」

「それで……、なにがわかるのですか？」

「L型ウイルスの変異のスピードです」

八代の頭は再びオーバーヒートしかかった。

「申し訳ありませんが、私にもわかるように説明していただけませんか？」

すみませんと謝ると、鈴木は一呼吸置き、初歩的な説明から始めた。

「人の遺伝子はDNAに記録されています。DNAとは、いわば遺伝子を保存する書庫のようなものです。一方、インフルエンザウイルスの遺伝子はRNAと呼ばれる核酸に記録されています」

「はあ……」

「DNAは遺伝子のミスコピーをチェックする酵素を持っているため、ミスコピーが発生しても、そのほとんどが修復されます。しかしRNAはその酵素を持っていない。そのため、ウイルスのRNAでは、人のDNAの千倍の確率で遺伝子のミスコピーが発生します」

「千倍も、ですか……？」

「はい」

「それがウイルスの変異というわけですか？」

「そうです。歴史的に見ると、インフルエンザウイルスは、数十年に一度の確率でフルモデルチェンジともいえる完全変異を起こし、世界的なパンデミックとなりました。一九一八年に大流行した〈スペイン風邪〉の感染者は六億人、死亡者は五千万人ともいわれていますが、当時の世界人口が二十億人程度だったことを考えると、全人類の約三割が感染した計算になります」

「そんなに……？」

「亡くなった碓井さんは、宿主細胞から出芽するL型ウイルスの粒子を電子顕微鏡で観察し、綿密な記録を残していました。それが〈S〉ファイルのデータです。それによると、L型ウイルスは非常に高い確率で完全変異することがわかりました」

「高い確率とは、どの程度の……？」

「数日単位です」

「は？」

「簡単に言うと、L型ウイルスは、数日単位で全く異なった特性のウイルスに変わってしまうということです」

八代は目を剝いた。

「では、徳三さんが亡くなったのも？」

「徳三さんだけではありません。松ヶ島の生存者は次々と発症して亡くなりました。隔離病棟は即時閉鎖され、焼却処理されたそうです」

「L型ウイルスは死滅したのではなく、完全変異の準備をしていたということですか？」

「そのとおりです」と、藤澤が答えた。「宿主細胞から離れられなくなったL型ウイルスは、その後、ノイラミニダーゼなしで遊離・拡散が可能なタイプに変異し、再び増殖を始めます」

「そんな……」

毒性は強いが、放っておいても自然に終息する。それがL型ウイルスの特性だと思っていたのに、これでは話が全く違う……。

八代は鈴木に訊いた。

「対抗薬はあるのですか？」

「一般的に使用されている〈タミフル〉や〈リエンザ〉は、ノイラミニダーゼの生成を阻害することでウイルスが宿主細胞から遊離できなくする薬です。変異後のL型ウイルスには効きません」

「では、どうなるのです？」

「もしも首都圏でL型が流行した場合、初期の段階で徹底的に叩いたとしても、生き残ったウイルスが変異し始めたら打つ手がない。数十万人規模の死亡者が出ることは避けられないでしょう」

八代は愕然とした。

スーツのポケットで携帯電話が振動した。

北条からだ。

その電話に出た八代の顔からすーっと血の気が失せていった。

「どうしました？」

心配そうに訊く鈴本に、八代は真っ白になった顔を向けた。

「L型ウイルスを首都圏にばら撒く計画が進行中だそうです……」

第三章

二月十九日　タイ　バンコク

バンコク、スワンナプーム国際空港に着いた新庄は、そのまま新日本エアシステムのカウンターに向かった。

途中で別れたカンヤラットのことが気になったが、彼女の気持ちを無駄にしないためにも、今は一刻も早くタイから出国するしかない。

チェックインカウンターで偽のパスポートを差し出すとき、新庄の心臓は胸から飛び出そうなほど高鳴った。だが、意外にも、チェックインは拍子抜けするほど簡単に終わった。

次は出国審査だ。

早朝だというのに旅行客は多く、どの審査官の窓口にも長い列ができている。日本のツアー客らしい一団も混ざっていた。

十分も待つと新庄の番が来た。

「Next（次の人）」と促され、窓口の前に立った新庄は、無理に笑顔を作りながらパスポートと搭乗券を差し出した。

審査官は無言でパスポートを開き、ICチップの入っているページを機械に当てた。画面にパスポートのデータと写真が現れる。審査官は視線を上げ、新庄の顔と見比べた。

本人に間違いない。

続いて入国時に撮った画像を見る。

――ん……？

審査官の手が止まった。もう一度新庄の顔を見る。眉や目はそっくりだが、鼻が気になる。入国時に撮影された写真は鉤鼻《かぎばな》だ。目の前の男のものとは違う。

――タイで整形したのか？

確かに、そういう輩は山ほどいる。

何度も視線を上下させる審査官に、新庄の胸を嫌な予感が過った。

――入国時に撮った写真との差が大きかったのか……？

新庄がいる出国審査窓口の列の五人後ろには貴美花が並んでいた。昨夜も一人でワインを飲みすぎ、気分が悪い。先ほどからずっと待っているが、どうもこの列は他の列に比べて進み方が遅い。不審に思って背を伸ばすと、日本人らしき男性が出国審査で引っ掛かっているのが見えた。

見覚えのある顔だ。

――昨日の……？

間違いない。渋滞したラマ四世通りで、隣になったトヨタ車を運転していた男だ。助手席にいた少女は一緒ではないらしい。男は緊張した面持ちで審査官と対峙している。

やがて、審査官は、今一つ腑に落ちないといった表情をしながらも、パスポートと搭乗券に出国のスタンプをドンと押した。

男はほっとした顔で自分のパスポートと搭乗券を受け取り、そそくさと立ち去った。

――まるで日本に逃げ帰るみたいね。

昨日の少女はどうしたのかしら、とぼんやり考えているうちに自分の番が回ってきた。

貴美花はパスポートと搭乗券を手にして出国審査の窓口に進んだ。

新日本エア七二六便に搭乗した新庄は、ボーイング777-300ER型機の広い機内の通路を歩き、エコノミークラス後方の自分の席に辿り着いた。

アタッシュケースを荷物棚に入れ、通路側の席に座る。

これでなんとか飛行機には乗れた。あとは早く離陸してくれるのを祈るばかりだ。

エコノミークラスの席は窮屈だが、今の新庄には天国のように思える。

座っているうちに、ここ数日の出来事で疲労困憊の新庄の瞼は徐々に重くなり、そのまま眠りに落ちていった。だが、そのまどろみは、「すみません」という声でいきなり中断された。

目をこすって見上げると、そこには一人の女性が立っていた。彼女は搭乗券を見せ、「そこは私の席だと思うのですが……」と申し訳なさそうに言った。

新庄は慌てて自分の搭乗券を見た。席は窓側になっている。

「すみません」

そそくさと立ち上がった新庄は、その女性、二宮貴美花の荷物を棚に載せるのを手伝った。

「ありがとうございます」

貴美花は礼を言い、通路側の自分の席に座った。

搭乗が完了した。

ドアが閉まると、チーフパーサーの入江由香里がマイクを取り、「キャビン・アテンダント。ドアズ・フォー・ディパーチャー」と機内放送した。

桐野智子たちCAは、それぞれ担当する搭乗口のドアの前に立ち、レバーを〈アームド〉

の方向に回した。ドアはアームド・ポジション（ドア開放時に脱出用のスライドが出る設定）に変更され、離陸準備は完了した。

ボーディンブリッジが外される。

トーイングカーに押され、ボーイング777－300ERの巨体がゆっくりと動き始めた。

コックピット（操縦席）では、ずらりと並ぶ計器類を前に、副操縦士の東山輝幸が最終チェックを行っていた。

「どうだ？」という富岡機長の問いに、東山は左手の親指を立てた。

「すべて異常ありません」

「わかった」と答えながら、ブリーフィング時に手渡された天気図に目を落とした富岡は小さく眉をひそめた。「低気圧の影響で少し揺れそうだな」

「ベルト着用時間が長くなりそうですね」

「揺れがひどくなったら、客室乗務員も早めに着席させてくれ」

「了解です」と頷いた東山は富岡を見た。「ところで機長……」

「なんだ？」

「私の機長昇格試験が近いのはご存知ですよね？」

「だから？」

「ＣＡたちの間では、富岡機長のランディング（着陸）は、いつ滑走路にタッチしたかわからないほどソフトだと評判です。今日は羽田でそのコツをご伝授いただきたく……」

「甘えるなよ」と富岡は笑った「技は盗むものだと教わらなかったか？」

「そこをなんとか……」

「人使いが荒いな」

「誰かさんに比べれば相当ましです」

その誰かさんが自分を指しているとわかっている富岡は、苦笑いしながら、管制塔からの連絡に耳を傾けた。聞き取りにくいタイ語訛りの英語だ。どうやら滑走路が混んでいるらしい。

「まいったな。五番目だってよ……」

バンコクのスワンナプーム国際空港はアジア有数のハブ空港の一つで、その発着便数は年間三十万を超える。早朝にもかかわらず、滑走路はすでに発着便で混み始めている。

富岡は、空港混雑のため離陸が少し遅れることをチーフパーサーの由香里に伝え、機内放送を入れさせた。

朝が早かったためか、貴美花は目を閉じて寝息を立てている。

隣の席では、彼女に起こされて目の冴えてしまった新庄が機内放送を聞いていた。

――早く離陸してくれ……。

そう願いながら、新庄は膝の上で両手を握り締めた。

二月十九日　九時三十分（日本時間）　新日本エア七二六便

新日本エア七二六便は定刻から十五分遅れて離陸した。

離陸後しばらくは気流の関係で機体が揺れたが、高度二万フィート（約六千メートル）に達する頃には収まり、ベルト着用サインが消えた。

それを見た新庄は体の力を抜き、ふーと長い息を吐いた。

――とりあえず、これで日本に帰れる……。

帰ってなにをすべきなのかはわからないが、それは羽田に着いてから考えるしかない。

隣の貴美花はまだ寝息を立てている。

何気なく機内誌に手を伸ばしたとき、CAの一人がひどく慌てた様子で脇の通路を通りすぎていった。

そういえば、先ほどからキャビンの後方がやけに騒がしい気がする。

数分後、先ほどのCAが足早に戻ってきた。顔が蒼褪めている。

しばらくすると機内放送が流れた。

「お客様のなかにお医者様がいらっしゃいましたら、客室乗務員までお知らせください」

周囲の乗客が一斉にざわめき始めた。

「急病人？」

「えー？　引き返すのかな？」

「困ったな」

「そもそも、医者なんて乗っているのか？」

乗客たちが囁き合うなか、再び機内放送が流れる。

「急病人が発生しました。お医者様はいらっしゃいませんか？」

繰り返される機内放送に、新庄の心は揺れ始めた。

――名乗り出るべきか……？

だが、今は柴田光雄という偽名を使って搭乗している。とても名乗り出られる状況ではない。それに、第一、自分が医者なのかどうかもわからない。

機内放送に気づいたのは貴美花も同じだった。しかし、彼女もまた、名乗り出るかどうかを迷っていた。ろくな医療設備も整っていない機内での治療はリスクを伴う。誤診も起こり得る。名乗り出るには相当の覚悟が必要だ。

――他に医者が乗っていてくれれば……。

そう思いながら、貴美花はじっと目を閉じていた。

「お客様のなかにお医者様、あるいは看護師の方はいらっしゃいませんか？」という三回目の機内放送が流れた。

――私しかいないのか……。

貴美花はふっと息を吐いた。ここで患者を見捨てては、なんのために医療データの改竄を拒否して病院を辞めたのかわからない。

四回目の放送が流れた。名乗り出る者はいない。ようやく意を決した貴美花は、恐る恐る手を上げ、立ち上がった。

「あの……、私、医者です」

近くにいたＣＡが目を見開いた。

「お医者様ですか？」

驚いたのはＣＡだけではなかった。周囲の目が一斉に貴美花に向けられた。無理もない。医者だと名乗り出てきたのは、ファッション誌から抜け出したような美しい女性だ。

自分に向けられた視線におどおどしながら、貴美花はＣＡに告げた。

「外科医なんですけど、難しい症状でなければ内科も診られると思います……」

ＣＡの知らせで駆けつけてきたチーフパーサーの入江由香里はいきなり深々と頭を下げた。

「ありがとうございます。助かります」

貴美花は、「いいえ」と小さく手を振ると、「症状は？」と訊いた。

「とにかく、こちらへ」

由香里に先導されてキャビンの後方に歩いていくと、マスクをした五人ほどの乗客が、真っ赤な顔でシートにぐったりと寄り掛かっていた。

「いつからですか？」

乗客の世話をしていたＣＡの桐野智子が立ち上がった。

「ベルト着用サインが消えた瞬間、トイレに駆け込んで嘔吐されたお客様がいらっしゃいまして、気がつくと周囲のお客様も……」

「体温は？」

「皆さん三十九度を超えています」

「聴診器はありますか？」

智子はメディカルキットから聴診器を取りだした。

「どうぞ」

貴美花は患者の一人の男性のシャツを捲《まく》り、胸に聴診器を当てた。脈は速めだが、比較的しっかりしている。呼吸音も滑らかだ。気管支炎や肺炎は併発していないようだ。

他の四人の患者も同様だった。

高熱にうなされている患者たちへの問診が難しいと判断した貴美花は、CAの智子に訊いた。

「患者さんは他にどのような症状を訴えていましたか？」

智子はしばらく考えると、「全身がだるいとか、関節が痛いとか、寒気がするとか、そういったことでしょうか……」と答えた。「最初は食中毒かと思ったのですが、そのうち咳もひどくなって……」

それを聞いた貴美花の表情が曇った。どれもインフルエンザに似た症状だ。

貴美花はチーフパーサーの由香里に声をかけると、キャビン最後尾のギャレーに入った。

ギャレーのカーテンを閉めた由香里は心配そうな表情で「いかがですか？」と訊いた。

「インフルエンザの可能性が高いですね」

「え？」

「検査キットはありますか？」

「あいにく、そういったものは載せていません」

「そうですよね……」

「インフルエンザということは……、その……、感染するのですか？」

貴美花は頷いた。

「お見受けしたところ、五人の患者さんは同じツアーのお仲間のようですが……」

「はい。患者さんたちのお席は旅行会社さんが押さえたブロックで、皆様、同じツアーです」

「ツアーは何人ですか？」

「三十名ほどです」

貴美花は困ったなといったふうに顔をしかめた。

「なにか？」

「他のツアー客の皆さんも感染されている可能性が高いですね」

「え？」

「インフルエンザの潜伏期間は通常一日から二日ですが、その間、皆さんは同じ観光バスで移動され、食事も一緒にされているはずです。感染しているとみて間違いないでしょう」

「ということは、今後、患者さんが増えていくということですか？」

「ええ」

「そんな……」

貴美花は慌てて手を振った。

「落ち着いてください。よほどのお年寄りでもない限り、A型やB型のインフルエンザで亡くなることはありません」

由香里の表情が少し和らいだ。「そう、ですよね」

「羽田までの飛行時間はあと何時間ですか？」

「五時間程度です」

貴美花は少し考え、「では、このまま羽田に飛ぶしかないですね」と告げた。

由香里はほっと息を吐いた。バンコクに引き返す必要はないらしい。

「では、機長から羽田空港に連絡を入れ、到着と同時に救急車で病院に搬送してもらうよう手配します」

「お願いします」

コックピットへの連絡のために由香里がギャレーから出ようとしたとき、いきなりカーテンが開き、真っ蒼な顔をした智子が駆け込んできた。

「大変です！　男性のお客様の容態が急変しました！」

「え？」

驚いた由香里は貴美花と一緒に客席に向かった。

そこで二人が見たのは、真っ赤に充血した目を見開き、シートいっぱいに伸ばした体をぶるぶると痙攣させている年配の男だった。その体がシートから転がり落ちないよう、妻らしき女性と、さらにもう一人の男性が必死で押さえつけている。

——え……？

患者を押さえている男性を見た貴美花は驚いた。自分の隣の席にいた乗客だ。

貴美花がなにかを言おうとしたとき、「う！」という声とともに、年配の男性の体の硬直がピークに達した。食いしばった歯がガチガチと音を立てる。それを押さえつけていた男性、新庄は、咄嗟に近くにあったお絞りを摑んで口に押し込んだ。舌を嚙まないための応急処置だ。

だが、その男性は、お絞りを嚙み締めたまま、背骨が折れるかと思うほどの勢いで体をのけぞらせ、そのまま動かなくなった。

新庄は男性の胸に耳を当てた。心音が聞こえない。

「手伝ってくれ！」

新庄は、由香里たちの力を借りて男性を床に下ろし、両手を添えて心臓マッサージを始めた。

しかし、どれだけマッサージを続けても、男性の心臓が再び動き出すことはなかった。

その光景を前にして、貴美花は呆然と立ち尽くした。

――なぜ……？

インフルエンザの症状が急変するのは知っている。だが、先ほど診察したときの男性の心音ははっきりしていた。それから十分も経っていないというのに……。

驚きで言葉も出ない貴美花を見上げ、新庄はゆっくりと首を振った。

それと同時に、周囲のツアー客は一斉に席を立ち、ワッと叫び声を上げた。

「死んじゃったの？」

「なんで？」

新庄は立ち上がると、乗客に向かって声を上げた。

「心臓発作です」

嘘ではない。直接の死因はそうだ。もともと男性は心臓が弱かったのだろう。

――だが、それに至るまでには……。

自ら増殖する能力を持たないウイルスは、自分のコピーを作るために人間の細胞に侵入し、増殖の過程でその細胞を死滅させる。この男性の体内の細胞は、侵入したウイルスによってひどく蝕《むしば》まれていたのだろう。

新庄は、由香里たちの力を借りて男性の体を抱え上げ、キャビン最後尾のギャレーに運んだ。

　その間、ＣＡの智子たちは立ち上がった乗客に着席を促した。

　ギャレーの床に毛布を重ねて作った簡易ベッドに男性の体を横たえると、由香里は震える手でサービス・インターフォンを取り、機長を呼び出した。

「富岡だ」

「……チーフパーサーの入江です」

　かなり熱の高い乗客がいることを聞かされていた富岡は、すかさず「病人の状態はどうだ？」と訊いてきた。

「それが……」

「どうした？」

「たった今……」由香里の声が涙声に変わっていく。

　富岡の胸を嫌な予感が過った。

「どうしたんだ？」

「男性のお客様が……、お亡くなりになりました」

「え？」富岡の声が裏返った。「今、なんと言った？」

「一名死亡です。他にもかなり症状の重いお客様が数人。症状の出始めたお客様は十名を超えているようです。すべて同じツアーの参加者です」

「……病名は？」

由香里は隣に立っている貴美花に受話器を差し出した。

「すみません。病名を訊かれています」

貴美花はゆっくりと手を伸ばし、それを受け取った。

「……医者の二宮です」

「機長の富岡です」

大きく深呼吸して心を鎮めた貴美花は、「検査キットがないので断定はできませんが……」

と前置きすると、「インフルエンザウイルスの感染と思われます」と告げた。

「インフルエンザで死亡者が？」

「A型やB型ではこのように急激な症状の悪化は見られません。恐らく新型です……」

「新型のインフルエンザ……？」

操縦桿を握る富岡の手に汗が滲んだ。

――これは厄介だ。

しばらく黙っていると、「富岡機長？」と貴美花が訊いてきた。

「はい」

「他の乗客が心配です。バンコクへ戻るか、医療設備の整った近くの空港へ着陸できませんか？」

富岡はうーんと唸った。

「当機はすでにベトナム上空を通過し、南シナ海の海南島付近を飛行中です。飛行時間で考えると、最も近いのは香港国際空港ですが……」

「では、香港へ着陸してください」

しばらく考えた後、富岡は「わかりました」と答えた。「すぐに本社のＯＣＣに連絡して指示を仰ぎます」

「それから……」

「なんでしょうか？」

「機内の混乱防止のため、機長から乗客の皆さんにアナウンスしていただけませんか？」

「わかりました。どのような内容にしますか？」

「急病人発生のため最寄りの空港へ着陸すること。そして、機内感染の拡大を防止するため、医師の指示に従うこと。以上の二点です」

「了解しました」

サービス・インターフォンを切った富岡は、副操縦士の東山のほうを向いた。

「聞いてのとおりだ」

やり取りを聞いていた東山は引き攣《つ》った顔で頷いた。

「大変なことになりましたね……」

「ああ」

そう相槌を打つ富岡の顔も強張っている。だが嘆いてばかりもいられない。これ以上の機内感染を防ぐためには一刻も早い処置が必要だ。

短く息を吐いて気持ちを引き締めた富岡は、機内放送のスイッチを入れた。

「皆様、本日は新日本エア七二六便、東京国際空港行をご利用いただき、まことにありがとうございます。機長の富岡です」

キャビンに機長の声が流れ、映画や音楽のエンターテインメントシステムは一時停止した。

「先ほど機内にて急病人が発生いたしました。そのため、当機は行先を変更し、最寄りの空港へ着陸する予定です」

さすがに死亡者が出たことは伏せたが、すぐに知るところとなるだろう。

機内は「えー？」という声で満ちた。

機内放送は続く。

「なお、病状がインフルエンザに似ているため、同乗されている医師の二宮先生に機内感染防止の対策をお願いしました。皆様には二宮先生の指示に従っていただきますよう、お願い申し上げます」

「伝染《うつ》るのかよ？」という声が機内のあちこちで上がる。

「冗談じゃないよ！」

機長の機内放送が終わると、キャビン最後尾のギャレーにいた貴美花は、機内放送用のサービス・インターフォンの受話器を手渡された。

「お願いします」とチーフパーサーの由香里に促され、貴美花はおずおずと話し始めた。

「医師の二宮です。先ほどの機長の機内放送のとおり、機内でインフルエンザと思われる症状の感染者が出ました。そのため、この飛行機は香港国際空港へ着陸する予定ですが、その間にも機内感染が拡大する可能性があります」

「えー？」という声が機内に満ちた。

「それを防止するため、まず各クラス間の仕切りのカーテンを閉め、移動を禁止させていただきます」

「なんで？」

「そんなの差別じゃない？」

それぞれが勝手な声を上げるなか、貴美花は機内放送を続けた。

「また、エコノミークラス後方から同クラス前方への移動も禁止します」

この一方的な指示に反発したのはエコノミークラス後方の乗客だった。

「俺たちを見捨てる気か？」

「俺たちも前方へ移動させろ」

不満の声が湧き上がるなか、チーフパーサーの由香里は「香港への着陸まで、あと一時間たらずです」と、乗客を宥めて回った。「皆様、どうかご協力ください」

貴美花が機内放送を終え、サービス・インターフォンの受話器を置いたとき、一人の初老の女性がよろよろと機内最後尾のギャレーに入っていった。

死亡した男性の妻だった。

ギャレーのなかで男性の遺体を検診していた新庄はそっと立ち上がり、彼女を通した。

女性はその場にへなへなと跪《ひざまず》いた。

「あなた、どうして……？」

泣き崩れる男性の妻。その顔はほんのり紅い。発症だ。

彼女を見つめる新庄の背筋を冷たい汗が流れた。

――この毒性と感染力は……。

なにかを思い出しそうになった瞬間、締めつけるような頭痛が襲ってきた。

──またか……！


両手で頭を抱え込んだ新庄は、歯を食いしばって痛みに耐えた。

幸いにも、今回の頭痛は短時間で治まった。

目を開けると、そこには心配そうに覗き込む貴美花の顔があった。

「大丈夫ですか？」

新庄は顔を歪めながら頷くと、「亡くなった男性の奥様は？」と訊いた。

「とりあえず席に戻っていただきました」

「そうか……」

「あなた、柴田さんっておっしゃるのですね」

ＣＡから乗客名簿の名前を訊いたらしい。

仕方なく、新庄は頷いた。

「私は二宮といいます」

「さっきの機内放送で聞いた」

「あなたもお医者様だったんですね？」

新庄は貴美花を見つめながら、ゆっくりと首を振った。

「わからない」

「え？」

「自分が医者かどうかわからないんだ」

「でも、先程のあなたの行動は医者そのものでした」

「そうなのか……？」

「そうなのかって……、一体どういうことですか？」

貴美花の問いに、新庄は困惑した顔で答えた。

「……記憶がないんだ」

「え……？」

「頭に入っている知識からすると、どうやら自分は医療関係の人間らしい。だが、それを証明するものはない。なにかを思い出そうとすると、さっきのようにひどい頭痛に襲われる」

貴美花は信じられないといったふうに目を見開いた。

新庄は続けた。

「席に座っていたら、後方から苦しそうな声が聞こえた。目立つ行動は取らないよう決めていたのだが、なぜか体が勝手に動いてしまった」

新庄はそう言って立ち上がり、席に戻ろうとした。

その肩を貴美花が摑んだ。

「助けていただけませんか？」

「え？」

「状況はおわかりだと思います。私一人ではどうにもなりません」

新庄は力なく笑った。「自分が医者かどうかもわからないのに？」

「医者だということにしてください」

「無茶を言うな」

「今は緊急時です。女の私ではどうしても舐められてしまいます。医学的な専門知識が必要な場合は私がお教えしますので、どうか助けてください」

貴美花はすがるような目で新庄を見つめた。

その瞳を見返した新庄の脳裏にぼんやりとしたイメージが浮かんだ。こちらを向き、まるで依頼を受けろとでも言っているように頷く女性。聡明で美しいイメージが貴美花と重なる。

「私はどこかで君に会ったことがあるか？」

貴美花は首を振った。

「実は、私はタイからの出国前に二度ほどあなたを見かけたことがあります。でも、直接会って話すのは今日が初めてです」

「そうか……」

「なぜそんなことを？」

「いや……」

君によく似た雰囲気の女性が「君を助けろ」と言っている、などと言っても信じてもらえないだろう。

「ただ、そう思っただけだ」

「そうですか……」

貴美花はそれ以上助けて欲しいとは言わなかった。

一呼吸置くと、新庄は仕方ないといった表情で告げた。

「私は自分が誰なのかもわからないんだ。役に立つかどうかわからないぞ」

貴美花の顔が輝いた。

「じゃあ……」

「香港に着陸できるなら、せいぜいあと一時間だ。なんとか乗り切ろう」

二月十九日　十時四十五分　東京　新日本エアシステム本社

その頃、操縦席では、副操縦士の東山がＳＡＴＣＯＭのシステムスイッチを入れ、新日本エア本社のOCCを呼び出していた。

　旅客機の飛行中、航空管制官などが行う定型的な通信は、その内容をデータに置き換えた〈空地データリンク〉という方法で行うことが多い。しかし今は緊急事態だ。直接話すほうがいい。

　OCCはすぐに応答してきた。

　東山はマイクに向かって声を上げた。

「こちら七二六便。緊急事態が発生した」

〈緊急事態〉という言葉に、OCCの担当者の声が緊張した。

「状況を知らせてください」

「機内でインフルエンザと思われる伝染病が発生し、男性一名が死亡した」

「なんだって……？」

「他にもかなり症状の重い感染者が出ている。香港国際空港にダイバート（目的地変更）したい」

　その連絡を受けたのは、新日本エア国際線運航管理部の春藤俊彦《しゅんどうとしひこ》だった。

　春藤は国際線の担当になって三年目。かなりの便数の運航管理を経験してきたが、ダイバート要請を受けたのは初めてだ。

春藤は上司の国際線運航管理部長、足立慶治《あだちけいじ》に「七二六便からダイバート要請です！」と報告すると、再びマイクに向かって話しかけた。「状況を詳しく報告してください」

足立はすぐに春藤の席にやってきた。

「なにが起きた？」

「七二六便で、バンコク観光の団体ツアーの乗客十名以上が発熱、嘔吐などの症状を訴え、うち一名が死亡とのことです」

「死亡だって？」

運航管理部の空気が一気に張りつめた。

死亡者まで出たとなると、すぐに着陸させなければならない。

「同機の現在位置は？」

「緯度一七・二五度、経度一〇九・五〇度。中国海南島沖です」

「ハノイのノイバイ国際空港と香港国際空港のどちらが近い？」

「距離的に大差はありませんが、風向きを考えると、追い風に乗って香港へ向かうほうが速いです」

「よし。オペレーション・ディレクターの判断を仰ごう」

オペレーション・ディレクターはOCCのセンター長でもあり、運航に関するすべての管理業務に関して社長からの権限委譲を受けている運航管理責任者だ。

足立は、そのオペレーション・ディレクターである桜井智彦《さくらいともひこ》の席に足を運んだ。

「七二六便からダイバートの要請です」

「なに？」

桜井は銀縁のメガネをかけた柔和な顔を強張らせた。

国際線のパイロットあがりという異色の経歴を持つ桜井は今年で五十八歳になる。日々発生する運航の遅れや天候悪化による欠航といった事態に対して常に冷静で的確な判断を下す桜井は、ＯＣＣの全員から厚い信頼を得ていた。

「ダイバートの理由は？」

「新型と思われるインフルエンザが発生し、十名以上が発症。うち一名が死亡とのことです」

桜井の表情が凍りついた。

「死亡者が出たのか？」

そのとき、運航管理部の春藤が緊張した面持ちで駆け寄ってきた。

「死亡者が二名になりました」

「なんだって？」と、桜井と足立は同時に声を上げた。

「亡くなった男性の奥様も先ほど亡くなったとのことです。感染者も増えてきているようです」

「インフルエンザで死亡者が……？」

「ええ」と、春藤は神妙な顔で頷いた。「発症してからごく短時間で症状が悪化し、罹患者《りかん》を死に至らしめるようです。そのため、乗り合わせた医師はこのインフルエンザを新型と推定しているとのことです」

「なんということだ……」

足立部長は「香港にダイバートさせますか？」と訊いた。

桜井は「そう簡単にはいかんだろう……」と苦しげな声を上げた。「通常の病人ならまだしも、死者二名まで出している新型インフルエンザウイルスを積んだフライトだ。下手をすると国際問題になりかねない」

「しかし、このままでは死亡者が増える懸念があります」

桜井は腕を組み、しばらく瞑目《めいもく》して考えると、やがて意を決したかのように目を開けた。

「国交省航空局に電話してくれ。外務省から中国政府に七二六便の香港へのダイバートの要請を出してもらおう」

二月十九日　十時五十分　新日本エア七二六便

　新日本エア七二六便の機内は騒然としていた。

　貴美花の指示により、エコノミークラスのなかを団体ツアー客とそれ以外の乗客に分け、その間をカーテンで仕切ったのだ。

「冗談じゃない！」と団体ツアー客の一人が叫んだ。

「感染しているかどうかもわからない俺たちが、なぜ隔離されるんだ？」

「こんな仕打ちを受ける筋合いはないぞ！」

　ツアー客にすれば、自分たちだけが取り残されたとしか思えない。不安が募るのは当然だった。

「お客様、落ち着いてください」

　チーフパーサーの由香里は必死になってツアー客を宥めようとしたが、誰も取り合わない。

「話を聞いてください」という貴美花の声も怒声に搔き消されてしまった。

　そのうち、団体ツアーの男性の一人が立ち上がり、カーテンを無理やり取り払おうとした。

　だが、その手はカーテンに届く前に摑まれた。新庄だ。

「そんなことをしてもなんの得にもなりません」

男性は、新庄の放した手首をさすりながら睨みつけた。

「なんだと？」

「私は医師の柴田です。もうしばらくの辛抱です。席に戻ってください」

「そんな上手いことを言って、前方の客だけ助ける気だろう？」

いきり立つ男性を見返すと、新庄は素直に頷いた。「それは正しい」

「なんだって？」

「感染の拡大を防ぐとはそういうことです。あなたたちは感染している可能性がある。だから一般客から隔離する」

「俺たちはどうなる？」

「運が良ければ発症しないし、悪ければ発症する」

「もしも発症したら……」と言おうとする男性を新庄が遮った。

「私が診ます」

「え？」

「私は、あのカーテンの向こうへいくことはありません。あなたたちとここに残る。だから席に戻ってください」

男性はそれでも席に戻ろうとしなかった。

新庄の毅然とした態度は揺るがない。

やがて、男性は諦めて席に戻り、腰を下ろした。

それを見届けた新庄は、由香里と貴美花を促して機内最後尾のギャレーに入り、低い声で告げた。

「私が発症した場合に備えて、君たちは今のうちにエコノミークラスの前方に移動したほうがいい。私が倒れたら後を頼む」

貴美花がなにかを言いかけたが、それを遮るように、新庄は由香里に訊いた。

「現在の湿度は？」

「え？」

「今の機内の湿度は何パーセントですか？」

「ええと……、二十パーセント程度です」

「もっと温度と湿度を上げられませんか？」

「といいますと？」

「ウイルスは高温多湿を嫌います。温度二十度・湿度二十パーセントでの六時間後のウイルス生存率が六十パーセントなのに対して、温度三十度・湿度五十パーセントでのウイルス生存率はほぼゼロです」

自分でもわからないが、なぜか新庄の頭からはこのような知識が流れるように出てきた。

由香里は少し考えると、答えた。

「温度と湿度を上げるには空気の入れ替えを停止する必要があります。むしろ頻繁に空気の交換を行い、新鮮な空気を取り込んだほうが良いのではありませんか？」

「なるほど、そういう仕組みなのですか」と、新庄は頷いた。「では空気交換を優先しましょう」

「機内の温度がかなり下がりますが……」

「乗客には我慢してもらうしかないですね」

「あるだけの毛布を配ります」

「そうしてください。あと、仕切りのカーテンは水で濡らし、隙間にはテープを貼ってください」

「わかりました」

「では、頼みます」と言って新庄がマスクをし、重症者のほうに向かおうとしたとき、ギャレーにいたCAの智子が前に進み出た。

「……私も、行きます」

その顔を見た由香里は思わず掌で口を覆った。頬がほんのり紅く染まっている。

——発症……？

「桐野さん、あなた……」

智子は離陸直後から献身的にツアー客の面倒を見てきた。感染していても不思議ではない。

「キャビン後方は私の担当です。お二人は早く前方に移動してください」

健気《けなげ》にそう言う智子だったが、実は、立っているのもやっとの状態だった。客室乗務員としての責任感から、智子は膝が震えるほどの恐怖に耐えながらここに残ると言っているのだ。

由香里は返す言葉を探したが、適当なものが見つからない。

智子は由香里に向かってちょこんと頭を下げ、「後のことは宜しくお願いします」と言い残すと、新庄の後を追った。

由香里は「ちょっと待って！」と声をかけたが、智子は振り向かなかった。

通常のインフルエンザの潜伏期間が感染後一～二日なのに対し、このウイルスは数時間だ。

——智子が感染したとなると、自分たちも……。

そう思うと足から力が抜け、この場に崩れ落ちそうになる。

蒼白な顔をしている由香里に、貴美花が「大丈夫ですか？」と訊いた。

「はい……」

「私たちも感染している可能性がありますので、行動範囲はエコノミークラス内に限定し、ビジネスクラスに足を踏み入れるのは控えましょう」

「わかりました」

由香里は頷くと、サービス・インターフォンでビジネスクラスの担当CAを呼び出した。

ビジネスクラスで受話器を取ったのはCAの工藤真尋《くどうまひろ》だった。

「工藤です」

「入江だけど、そちらはどう？」

「こちらはまだ発症者は出ていません。それより、どうしても外せないアポがあるので羽田に直行しろとか、我儘《わがまま》なお客様が多くて困っています」

「勝手に言わせておきなさい」と由香里は言い捨てた。「感染の可能性がある私たちはビジネスクラスに行くのは控えます。そちらは任せるけど、いいわね？」

「え？」真尋は心細そうな声を出した。

「あなたももうすぐパーサーなんだから、頑張ってみんなをまとめてちょうだい」

「……わかりました」

心細そうな声でサービス・インターフォンを切った真尋は、乗客からのコールボタンが押されていることに気づいた。

――また、あのお客さんだわ……。

その座席を見ると、すでにＣＡの篠田《しのだ》里美《さとみ》が対応をしていた。

「羽田には定刻に着くの？」という大きな声に、新人の里美はおろおろしている。

――仕方ないな……。

真尋は溜息をつくと、その乗客の席に向かった。

大企業の部長然とした乗客は、「大切なアポがあるんだ。定刻に着かないと困るんだよ」と、里美に向かって声を上げていた。

そこにやってきた真尋は「お急ぎのところ申し訳ありません」と、里美と一緒に頭を下げた。

「緊急事態となっております。ご理解ください」

「だから困るんだって。どうしても外せないアポなんだ。インフルエンザで香港に着陸なんて、とんでもないよ」

「ですが、重症のお客様もいらっしゃいますので」

「タイで遊んでいるうちに伝染されたんでしょう？　自業自得とまでは言わないけど、仕事で出張している僕たちまで巻き込まないでよ」

「申し訳ありませんが、今は緊急事態です。どうかご理解を……」と真尋は再度頭を下げた。

その頃、エコノミークラス後方に残ったＣＡの智子は、キャビン最後尾のギャレーで新庄に心細げな視線を向けていた。

「看病といっても、ろくな薬もありません。一体どうしたらいいでしょうか？」

「そもそも、国際線の旅客機にはどんな医薬品を積んでいるんだ？」

「軽い手当て用の〈救急箱〉、一般的な医薬品を入れた〈簡易薬品ケース〉、外傷の応急処置用の〈メディカルキット〉、緊急時の心肺蘇生用の〈レサシテーションキット〉、応急措置用医薬の入っている〈ドクターズキット〉です」

「なるほど。本当に応急処置用のものばかりだな」

「ええ。機内でのウイルス感染は想定されていませんので……」

〈レサシテーションキット〉や〈ドクターズキット〉はいざという場合に使うとして、とりあえず解熱剤はどんなものがある？」

智子は〈簡易薬品ケース〉を開け、薬の箱を取り出した。

「これです」

「アセチルサリチル酸系の解熱剤か……。数に限りがあるので使用は高齢者と子供に限定する」

「はい」

「では、まずギャレーの付近に毛布を敷き、発熱している高齢者を寝かせよう」

「ここを医療キャンプのようにするのですか？」

「そうだ。体力の弱った者へは水分補給を行う。他の客室乗務員にも伝えてくれ」

「わかりました」

頷いた智子は、熱が上がり始めて動きの鈍い体に鞭打ち、エコノミークラス後方担当のCAたちを集めた。

新庄はギャレーを出ると、エコノミークラス後方の乗客たちに向かって声を上げた。

「医師の柴田です。これから、発熱した高齢者の方を簡易ベッドに移します。体力のある方は手伝ってください」

すかさず、「我々まで感染したらどうするんですか？」という質問が上がった。

新庄は声のしたほうを向くと、「安心してください」と言った。

「え？」

「すでに感染している者がこれ以上感染することはありません」

「あんた、ふざけているの？」

新庄は手を上げた。

「先ほども言ったように、このキャビン後方にいるあなたたちは同じ団体ツアーのメンバーです。全員が感染しているとみて間違いない。遅い早いの差はあっても、いずれは発症する」

機内はしんとなった。

「ですから、体力のある者がそうでない者の面倒を見るしかないんです」

皆、黙って新庄のほうを見つめている。

「香港へ着陸するまであと一時間たらずだ。皆さん、それくらいは頑張れるでしょう？」

だが、新庄の話が終わっても、しばらくは誰も立ち上がらなかった。

仕方なく、新庄が智子と二人で発熱した高齢者を抱きかかえようとしたとき、乗客の一人が智子の肩を叩いた。人の良さそうな初老の男性だった。

「私がやりますので、他の方の面倒を見てあげてください」

智子は頭を下げた。

「では、私は水分補給用のミネラルウォーターを皆さんに配布します」

智子と交代した男性は新庄を促した。

「他にも高齢の方がいらっしゃいます。急いで寝かせてあげましょう」

新庄たちが高齢者を簡易ベッドに移し始めると、一人、二人と席を立って手伝う乗客が出始めた。そのうちの一人が中央の四人掛けの席を指さして言った。

「ここの肘掛けをすべて上げればベッドとして使えますよ」

「なるほど」

新庄は後ろから四列ほどの中央座席を空けるよう乗客に依頼し、そこをベッドとして使った。

こうして、症状の重い者は、毛布を敷いた簡易ベッドか中央座席に横になることができた。

一連の対処が終わり、新庄がほっと息をついているところに、一人の乗客がやってきた。

「ちょっと気になることがあるのですが……」

「なんですか？」

「私たちツアー客はほとんどがここにいますが、全員ではありません。追加料金を払ってビジネスクラスを取った人もいます」

新庄は思わず顔をしかめた。「それは何人ですか？」

「確か、六人ほど」

「そんなに……」

そのとき、顔を強張らせた智子が新庄のところにやってきた。

「どうした？」

「ビジネスクラスのお客様が発熱されました」

——しまった……。

新庄は急いでギャレーに行き、サービス・インターフォンでエコノミークラス前方の貴美花に電話した。

「ビジネスクラスの乗客が発症したというのは本当か？」

「はい」と、貴美花は緊迫した声で答えた。「エコノミークラス前方でも発症者が出ました」

「何人だ？」

「ビジネスで三名、エコノミークラス前方で二名です」

「ということは、感染が機内中に広がるのも時間の問題だな……」

そのとき、ギャレーに駆け込んできたCAが新庄に告げた。

「とても苦しそうにされているお客様が！」

新庄は「またかける」と言ってサービス・インターフォンを切ると、「点滴の用意をしてくれ」と彼女に指示した。

二月十九日　同時刻　東京

八代刑事とともに東京に戻り、羽田に迎えに来た北条の車で厚生労働省に向かっていた鈴本のスマートフォンが鳴った。国立感染症研究所の安西《あんざい》所長だった。

「鈴本君、今、どこにいる？」

「羽田空港から首都高湾岸線に乗ったところです」

「よかった。東京に戻ってきたんだな」

「これから厚生労働省へ向かおうと思っています」

「厚労省へ？」

鈴本は、L型ウイルスが完全変異を繰り返す恐るべきウイルスであること、そしてL型ウイルスを首都圏で人為的に流行させる計画が進行中であることを安西に話した。

「なんだって？」

絶句する安西に、鈴本は言った。

「厚労省の新型インフルエンザ対策推進室に電話で伝えたのですが、なかなか信じてもらえないんです。それで、これから厚労省に乗り込もうと……」

「鈴本君、その必要はない」

「は？」

「これからすぐに天王洲《てんのうず》アイルの新日本エア本社に向かってくれ」

「どういうことでしょうか？」

「そのL型と思われるウイルスに感染した乗客を乗せた旅客機が羽田に向かっている」

「え？」

鈴本は一瞬耳を疑った。

「バンコク発の新日本エア七二六便だ。機内ではすでに三人の死亡者が出ており、香港へのダイバートを要請してきたが、中国政府は難色を示している。君には新日本エアの本社に行き、同機に乗っている二宮医師と話をして欲しいんだ」

「わかりました。すぐに向かいます」

電話を切った鈴本の手が震えた。

――その手があったか……。

助手席の八代が振り返った。「どうしました？」

「L型らしきウイルスに感染した乗客を乗せた旅客機が羽田に向かっている」

「え？」八代は目を剝いた。「あいつら、そんな方法を考えていたんですか！」

運転中の北条が「笹川によると、クラリス・スミソニアンはタイに〈アジア・ウイルス研究所〉という研究施設を持っているそうです」と言った。「そこで培養していたL型ウイルスを、日本に帰国するツアー客に感染させたのでは？」

八代は頷いた。「確かに、その方法なら証拠も残らない」

鈴本は乾いた唇を舐めて湿らすと、後部座席から身を乗り出した。

「新日本エアの本社は天王洲アイルだそうです。ここから近い。そこで私を降ろしたら、お二人はクラリス・ジャパンからできるだけの情報を取ってください」

「わかりました」

北条も頷いた。

「笹川には捜査への協力を約束させ、クラリス・ジャパンに戻しています。彼を通してL型ウイルスに関する情報を取ります」

新日本エア本社のOCCに入った鈴本を迎えたのは、オペレーション・ディレクターの桜井だった。

桜井は「ご足労をおかけしました」と頭を下げると、国際線運航管理部に案内し、足立部長と春藤を紹介した。

自己紹介した鈴本は、「無線は繋がっているのですか?」と訊いた。

「はい。SATCOMと呼んでいる衛星通信が繋がっています。しかし、これを機内のサービス・インターフォンに直接繋ぐことはできませんので、二宮医師との連絡は東山副操縦士が間に入って行います」

そう言うと、春藤はマイク付きのヘッドフォンを渡した。

鈴本はそれを受け取り、頭にかけた。

「もしもし」

「副操縦士の東山です」という声が返ってきた。「私が間に入りますので、二宮先生への質問をどうぞ」

わかりました、と答えた鈴本はゆっくりと話し始めた。

「国立感染症研究所の鈴本と申します。状況はお聞きしましたが、現在の罹患者数、及び病状を教えてください」

東山を介して、貴美花は「死亡者数は四名になりました」と震える声で答えた。「重篤患者が十二名。高熱などの症状を訴えている乗客は六十名を超えました」

先ほど聞いた報告からまた増えている。

「どのような処置を取られていますか？」

その質問に、貴美花は苦しそうに答えた。

「機内には一般的な常備薬しかありません。せいぜい解熱剤を投与し、下痢と嘔吐で脱水症状にならないように水分補給をしている程度です」

その声には治療したくてもできないもどかしさが滲んでいる。

同情を禁じ得ない気持ちを抑え、鈴本は「症状はどのように推移しますか？」と訊いた。

「高熱が続き、全身の痙攣を起こして意識不明に陥るというパターンです。A型やB型に比べて症状の変化が急激なので、高齢者の体力が持つかどうかが心配です」

「なるほど」

「あと……」と、貴美花は続けた。

「なんでしょうか？」

「気のせいかもしれませんが、患者さんの目が真っ赤に充血すると、もう先が長くないのです……」

鈴本の顔が歪んだ。まさに松ヶ島で見た症状だ。A型やB型といった既知のウイルスであって欲しいという願いはもろくも崩れ去った。

――やはりL型か……。

鈴本は唇を嚙み締めた。そうなると、現状では感染者を救う特効薬はない。感染はすぐに機内中に広がるだろう。体力のある者は着陸まで生き永らえるかもしれないが、体内で完全変異したL型ウイルスによって、いずれは松ヶ島の住人のように死ぬ。しかし、その事実を二宮医師に伝えるわけにはいかない。伝えれば機内はパニックに陥るし、第一、教えたところでどうなるものでもない。

鈴本は感情を押し殺し、無理に明るい声を出した。

「現在、外務省が香港国際空港へのダイバートの要請を行っています。もう少しの辛抱ですので、頑張ってください」

一方、貴美花のほうも、この便に柴田というもう一人の医師が乗っていることは口にしなかった。本人が記憶を失っているという事情もあるし、伝えたからといって状況が好転するとも思えない。

「わかりました。しかし、事態は一刻を争います。一分一秒でも早く香港に着陸させてください」

「全力を尽くします」

東山を介しての会話を終えた鈴本は、L型ウイルスのことを口に出せない苦しさから、ヘッドフォンを剝ぎ取るように外した。

「大丈夫ですか？」と、桜井が心配そうに顔を覗き込んだ。

「私は大丈夫です。しかし事態は我々の想像を遥かに超えている。中国政府からの返答はまだですか？」

桜井は「それがですね……」と言いにくそうに前置きし、「たった今、正式に断ってきました」と告げた。

「そうですか……」

想像された結果だ。どこの政府が自国民を未知のウイルス感染のリスクに晒《さら》すだろう。

「で、その結果は七二六便には？」

「これから伝えます」

二月十九日　十一時十五分　新日本エア七二六便

ＯＣＣからの連絡を受けた富岡機長はがっくりと肩を落とした。

副操縦士の東山は操縦桿を握ったまま富岡に訊いた。

「中国政府は香港国際空港への受け入れを断ってきたんですか？」

富岡は渋い表情で頷いた。

「正体不明の伝染病患者を乗せた旅客機のダイバートは認められないというのが理由だそうだ」

「外務省は馬鹿正直に新型ウイルスのことを伝えたのでしょうか？」

「真実を伝えないまま香港にダイバートし、中国でウイルスが流行したら国際問題になる。仕方がなかったのだろう」

す」

「他国の重篤患者のことなどお構いなしですか……」

東山の皮肉には答えず、富岡は機内放送のスイッチを入れた。

「機長の富岡です。香港国際空港への着陸許可が出ないため、当機はこのまま飛行を続けます」

キャビン後方のギャレーでその放送を聞いた貴美花は、啞然とした表情で天井を見上げた。

機内放送は続いた。

「現在、台湾側との交渉を行っています。許可が出次第、当機は台湾桃園国際空港に着陸いたします」

新庄が点滴を施した患者は結局助からなかった。

キャビン最後尾のギャレーに遺体を安置した新庄は、最初に亡くなった患者同様、その目が真っ赤に充血していることに気がついた。

——目が充血すると、数時間内に死に至るのか……。

安置されている八体すべての目が真っ赤になっていることを確認した新庄は、ゆっくりと立ち上がると、そのままギャレーを出た。そして、エコノミークラスのキャビンを歩きながら、ぐったりとしている乗客たちを観察した。

目の充血の始まった乗客は一割を超していた。

――もうすぐ数十人単位の死亡者が出る……。

一刻も早く着陸しないと彼らを救えない。しかし、香港へは着陸できない。

そのとき、通路側に座っていた乗客の一人が激しく咳き込んだかと思うと、いきなり嘔吐し、そのまま通路に倒れ込んだ。

急いで駆けつけた新庄はその男性を抱き上げた。目が真っ赤に充血している。よほど苦しいのか、その顔は大きく歪んでいた。

新庄が「しっかりしろ」と声をかけると、男性は「み……水」と呟いた。

ミネラルウォーターのボトルを握った智子がよろめきながら近づいてきた。

「これを……」

「ありがとう」

新庄は受け取ったボトルを傾け、男性の口に少量の水を注いでやった。だが、その男性に水を飲み下すだけの体力は残っていなかった。気管に入った水にむせた男性は、そのまま激しく全身を痙攣させ始めた。

末期症状だ。

治療の術を持たない新庄は、血の涙を流す男性の顔を見つめると、その体をしっかりと抱きしめてやった。男性は新庄の手を握ったままひーひーと気管を鳴らし、必死で肺に空気を取り込もうともがく。手を強く握り返す新庄。だが、やがて男性の動きは弱くなっていき、数分後には息が止まった。

新庄は腕の力を緩めると、男性の体をゆっくりと床に横たえてやった。

天井を見つめる真紅の目は、自分が死ぬ理由を教えて欲しいと懇願しているかのように大きく見開かれていた。

「どうして……?」これまで必死に耐えていた智子は遂にその感情を爆発させた。「どうしてこんな目に遭うの? 私たちがなにをしたというの?」

激しく嗚咽する智子の背中に掌を当てた新庄は、「もう少しの辛抱だ。もうすぐ台北に着く」と言って慰めた。

しかし、その言葉とは裏腹に、彼は台北に着陸できるとは思っていなかった。台湾が新型ウイルスの感染者を受け入れるわけがない。

震える智子の背を撫でながら、新庄は深い溜息をついた。

——なぜ私はこの飛行機に乗った?

航空会社なら他にいくつもあったではないか。カンヤラットが航空券を買うと言ったとき、なぜこの便のことを口走った? それは無意識の発言だったのか? それとも記憶の断片に刻み込まれていたものなのか？　もしもなにかの目的を持ってこの飛行機に乗ったとして、それは乗客を救うことなのか？　だが、この絶望的な状況下で、どうやって乗客を救えというのだ？

答えのない疑問に悩んでいるうち、智子の嗚咽はようやく収まった。

その体に手を回して立ち上がらせた新庄は、彼女を客室乗務員用のシートに連れていった。

「あとは私に任せて、ここで休んでいなさい」

智子は涙でメイクの崩れた顔を上げた。

「先生こそ時間を見つけて休んでください。あなたまで倒れてしまっては大変です」

その言葉は新庄の胸を突いた。そういえば、自分はまだ発症していない。理由はわからない。数分後に発症するのかもしれないし、数時間後かもしれない。

――あるいは……。

と思ったが、そこで考えるのを止めた。ワクチンでも打っていない限り、自分だけ発症しないことなどあるはずもない。

ギャレーに戻った新庄は、ミネラルウォーターの箱を抱えて立っている貴美花を見て驚いた。

「後方には来るなと言ったはずだが……」

眉をひそめる新庄に、「すでに感染は機内中に広がっています。どこにいても一緒です」と告げると、貴美花はミネラルウォーターの箱を差し出した。

「水が不足していたんだ。助かる」

「すみませんが、これが最後です。キャビン前方でも不足してきていますので……」

「わかった」

疲労の色が滲み出た顔を新庄に向け、貴美花は「先ほどの光景、見ていました」と言った。

「そうか……」

「あなたは立派です。私には、死んでいく患者さんをあんなふうに抱きしめることはできません」

「他にできることがなかっただけだ」

「それでも立派です。あなたがいてくれて本当に良かった……」

新庄は貴美花の顔を見返した。

「感染者の体内でウイルスが爆発的に増殖するのはこれからだ。死者はうなぎ上りに増えていくと思う」

「どうしてそんなことがわかるのですか？」

「わからない」新庄は首を振った。「だが、そんな気がする」

「他になにか思い出したことは？」

その質問に答える代わりに、新庄は自分の頭を指で指した。

「バンコクの医者が言うには、私の脳血管には脳波に反応して変形するコイルが設置されているそうだ」

「え？」

「記憶が戻って脳が活性化したときの脳波に反応して、コイルは大きく変形する」

「そうなると……、どうなるのですか？」

「医者の君ならわかるだろう？」

考えるまでもなく、コイルは脳動脈を切り裂き、脳内出血を引き起こすだろう。

その結果を想像した貴美花は返すべき言葉を失った。

だが、その衝撃的な事実を告白した本人は、何事もなかったようにミネラルウォーターの箱からボトルを取り出し、棚に並べている。

それを手伝いながら、貴美花は思い切って訊いた。

「あなたはどうしてこの飛行機に乗っているのですか？」

新庄は無言のまま手を動かしている。

「なにか言えないことがあるのですか？」

その手を止めることなく、新庄は貴美花を見返した。

「気がついたら、記憶をすべて失った状態でタイの田舎の川辺に倒れていた」

「え……？」

「飛行機に乗ったのは、私の心が日本に帰れと囁いたからだ」

「あなたの心とは、記憶の断片ということ？」

「そうだと思う。そして、私の心は誰かを助けろとも囁いた。だからタイで知り合った仲間の力を借りて偽のパスポートを作り、偽名でこの飛行機に乗った」

一気にそこまで言うと、新庄はボトルの水をいくつかの紙コップに注ぎ始めた。

「あなたの本当の名前は？」

「持っていたアタッシュケースには新庄直人と書かれたネームタグが付いていた。それが本名だとすると、私の名前は新庄ということになる」

「そう……。じゃあ、これからはあなたを新庄さんと呼ぶことにします」

「勝手にすればいい」

「で、そのアタッシュケースにはなにが入っていたのですか？」

新庄は肩をすくめた。

「ダイヤルロックがかかっていて開かない」

「そう……」

紙コップをトレーに載せた新庄は、患者への水分補給のためにギャレーを出ていった。

その後を追おうとして足を踏み出した瞬間、貴美花は思わずよろめいた。

体が火照っている。

――発症……？

恐る恐るギャレーの鏡を覗き込んだが、目はまだ充血していない。だが、残された時間はそう長くないだろう。貴美花はサービス・インターフォンの受話器を取った。

「富岡です」

「二宮ですが、台北への着陸はどうなりましたか？」

しばらくの沈黙の後、富岡の沈んだ声が返ってきた。

「……やはり、だめでした」

「では、このまま羽田へ？」

「現在、沖縄の那覇空港へのダイバートを検討中です」

那覇空港の滑走路は三千メートルクラスだ。ボーイング777-300ER型機でも着陸できる。

「わかりました」と答えた貴美花は、少し考えた後、自分も発症したことを伝えた。

「え？」富岡は絶句した。

「医者の私がいたからといってどうなるものでもありません。とにかく早く着陸してください。このままでは犠牲者が増えるばかりです」

サービス・インターフォンの受話器を戻した貴美花の脳裏に、息絶えていった乗客たちの姿が蘇った。

――もうすぐ自分もああなるのだ……。

それを思うと、自分が医者であることも忘れ、貴美花の膝は激しく震えた。

二月十九日　十二時　東京　永田町

その頃、ようやく事の重大さを認識した政府は緊急閣議を招集し、逆瀬川厚生労働大臣は鈴本に参加を要請してきた。

二宮医師との連絡が取れなくなることを懸念してOCCから離れることをためらった鈴本は、七二六便からの連絡はすぐに繋ぐという条件でその依頼を受けた。

鈴本が首相官邸に到着したとき、招集された閣僚たちは四階の閣議室中央に置かれた閣議テーブルに座っていた。

「こちらへどうぞ」と言う秘書官の案内で、鈴本は閣議テーブルの外に配置された陪席者用の席に腰を下ろした。

欧州三カ国の訪問から帰国したばかりの雨宮卓《あまみやすぐる》首相は、時差ボケによる睡眠不足で真っ赤になった目をこすりながら、染野隆一《そめのりゆういち》官房長官からの説明を受けていた。

大蔵大臣の祖父、通産大臣や外務大臣を歴任した父を持つ雨宮は三代続く世襲議員で、二度目の内閣総理大臣就任から一年が経っていた。

説明を聞き終わった雨宮首相は、たるんできた顎を撫でると、不満そうに口を曲げた。

「するとなにかね？　米国政府は在沖縄米軍への影響を懸念して、那覇空港への着陸に横槍を入れてきたということかね？」

染野官房長官は白髪を揺らしながら頷いた。

「中国との関係が緊迫している状況下、正体不明のウイルスで米軍基地の機能が停止するような事態に陥った場合、日米安全保障条約に基づく即時対応ができないとのことです」

「そんな取って付けたような理屈を！」と、防衛大臣の桐生宗彦《きりゆうむねひこ》が吠えた。「沖縄は日本だぞ。そこに自国の旅客機を着陸させることのなにが悪い？　そもそも、七二六便の情報がそこまで米国に筒抜けになっているとはどういうことだ？　外務省はなにをしている？」

外務大臣の須藤実美《すどうさねとみ》はばつの悪そうな顔で俯いた。

それを横目で見ながら、雨宮は不機嫌そうに訊いた。

「それで、七二六便の乗客が感染しているウイルスとは一体どのようなものなんだ？」

そうでなくても欧州歴訪の疲れが溜まっている。今日くらいはゆっくり休みたいと思っていた矢先の閣僚会議に、雨宮はうんざりしていた。

厚労大臣の逆瀬川が手を上げ、立ち上がって発言した。

「国立感染症研究所の鈴本主任研究員から説明させます」

――え？

いきなり指名された鈴本は驚いた。

松ヶ島のウイルス事件のとき、防疫態勢強化の進言を却下したのは逆瀬川ではないか。それが、いざ自分に火の粉が降りかかりそうになると、問題をこちらに丸投げしようとしている。だが、今は一刻を争う。逆瀬川への文句は問題が解決してからでいい。

用意してきたデータを事務官に渡して立ち上がった鈴本は、雨宮に向かって頭を下げた。

スクリーンに最初の画面が現れた。松ヶ島の現場写真とウイルスの構造式だ。

「新日本エア七二六便の乗客が感染しているウイルスは、長崎県五島列島にある松ヶ島の住民の命を奪ったL型と呼ばれるインフルエンザウイルスと同一のものと思われます」

「なんだって？」

松ヶ島でのウイルス事件の実情を知っている閣僚たちは一斉に顔をしかめた。

雨宮は不機嫌そうな表情のまま口を尖らせた。

「なぜそんなウイルスが？」

「松ヶ島の事件の原因は、L型ウイルスのサンプルを入れた容器が事故で破損したことでした。しかし、なぜ七二六便の乗客が同じウイルスに感染しているのかは不明です」

陪席している山路《やまじ》警察庁長官が手を上げ、「現在、テロリストによる犯行の線で捜査中です」と付け加えた。

「テロだと？」雨宮は目を瞬《しばたた》かせた。「犯行声明は？」

「一切ありません」

うーんと唸る雨宮に、染野官房長官が「鈴本主任研究員の説明を続けさせます」と告げた。

雨宮は頷いた。

「このL型インフルエンザウイルスの毒性と感染力は、従来のA型やB型とは比較にならないほど強力であることがわかっています」

そう説明しながら、鈴本はA型・B型とL型の毒性と感染力を比較したグラフをスクリーンに映し出した。その圧倒的な差に、閣僚たちは目を剝いた。

「こんなに……」

雨宮は食い入るようにスクリーンを見つめた。

「今や、七二六便はL型ウイルスを国内に運ぶ輸送機と化しています。これが羽田に着陸した場合、たとえ乗客を即時隔離したとしても、ウイルスの拡散を完全に防止することは不可能です」

「え……？」雨宮は時差ボケが一気に吹っ飛んだかのように目を見開いた。「どう……なるんだ？」

鈴本は関東一帯の地図をスクリーンに映し、画面の隅のスタートボタンをクリックした。

「これは松ヶ島のデータ、及び気象庁から入手した今後一週間の天気や風向きの予報をもとに作成した、L型ウイルスの感染シミュレーションです」

七二六便が東京国際空港に着陸した一時間後から、羽田を中心とした赤い円がじわじわと大きくなっていく。

「この赤い円が感染地帯です」

一日後には大田区、品川区、川崎市、三日後には東京二十三区のほぼ全域と横浜市、五日後には神奈川県、埼玉県と千葉県のほとんどの地域が飲み込まれた。

雨宮はいきなり立ち上がった。

「これはどういうことだ！」

「ごらんのとおりです」と、鈴本はさらに拡大していく赤い円をレーザーポインターで指しながら言った。「感染は一週間内に首都圏全域に及びます」

「なんてことだ……」

愕然とした雨宮はへなへなと席に座り込んだ。

「七二六便を成田に下ろしたらどうなんだ？」と、国土交通大臣の福山富雄《ふくやまとみお》が訊いた。

「地域ごとの感染の早い遅いはあるものの、結果は変わりません」

「そうなのか……」

そのとき、「総理、ご安心ください」としゃしゃり出てきた閣僚がいた。

逆瀬川厚生労働大臣だ。

「松ヶ島で流行したウイルスは、初期の毒性と感染力は強いものの、一定期間が過ぎると増殖力が衰えます。ですから、初期のうちに抗ウイルス薬で徹底的に叩けば被害の拡大は抑えられます」

――え……？

鈴本は耳を疑った。

――逆瀬川大臣には最新の情報が伝わっていないのか？

雨宮は目を輝かせた。「対抗薬があるのかね？」

「クラリス・ジャパンが承認申請中の〈ノイラミフル〉という新薬に劇的な効果が期待できます」

意気揚々と語る逆瀬川に、鈴本は開いた口が塞がらなかった。

――どういうことだ……？

L型ウイルスが話題になると同時に〈ノイラミフル〉の名前が出るのは話が出来過ぎている。

――もしかすると、クラリス・ジャパンから逆瀬川に金が流れているのか……？

その場合、この閣議は逆瀬川が演出した新薬承認の根回しの場ということになる。

「ですから、すぐに〈ノイラミフル〉を承認すれば……」と逆瀬川が続けようとしたとき、鈴本は思わず声を上げた。

「それは違う！」

閣議室はしんと静まり返った。

「君、失礼だぞ！」と、染野官房長官が声を上げた。

鈴本は、「申し訳ありません」と頭を下げながらも、敢えて反論を続けた。

「総理、先ほどの厚労大臣のご発言は最新の情報にもとづいたものではありません」

「なんだと？」閣僚の前で恥をかかされた逆瀬川はいきり立ち、どんと机を叩いた。「貴様、

「いい加減なことを言うな！」

鈴本は逆瀬川に向き直った。

「新谷事務次官からお聞きになっていないのですか？　L型ウイルスは完全変異を繰り返す恐ろしいウイルスです。残念ながら、〈ノイラミフル〉では、その増殖を食い止めることはできません」

「え？」

逆瀬川はポカンと口を開け、閣議室の隅に控えている新谷事務次官のほうを見た。

新谷は素知らぬ顔で視線を逸らしている。

おろおろしている逆瀬川に代わって染野官房長官が訊いた。

「新谷次官、どういうことだ？」

新谷は憮然とした表情で立ち上がると、「申し訳ありません」と頭を下げた。「会議前のレクチャーでお伝えしていたはずなのですが……」

それを聞いた逆瀬川のこめかみが激しく痙攣した。

――こいつ、裏切ったのか……！

逆瀬川は知る由もなかったが、雨宮の進めている景気浮揚策の先行きが怪しいと踏んだ新谷は、裏で野党の民政党にも接近していた。そして、民政党に鞍替えする手土産として、逆瀬川の追い落としに一役買っていたのだ。

閣僚たちは白けた目で逆瀬川を見た。

――こいつ、完全に官僚に舐められているな……。

国家の危機を目の前にして、用済みのレッテルを貼られたばかりか、クラリス・ジャパンとの関係まで曝《さら》け出してしまうという最悪の事態に追い込まれた逆瀬川は、茫然自失のまま、崩れるように腰を落とした。

だが、今は誰も逆瀬川のことなどを構っている余裕はない。

雨宮首相は鈴本に訊いた。

「〈ノイラミフル〉とかいう薬が効かないとなると、一体どうなるのだ?」

鈴本は苦しげに顔を歪めた。

「今のところ、七二六便の乗客を救う手立てはありません。さらに、同機をこのまま羽田に着陸させた場合、数十万単位の死者が出ると思われます」

「なんだと?」

鈴本の説明に、閣僚の全員が言葉を失い、閣議室に沈黙が流れた。

やがて、雨宮は弱々しく訊いた。

「今言ったことは本当か?」

鈴本は雨宮を見返すと、ゆっくりと頷いた。

「はい。首都圏は壊滅です……」

次の瞬間、閣僚全員から轟々たる怒声が上がった。

「そんな馬鹿なことがあるか！」

「なにを根拠にそんなことを言っているんだ！」

「無責任なことを言うな！」

鈴本は怒声が収まるのをじっと待った。そして、全員が口を閉じたタイミングを見計らって声を上げた。

「首都圏壊滅を避けるには、七二六便を羽田と成田以外の空港に下ろすしかありません」

福山国交大臣が即座に首を振った。

「重量の大きい国際線仕様のボーイング777－300ER型機を下ろすとなると三千メートル級の滑走路が必要だ。那覇以外で候補となるのは新千歳、青森、仙台、中部、関西、広島、長崎、熊本、鹿児島等だが、どこもそれなりの都市圏だ。被害は大きい」

「七二六便の羽田到着予定時刻は？」と雨宮が訊いた。

「十五時十分です」と福山。

「あと二時間あまりしかないではないか！」

福山は苦しげに「はい」と答えた。「上空で旋回待機させるとしても、せいぜい一～二時間稼ぐのがやっとでしょう」

雨宮は唸り声を上げた。

「これから都民を避難させるとしても手遅れだ……」

閣議室は再び重い沈黙に包まれた。

首都圏を守ろうとすれば地方都市が壊滅する。かといって、七二六便を飛ばし続けるわけにもいかない。

誰もが口を閉ざしたまま数分が過ぎた頃、染野官房長官がさりげなく雨宮首相を見た。

「総理……」

その視線にぞっとするものを感じながら、雨宮は擦《かす》れた声で答えた。

「なんだ？」

「我々は八方塞がりの状態です」

「それはわかっている」

「こうなった以上、我々の取るべき道は一つです」

染野の言いたいことはわかっている。だが、雨宮は敢えて訊いた。

「それは？」

「七二六便に消えてもらいましょう」

その言葉に、閣僚たちの全員が息を呑んだ。

鈴本は目を閉じた。

――やはりそう来たか……。

今の鈴本に首都壊滅を防ぐ方法は思い浮かばない。染野は、鈴本の最も切り出し辛い選択肢を代弁してくれたことになる。

深い溜息とともに目を開けると、そこには蒼白な顔で震えている雨宮首相の姿があった。自分の決断一つで二百四十五人の命が消えるのだ。その心中は察して余りある。

染野は、即答を避ける雨宮に迫った。

「総理、大を生かすために小を切り捨てることは致し方のないことです。七二六便はエンジントラブルにより墜落ということにしましょう」

「しかし、二百人以上の乗客と乗員の命を奪うことになるんだぞ……」

首相の発言に、閣議室は三度沈黙に包まれた。

これ以上のことは誰も聞きたくないし、言いたくもない。

そんな空気のなか、染野一人が話を続けた。

「こうしている間にも七二六便は羽田に近づいています。迷っている時間はありません」

雨宮はそれでも首を縦に振らない。

閣議室の空気は鉛のように重くなっていく。

染野は、仕方がないといったふうに首を振ると、雨宮を見据えた。

「総理。実は、松ヶ島での事件に関してまだお伝えしていないことがあります」

「なんだと?」

「あの事件では、感染せずに生き残った島民が二十人近くいました」

雨宮はほっとしたように頷いた。

「今回もそうなる可能性があるじゃないか」

「しかし、彼らは全員死亡しました」

「なに?」

「先ほど鈴本主任研究員が説明したとおり、L型ウイルスは完全変異を繰り返す恐ろしいウイルスでした。そのため、ウイルスは生き残った島民の体内で変異し、再び増殖を始めたのです」

「なんだと?」

「既存の抗インフルエンザ薬は全く効かず、彼らは数日内に全員が死亡しました。隔離されていた彼らの遺体と隔離病棟は、感染の拡大を防ぐため、火事に見せかけて建物ごと焼却処理しました」

　雨宮は蒼白な顔を染野に向けた。

「私はそのような報告は受けていないぞ」

　欧州歴訪中の雨宮は、松ヶ島で新型インフルエンザウイルスが流行して島民に被害が出たが、数日後には終息したという報告しか受けていない。

「所詮、小さな島で起きた小さな事件です。ウイルスが再増殖を始めたときはヒヤリとしましたが、結果として封じ込めに成功しました。総理には、欧州からの帰国後に改めてご報告するつもりでした」

「しかし……」と言いかけた雨宮を、染野は鋭い視線で抑え込んだ。

「おわかりですか、総理？　たとえ七二六便の乗客のうち何十人かが生き残ったとしても、特効薬がない以上、彼らとて生き延びることはできない。であれば、首都圏を救うことが優先されて当然です」

　そこまで言っても、雨宮はまだ決断しなかった。

　自分に責任が押しつけられるのを恐れた閣僚たちも、全員が俯いて黙り込んでいる。

　国家の危機に直面し、誰もなにも決めようとしない。

　その光景を目の当たりにした染野は、ここから先は自分が仕切るしかないと、官房長官としての覚悟を決めた。

　染野は閣議テーブルから離れると、まず須藤外務大臣に近づいた。

　須藤の体がピクリと動く。

「外務省は、これからすぐに米国、中国、台湾に日本政府の要請を伝えてください」

「要請とは……、どのような？」

「これから太平洋上で起きる事件については一切関知しないこと」

「見て見ぬふりをしろと……？」

「そうです。彼らには七二六便の受け入れを拒んだという後ろめたさがあるはずです。無下に断ることはできないでしょう」

「わかり……ました」

　次に、染野は桐生防衛大臣を見た。

「あなたには辛いお役目をお願いしなければなりません」

　桐生の喉がゴクリと鳴る。

「自衛隊機に……、撃墜させるのですか……？」

「それ以外に方法がありますか？」

　桐生は俯いた。「いえ……」

「方法はお任せしますが、実行部隊の選択はくれぐれも慎重にお願いします。万が一にも情報が漏れないように」

「しかし、総理のご決断がまだ……」

全閣僚の視線が総理に向いた。

そこには、汗をびっしょりかき、虚ろな視線で天井を見つめる雨宮の姿があった。その体は小刻みに震え、思考は完全に停止しているように見える。口の端からは泡のようなものまで滲み出していた。

染野官房長官は舌を鳴らした。

——この重大事に……。

鈴本は目の前で起きている事態が信じられなかった。一国の首相が白目を剥いている。

六年前の第一次雨宮政権において、雨宮には軽い自律神経失調症の持病があることが報道されたことがある。極度のストレスや緊張のもとで、一時的に意識が混濁するというのだ。

そして、雨宮が辞任に追い込まれたのもこの持病が原因だったと言われていた。

だが、その後の治療で持病は完治したことになっており、第二次雨宮政権では病気の話は全く聞こえてこなかった。それが……。

——完治していなかったのか。

と、閣議室の誰もがそう思った。

しかし、今は一刻を争う。染野は雨宮の席に歩み寄ると、その両肩を摑み、激しく揺さ振った。

「総理、ご決断を！」

雨宮は、その耐え難いストレスから一刻も早く逃れるため、自分の意思とは関係なく首を縦に振った。

「君に……、任せる」

染野は大きく頷いた。

「総理、立派なご決断です」

その瞬間、それが首相の真意かどうかを確かめる術もないまま、七二六便の撃墜が政府の方針として決定された。

雨宮の体から手を離した染野は桐生防衛大臣を振り返った。

「桐生さん、総理のご決断をお聞きになりましたね？」

「は……、はい」

「では、先ほどの指示どおりお願いします」

そう言った染野は、次に福山国交大臣に視線を向けた。

「福山さん」

「はい」

「新日本エアの秋山《あきやま》社長の説得をお願いします。賠償金の支払、及び事故後の乗客数減少に伴う経営悪化の面倒は政府がみると伝えてください」

福山は体を硬直させたまま頭を下げた。

「承知しました」

一連の指示が終わると、染野は全閣僚を見渡した。

「では皆さん、宜しくお願いします」

新日本エア七二六便の乗員乗客二百四十五人の命運はここに決まった。

二月十九日　十三時　新日本エア七二六便

新日本エア七二六便のコックピットでは、機長の富岡がOCCとやり合っていた。

「沖縄は日本だぞ。なぜ着陸できない？」

「それが……」と返す春藤の歯切れは悪い。「なんらかの政治的判断があったようで、国交省からの許可が出ないんです」

「こうしている間にも死者が増えているんだ。なんとかならないのか？」

「すみません。どうにもなりません」と春藤が同じ回答を繰り返したとき、「オペレーション・ディレクターの桜井だ」と言う声が割り込んできた。

「桜井さん……」

パイロット出身である桜井の声に、富岡の心は幾分平静を取り戻した。

「富岡、米国政府は七二六便の乗客が新型ウイルスに感染しているという事実にこだわり、沖縄への着陸を避けるよう日本政府に圧力をかけている」

「そんな……」

「沖縄には米軍とその家族四万七千人が住んでいる。日本政府も無下にはできない」

「では羽田まで飛べと？」

「そうなる」

「羽田の受け入れ態勢は？」

「到着次第、乗客をなるべく近い施設へ収容すべく、政府及び東京都と調整中だ。どうしても手配できない場合は当社のハンガー（航空機格納庫）を使う」

「医者の手配は？」

「東京都、神奈川県の病院から招集する」

「着陸まで二時間くらいしかないですよ」

「心配するな」と桜井はいつもながら頼もしげな声で請け負った。「全力を尽くすよ」

羽田での受け入れ態勢が整いそうだとわかった富岡は、ここ数時間で初めて小さな安堵感を覚えた。

「宜しくお願いします」と言ってSATCOMを切ろうとした富岡に、桜井は「こっちから一ついいか？」と訊いてきた。

「なんですか？」

「七二六便の乗客名簿を国土交通省に渡したところ、それが各省に回ったらしく、外務省から妙な問い合わせがあった」

「はあ……」

「柴田光雄という乗客だが、今朝方、バンコクに滞在中の同姓同名の人物から在タイ日本大使館領事部にパスポートの紛失届が提出されたそうだ」

「どういうことでしょう？」

「わからんが、タイ入国管理局によると、柴田光雄は今朝タイを出国したことになっているらしい」

「そんな人間が乗っているということですか？」

そのとき、副操縦士の東山が口を挟んだ。

「柴田って、この便に乗っているもう一人の医師だと思います」

「え？」と驚きの声を上げたのは富岡と桜井が同時だった。

「機長はご存知なかったんでしたっけ？」

富岡は首を振った。

桜井が「乗り合わせている医師は二宮先生だけではなかったのか？」と訊いてきた。

「もう一人、男性の医師がいるとチーフパーサーの入江が言っていました。確かその先生の名前が柴田でした」

「なぜ二宮先生はそのことを言わない？」

「なにか事情があるみたいです。入江によると、二宮先生は、最初は柴田さんと呼んでいたのに、今では新庄さんと呼んでいるようですし……」

「え……？」

盗品のパスポートを使い、偽名で乗り込んできた男。機内で発生したインフルエンザ……。

――その男がウイルスを持ち込んだのでは……？

桜井は、「その柴田、いや新庄という医師と話せるか？」と訊いた。

「ちょっと待ってください」

富岡は貴美花を呼び出すと、新庄について質問した。

貴美花はためらいながらも、自分の知っている限りのことを富岡に話した。

——なんてことだ……。

新庄が記憶喪失だという事実に驚いた富岡は、それを桜井に伝えると、キャビン最後尾のギャレーをサービス・インターフォンで呼び出した。

電話を取ったのはCAの智子だった。

「はい……」

「機長の富岡だ。大丈夫か？」

「ええ」と、智子は力のない声で答えた。

「そこに柴田先生はいるか？」

辺りを見回すと、ちょうど乗客に渡す水を持った新庄が通りかかった。

「先生……」

智子は受話器を差し出した。

だが、なにかを警戒しているかのように眉をひそめた新庄は、それを受け取ろうとはしない。

「機長からお電話です」と苦しそうに告げる智子。

それを見かねた新庄は、受話器を受け取る代わりに水の入った紙コップを差し出した。

「これを飲むんだ」

「でも、それはお客様の……」

「飲まないと電話には出ない」

智子はそれでも遠慮したが、新庄が受話器を突き返そうとするのを見て、ようやく紙コップに手を伸ばした。新庄は、彼女が水を飲むのを見届けると、ようやく受話器を受け取った。

「機長の富岡です」という落ち着いた声が聞こえた。

「…………」

「柴田先生ですか？」

新庄はそうとも違うとも答えない。

「そうだと判断して、本社からの衛星通信を東山副操縦士に伝えてもらいます」

東山は、運航管理責任者である桜井ディレクターからの通信だと告げ、会話の仲介を始めた。

「新日本エアのオペレーション・コントロール・センター、オペレーション・ディレクターの桜井です。柴田、いや新庄さんですね？」

新庄は苦虫を嚙み潰したような顔をした。

──二宮のやつ、その名前も伝えたのか……。

仕方がないと腹をくくった新庄は、受話器を握る手に力を入れると、「そうです」と答えた。

「二宮先生から事情はお聞きしました。記憶を失っていらっしゃるとか」

──そこまで話したのか？

新庄は呆れ果てた。本人に悪気はないのだろうが、喋りすぎだ。

「なぜ偽名を使ってまでこのフライトに搭乗されたのか、その理由を教えていただけませんか？」

新庄は黙り込んだ。恐らく桜井は、新庄がこのウイルス事件の犯人ではないかと疑っているのだろう。

「聞こえていますか？」という声に促された新庄は、ようやく口を開けた。

「私の記憶の断片がそう命じたからです」

「は？」という、予想したとおりの答えが返ってきた。「それで、パスポートを盗み、偽名を使って搭乗したのですか？」

「え……？」

「今朝、柴田光雄という人物から在タイ日本大使館領事部にパスポートの紛失届が出たそうです」

——そういうことか……。

新庄はようやく納得した。もう少し早く紛失届が出ていたら、タイから出国できなかったところだ。

桜井は続けた。

「あなたが何者かはわからないが、乗客の治療に手を尽くしていただいていることには感謝します。機内の様子はどうですか？」

答えるまでもなく、機内は凄惨な状況だ。トイレは汚物で溢れ、床のあちこちに吐瀉物が散らばっている。CAたちも次々と発症しているため、掃除はおろか乗客の面倒も満足に看られない。そのようななか、発症した乗客は苦しみ、そして絶命していく。

絶望的な光景を見ながら、新庄は答えた。

「すでに乗客の三分の二が発症しています。彼らは高熱にうなされ、嘔吐と下痢で脱水状態にありますが、水分補給用のミネラルウォーターも残り少ない状態です。正直、手の施しようがない」

「死亡者は？」

「二十人を超えました」

「そんなに？」

「重篤患者、特に高齢者はいつのまにか息を引き取っていることが多い。病人と死人の区別がつきにくくなっているため、息をしている者は患者、していない者は死亡者という判断を下す有様です」

想像を遥かに超えた惨状に、桜井は返す言葉を失った。

新庄は「ところで」と続けた。「あなたが私に連絡してきた目的はそれだけですか？」

先回りされた形になった桜井は、言いにくそうに口を開いた。

「今更取り繕ったところで意味がないので正直に言いますが、私はあなたがウイルスを持ち込んだ犯人ではないかと疑っている……」

直球勝負の質問だ。だが、返ってきた答えは、訊いた本人も驚くようなものだった。

「そうかもしれない」

「え？」

「私には、断片的ながらこのウイルスに関する記憶がある。この事件と全く無関係とは思えない」

誤魔化しのない返答を聞いた桜井は、もしかするとこの男は信頼できるかもしれないという仄かな期待を抱いた。

「なにか、新しく思い出したことは？」

「ありません」と言いかけた新庄の脳裏にアタッシュケースのことが浮かんだ。

乗客の看病にかかりきりで忘れていたが、あのアタッシュケースが開けられれば、ウイルスに関するなんらかの手掛かりが得られるかもしれない。

「どうかしましたか？」

悩んだ末、新庄はアタッシュケースのことを口にした。

「なるほど……。そのアタッシュケースは四桁の数字の組み合わせで開くのですね？」

「そうです」

「うーん……」

桜井は頭を抱えた。四桁の数字の組み合わせとなると００００から９９９９までの一万通りある。これをすべて試すには膨大な時間がかかる。

「とにかくなんとかします。もう少し頑張ってください」

東山を介してそう言い残すと、桜井は新庄との会話を終えた。

会話を聞いていた富岡が「奇想天外な話ですね」と告げた。

桜井は「そうだな」と答えた。「だが、私が話した限りでは、新庄は信用に足る人物だと思われるし、彼がキーパーソンであることは間違いない」

「今の我々には彼の協力が不可欠だということも確かです」

「ああ。彼を信じるしかないな……」

七二六便とのＳＡＴＣＯＭを切ると、桜井は首相官邸にいる鈴本に電話し、新庄との会話の内容を伝えた。


その数分後、六本木ミッドプラザ一階のエレベーターホールにいた八代の携帯電話が振動した。首相官邸にいる鈴本からだった。

八代が電話に出ると、鈴本は「今どこですか？」と急くように訊いてきた。

「クラリス・ジャパンのオフィスを出たところです。水之江の野郎、なにを訊いてものらりくらりで全く進展がありません」

「笹川は？」

「クラリス・ジャパンの内部を泳がせ、今回の計画の証拠となるべき情報を探らせていますが、捜査令状も逮捕状も持っていない我々にはこれが限界です」

「そうですか……」

「どうかしましたか？」

「緊急閣議で、ある決定が下されました」

「どんな決定ですか？」

「……それは言えません」

苦しげな鈴本の様子から直感的にその内容を悟った八代は、「わかりました。鈴本さんはなにも言わないでください」と前置きすると、「多数を救うために少数を犠牲にする……。そういうことですね？」と訊いた。

鈴本はそうとも違うとも答えない。

間違いない。政府は新日本エア七二六便を撃墜するつもりだ。

そう確信した八代は、低い声で言った。

「鈴本さんからはなにも聞きませんでした。ですが、事態が急を要することは理解しました」

一呼吸置いて、鈴本は何事もなかったかのように続けた。

「新日本エアの運航管理責任者である桜井ディレクターから奇妙な情報が入りました。新庄直人と名乗る日本人医師が七二六便に乗っているそうです。彼はタイで記憶を失い、柴田光雄という偽名を使って搭乗していました」

「どういうことですか？」

「わかりません。しかし、彼には断片的ながらL型ウイルスに関する記憶があるらしいのです」

「そいつが犯人ということでしょうか？」

「いや、それでは彼が自ら七二六便に乗り込んだ理由が説明できません」

「では、どういうことでしょう？」

「わからない……」と、鈴本は苦しげな声を上げた。「だが、今となってはこの新庄という男が唯一の希望です。彼の記憶を蘇らせることができれば、他の選択肢が見つかるかもしれない」

「で、私にどうしろと？」

「北条さんが笹川の取り調べを行った際、彼は『タイの〈アジア・ウイルス研究所〉に出張している研究員が失踪した』と言っていたらしいのですが、憶えていますか？」

「ああ……」八代は携帯を持ちながら頷いた。「そういえばそうでしたね」

「それが新庄である可能性が大きい」

「なるほど……」

「もしもそうだとしたら、彼の使いそうな四桁の数字の組み合わせを探って欲しいのです」

「え？」

「新庄は機内にアタッシュケースを持ち込んでいます。その四桁のダイヤルロックが開けられれば、彼の記憶が蘇る可能性があります」

「ですが、四桁といっても膨大な数の……」と言ったとき、高層階行きのエレベーターの扉が開き、スーツ姿の男たち数人が乗り込んでいった。

どの男も精悍な面持ちで、動きに隙がない。一般人にはわからないだろうが、同業の八代にはピンと来た。

――公安の連中か……。

ウイルスを首都圏でばら撒こうという計画に警視庁公安部が動いたとしても不思議はない。

「どうしました?」と鈴本が訊いた。

「公安が来ました。連中に水之江と笹川を連れていかれると、新庄ってやつに関する情報を入手できなくなります」

「彼らから訊いてもらえば良いのでは?」

「連中は我々に一切の情報を開示しません。それに、閣議決定がされたのなら、公安はそのとおりに動きます。こちらの要求なんて聞いてはくれませんよ」

「では、どうします?」

八代はエレベーターホールの天井を見上げた。こうなったら手段は一つしかない。だが、それをやったら最後、上司の相馬課長の怒りを買うどころでは済まないだろう。

——やれやれ……。

八代は視線を下ろすと、「俺ってやつはとことん馬鹿だな」と呟いた。

「大丈夫ですか？」と訊く鈴本に、八代は「とにかく、やれるだけやってみます」と答えて電話を切り、北条を見た。

「お前は三田署に帰って、今日の聞き込みの結果を上司に報告しろ」

「八代さんはどうするんです？」と言い返す北条の目は笑っている。

どうやらすべてお見通しのようだ。

「俺には養うべき家族はいない。警察をクビになってもなんとか生きていける」と、八代はわけのわからない見栄を張った。

「春菜さんに養ってもらう気ですか？」

「あいつが高飛車な態度に出なければ、な」

「八代さん」北条は真っ直ぐに見返してきた。「私は一介の刑事ですが、首都圏を守るために二百四十五人の乗客と乗員を犠牲にするって考えは好きじゃない。彼らを救う可能性が少しでもあるのなら、やれることはなんでもやります」

「公安を敵に回すんだ。ただじゃ済まないぞ」

「わかっています」

緊張した面持ちでそう言い返す北条を見て、八代はクスリと笑った。

「お前、いい男なのに馬鹿だな」

「八代さんこそ」と北条が言ったとき、高層階から下りてきたエレベーターの扉が開いた。

案の定、数人の男たちに囲まれ、蒼白な顔をした水之江と笹川が出てきた。

「行くぞ」

促す八代に、北条は大きく頷いた。

二月十九日　十四時　東京　新日本エアシステム本社

福山国土交通大臣から直々の電話を貰った新日本エアシステムの秋山社長は、通話の切れた受話器を持ったまま呆然としていた。

——七二六便を撃墜する……？

首都圏を壊滅から防ぐという大義名分はわかる。しかし、乗客と乗員二百四十五名の命という犠牲はあまりに大きすぎる。

「これ以外に首都圏を救う方法はありません」という福山の言葉を頭のなかで反芻《はんすう》しながら、秋山はゆっくりと受話器を戻した。

数時間後には新日本エア七二六便が消息を絶ったとの報道が流れる。

そのとき、秋山は驚愕と動揺を露《あらわ》にし、同機捜索の陣頭指揮を執らなければならない。そして、同機がエンジントラブルにより墜落したという虚偽の調査報告が発表された後は、犠牲となった乗客の家族へのお詫びの行脚《あんぎゃ》が始まる。

一九八五年に日本航空一二三便が御巣鷹山に墜落したとき、秋山はまだ新日本エアの課長にもなっていなかった。だが、日本航空に就職した大学の同期から、航空会社が事故を起こしたときに世間から浴びせられる非難の大きさ、そして社員の辛さについては何度も聞かされた。

これから起きる事件の悲惨さ、そして社長である我が身に向けられる非難と怒り。それらが耐え難い重圧となってのしかかり、秋山は思わず自分の頭を抱え込んだ。

一方、国交省は、太平洋上の航空管制を担当する福岡ＦＩＲ（飛行情報区）の航空交通情報センター、及び那覇、福岡、東京、札幌の各航空交通管制部に箝口令を敷くとともに、新日本エアのＯＣＣに航空局の特別チームを派遣し、七二六便とのすべての交信を管理下に置くことにした。

閣議室にいた鈴木は期せずしてその内容を耳にすることになった。

閣議が終了した後、新日本エア本社に戻ろうとした鈴木は染野官房長官に呼び止められた。

「鈴本さん、撃墜が決定された以上、新日本エアに戻る必要はないのではないですか？」

鈴本は染野を見返すと、反論した。

「私が戻らないと新日本エアは疑念を抱くのではないでしょうか？」

「政府から別の指示が出たことにすればいい」

「官房長官。もしもあなたが七二六便の撃墜を口にしなかったら、私がそうしたでしょう。私にもそれしか首都圏を救う方法は思い浮かばなかった。だから、私には七二六便に最後まで付き合う責任がある」

鈴本の目に並々ならぬ決意を見た染野は、それ以上意見するのを止めた。

「わかりました。ただし閣議での決定事項は絶対に口外しないということだけは約束してください」

「心得ました」

そう言って頭を下げた鈴本は、そのまま閣議室を辞した。

新日本エアのＯＣＣに戻った鈴本はすぐに国際線運航管理部に向かった。

「七二六便はどこですか？」

飛行中の航空機が表示されているモニターを見つめていた春藤が振り返った。

「那覇空港へのダイバートが許可されなかったため、羽田に向かっています」

「そうですか……」

そこに、オペレーション・ディレクターの桜井がやってきた。

「お疲れ様です」

七二六便の羽田空港への受け入れ準備にてんてこ舞いの桜井は、心身ともに疲れ果てた表情をしている。鈴本はその顔をまともに見返すことができず、微妙に視線を逸らした。

「どうかされましたか？」

「いえ……」

視線を戻した鈴本は、「七二六便の状況はいかがですか？」と訊いた。

「相変わらず死亡者が増え続けています。二宮医師も発症し、患者の診察ができない状態のようです」

「そうですか……」

「新庄医師のアタッシュケースさえ開けられれば、このウイルスに関する手掛かりが摑めるかもしれないのですが……」

L型ウイルスの正体を知らない桜井は、羽田到着後の乗客の治療に少しでも役立てばという想いからそう言っている。だが、事態はもはやそのようなレベルではない。七二六便を撃墜しなければ首都圏が壊滅するのだ。

それが口に出せない鈴本は、まるで針の筵《むしろ》に座らされたような苦しさを感じながら、桜井に向かって頷いた。


八代は六本木ミッドプラザ地下二階駐車場の柱の陰に身を潜め、黒塗りのバンの周りにいる公安部らしき私服警官たちを観察していた。

四人の私服警官のうち三人がバンに乗り、車外に残ったサングラスの男が水之江と笹川に「早く乗れ」と急かしている。

——行くか……。

八代は柱の陰から姿を現すと、「ちょっと待ってくれ」と声をかけながら近づいていった。

サングラスの男が振り向き、怪訝そうな顔をした。

「なんだ？」

八代は精一杯の笑みを浮かべ、警察手帳を出した。

「捜査第一課の八代だ。あんたら公安部だろう？　外事第三課（国際テロ担当）ってところか？」

男は答えない。

八代は勝手に続けた。

「俺たちはクラリス・ジャパンの社員の不審死に関する捜査をしている。ちょっと話を聞いてもらえないか？」

サングラスの男はニコリともせず、「邪魔しないでもらえるか？」と答えた。

話には聞いていたが、想像上の横柄さだ。

「そう固いこと言わないでくれよ。五分でいいんだ」

「聞こえなかったのか？」

男は氷のような目で八代を睨むと、あっちへ行けとばかりに手を振り、踵《きびす》を返した。

「取引がしたいんだ」

サングラスの男はゆっくりと振り向いた。

「取引だと？」

「俺たちは、あんたたちの追っているウイルスに関して、水之江と笹川も知らない情報を持っている。ウイルスの遺伝子構造式、特性、そして変異率に関するデータだ」

「なぜ、お前がそんな情報を持っている？」

「捜査の過程で入手したものだ」と八代は正直に言った。「政府も同じ情報を持っているが、ごく限られた関係者にしか開示されていない。あんたたちみたいな組織の末端には絶対に回ってこない」

そのとき、黒塗りのバンに乗っていた公安警察官の一人が降りてきた。太った短髪の男で、このチームのリーダーらしい。

その男は、サングラスの男にバンに乗るよう指示すると、凄味のある目で八代を睨んだ。

「悪いが、俺たちが欲しいのはウイルスに関する情報じゃない。取引は成立しない」

そう言い残してバンに戻ろうとする短髪の男に、八代は「そう急くなよ」と声をかけ、スーツのポケットからディスクを取り出した。

「ウイルスに用はなくても、こいつを別の取引で役に立てることはできるぜ」

振り返った短髪の男は眉をひそめた。

「どういう意味だ？」

「政府の内部には、あんたたちに開示されていない情報がまだ山ほどあるはずだ」

「それで？」

「だが、それらの情報は省庁間の縄張り争いや政治家の権益争いのネタに使われるだけで、あんたらのような、それを本当に必要としている部署には回ってこない」

短髪の男の眉がピクリと動いた。

それを見落とさず、八代は言った。

「図星ってとこか?」

短髪の男は首を振った。

「なんのことかわからんな……」

そう言いながらも、男は心のなかで苦笑していた。認めるのは悔しいが、八代の言うようなことは確かにある。

先日も、公安部がさんざん苦労して手に入れた北側の情報を、厚生労働省がかなり以前に入手していたことがわかった。朝鮮半島での戦没者の遺骨収集を進める過程で手に入ったらしい。それを知った公安部は憤慨した。この情報を入手するため、公安部の職員がどれほど苦労し、また危険に身を晒したと思っているのか……。

その一瞬の表情の変化で手応えを摑んだ八代は、畳みかけるように迫った。

「あんたたちは目隠しされたままの状態で捜査しろと言われているようなもんだ」

短髪の男は八代を睨みつけた。

だが八代は怯まない。

「政府はこのウイルスの情報の流出を恐れているはずだ。だったら、あんたたちはこいつをネタに、自分たちの欲しい別の情報を引き出せばいいじゃないか」

「政府と取引しろというのか？」

「それはあんたら次第だ」

「お前はなにが欲しい？」

「水之江と笹川の身柄だ」

「身柄を預かってどうする？」

「事情聴取をするのさ。あんたたちに拘束されたらできないだろう？」

「ここでやればいいじゃないか」

「そういうわけにはいかない。あんたも知っているとおり、しかるべき手続を踏まないと正式な記録にはならない」

「二人を我々に返すという保証は？」

「俺たちを信じてもらうしかないが、二時間後に三田警察署で返すってのはどうだ？」

そう言うと、八代は自分の携帯番号を書いた紙を渡した。

短髪の男はしばらく考えた。

捜査課の属する刑事部と公安部は同じ警視庁の組織だ。万一、二人を返さない場合はこの刑事の上司に怒鳴り込めばいい。それに、先ほどクラリス・ジャパンで事情聴取した限りでは、水之江と笹川は外国の組織に踊らされているだけの可能性が高い。これ以上継続したところで、出てくる情報は限られているだろう。であれば、八代の言うとおり、この情報をネタにして、公安部の他の捜査に必要な情報を得るほうが有益かもしれない。

頭のなかで素早く計算した短髪の男は、おもむろに「いいだろう」と頷いた。

「まず、お前たちの持っている情報を渡してもらおう」

八代は手に持っていたディスクを短髪の男に渡した。

「ちょっと待っていろ」

短髪の男はバンに乗っている部下にディスクを渡した。

部下は車内のパソコンにディスクを差し込んだ。

しばらくして窓から首を出した部下の男は、「パスワードが必要です」と告げた。

「パスワードは？」と訊く短髪の男に、八代は「二人の身柄と引き換えに渡す」と答えた。

短髪の男は八代を睨みつけながら、部下に指示した。

「そこの二人を引き渡せ」

よほど公安から脅されていたのか、水之江と笹川は転がるようにして八代のもとにやってきた。

それを待っていたかのように、北条の運転する黒塗りのクラウンが滑り込んできた。

「早く乗れ」

水之江と笹川は先を争うようにして後部座席に乗り込んだ。

それを見届けた八代は、一歩前に進み出ると、パスワードの書かれた紙を差し出した。

「ちょっと待っていろ」

短髪の男は部下にパスワードを渡し、それが有効かどうかを調べさせた。

しばらくして、「ファイルが開きました」という声が聞こえた。

だがそのとき、八代はすでにクラウンの助手席に座っていた。

「交渉成立だな」と八代が声を上げたのと、バンのなかから「なんだ、これ？」という声が響いたのはほぼ同時だった。

「出せ！」

八代の指示で、クラウンはタイヤを軋ませながら急発進した。

短髪の男は、走り去るクラウンを目で追いながら、部下に「どうした？」と訊いた。

「これを見てください！」

部下の差し出したパソコンの画面いっぱいに広がっていたのは、不規則なアルファベットと数字の羅列だった。

短髪の男は八代の残した携帯の番号に電話したが、出たのは違う相手だった。

「あいつ、騙しやがったな！」

首都高都心環状線を目指してクラウンを飛ばす北条は、「八代さんも悪人ですね」と言って笑った。

「そんなことはないさ。ちゃんとデータは渡したじゃないか」

「あれじゃ中身なんてわかりませんよ」

「渡せるものがあれしかなかったんだ。それに、俺は暗号解読後のデータを渡すなんて言っていないぜ」

「警察官同士の仁義ってものがあるでしょう？」

「事件が無事に解決したら、暗号解読後のものを渡してやるさ」

北条は八代の度胸に感心しながら、「で、どこへ行きますか？」と訊いた。「公安を敵に回したんです。警視庁へも三田署へも行けませんよ」

「今日は高速が空いている。このまま人形町へ向かってくれ」

「〈おはる〉に行く気ですか？」

「頼れるところといえばそこしかない」

北条は春菜に迷惑がかかるのではないかと心配したが、かといって他に行く当てもない。

仕方なく「わかりました」と頷くと、クラウンのアクセルを踏み込んだ。

後部座席では、水之江と笹川が蒼褪めた顔で二人の会話を聞いていた。

そのうち、水之江が恐る恐る「我々はどうなるんでしょうか?」と訊いてきた。

八代は助手席から振り返ると、「それはあんたら次第だ」と答えた。「だが、少なくとも、あのまま公安の連中に連れていかれるよりはましだと思うぜ。連中は欲しい情報を取るためには手段を選ばないからな」

笹川が身を乗り出した。

「そもそも、なぜ公安部が我々のところに来たのですか?」

「その理由を聞いていないのか?」と八代。

笹川は首を振った。

「簡単な事情聴取しか受けていないので……」

「あんた、『東京にいては危ない』と北条に言ったらしいな」

「はあ……」

「その不安が的中したんだよ」

「え?」

「L型ウイルスは完全変異を繰り返すとんでもないウイルスだった。あんたの会社の〈ノイラミフル〉はL型には効かない」

水之江が目を剥いた。「なんですって?」

「増殖を食い止めることができないということですか？」と笹川。

「そうだ。おまけに、そのL型ウイルスに感染した乗客を乗せた旅客機がバンコクから羽田に向かっている」

「え……？」

「あと一時間もすれば到着する」

それを聞いた水之江は、「アンドリューのやつ！」と大声で吐き捨てた。

八代が眉をひそめた。

「アンドリュー？」

「〈アジア・ウイルス研究所〉のウェイトリー所長のファーストネームです」と笹川が答えた。

その瞬間、顔を真っ赤にした水之江が笹川の襟首を摑んだ。

「おい、なにをペラペラ喋っているんだ！」

オフィスでは紳士然としていた水之江の豹変ぶりに、八代も北条も驚いた。

「まだわからないんですか？」

襟首を摑まれたまま、笹川は哀しそうな目で水之江を見返した。

「なんだと？」

「我々はスパーリング副社長とウェイトリー所長に騙されたんですよ！」

　呆然と笹川を見返す水之江。

「ウェイトリーはL型ウイルスが完全変異を繰り返すという事実を隠していました。それはライバルであるあなたの息の根を止めるためです」

「…………」

「そして、ウェイトリーがこんな大胆なことをできるのは、その後ろにスパーリングがいるからだと思いませんか？」

　反論できない水之江は、笹川の襟首からゆっくりと手を離した。

　笹川は続けた。

「碓井は、ウェイトリーから提供されたL型ウイルスの変異率のデータが虚偽のものではないかと疑い、その検証を行っていたのだと思います。通報者を通してそれを知ったウェイトリーは碓井を脅した。碓井は研究を続けるためにウイルスのサンプルを社外に持ち出したが、追い詰められて殺された……」

「証拠でもあるのか？」と訊く水之江に、笹川は首を振った。

「ありません。しかし、そう考えれば筋が通ります」

　そのとき、八代が会話に割って入った。

「碓井さんの不審死に関する捜査は続けるが、今はとにかく時間がない。こちらから質問してもいいか？」

笹川は観念したように、「どうぞ」と言った。

「新庄という名前に憶えはないか？」

「え？」

「L型ウイルスに感染した乗客を乗せた旅客機には医者が二人乗っている。そのうちの一人が新庄という名前だが、記憶を失っているらしい」

「なぜ新庄がその旅客機に……？」

「知っているのか？」

「新庄直人は〈アジア・ウイルス研究所〉に長期出張している当社の研究員ですが、現地で失踪し、行方がわからなくなっています」

「タイで行方不明になった研究員がいると言っていたのは、新庄のことだったのか？」と北条が訊いた。

「はい」

それを聞いた八代は、すぐに携帯電話を取り出し、鈴本のダイヤルを押した。

「鈴本です」という低い声が返ってきた。

「八代です。新庄直人はやはりクラリス・ジャパンの社員でした。タイにあるクラリス・スミソニアンの〈アジア・ウイルス研究所〉に長期出張中に行方不明になったそうです」

「良くやってくれました」と礼を言った鈴本は、心配そうに訊いた。「無茶したんじゃないですか？」

「公安の連中から水之江と笹川を強奪した形になりましたが……」

「そんなことして大丈夫なんですか？」

「後で公安と揉めるかもしれませんが、背に腹はかえられませんから」と平然と言ってのけた八代は、「ところで、七二六便はどうですか？」と訊いてきた。

「沖縄から羽田に向かっていますが、伊豆諸島南方で旋回待機になる予定です」

「内部の様子は？」

「乗客乗員の三分の二が発症。死亡者は三十人を超えそうです」

「そんなに……？」

しばらく訊いていないうちに、死亡者の数はまた増えている。

「患者の面倒を見る乗員も、満足に動ける者は数えるほどです。二宮医師も発症しました」

「新庄は？」

「不思議なことに、まだ発症していません」

八代は「このまま電話を切らないでください」と言うと、後部座席の水之江と笹川に携帯電話を向け、話を続けた。

「新庄はウイルスの研究をしていたんだよな？」

「はい」と笹川。

「L型との関係は？」

笹川も水之江も首を振った。

「わかりません……」

「新庄が使っていた、あるいは使いそうな四桁の数字の組み合わせは？」

突然の質問に、水之江と笹川はお互いの顔を見合った。

「彼が持っているアタッシュケースのダイヤルロックを開けるために必要なんだ」という八代の説明に、笹川は「すみません」と頭を下げた。「そこまでのことはわかりません」

八代は携帯電話を戻すと、言った。

「お聞きのとおりです。新庄がL型ウイルスに関係しているかどうかは不明で、四桁の数字の手掛かりもありません」

「そうですか……」

「我々はこれから、この二人が知っていることをすべて聞き出します。少し時間をください」

八代からの電話を切った鈴本は急いで桜井の席に向かった。

「新庄直人の身元が割れました。タイの〈アジア・ウイルス研究所〉というところに長期出張中のクラリス・ジャパン研究員でした」

それを聞いた桜井は目を輝かした。

「これで新庄医師の記憶も少しは戻るかもしれませんね」

その情報を七二六便に伝えるため、足立を呼ぼうとした桜井は、セキュリティドアから見知らぬ一団が入ってくるのを見て驚いた。OCCのセンター長でもある桜井の承認もなしに外部の人間が入ってくることは内規違反だ。

——あいつら、どうやって？

困惑しながら立ち上がった桜井の目に映ったのは、その一団に続いて入ってきた恰幅のいい初老の男だった。

——熊谷《くまがい》副社長……？

ダークスーツ姿の一団は、桜井の席に向かって歩いてくると、その前で立ち止まった。

リーダーらしき、まるで蟷螂《かまきり》を思わせる長身痩軀の男が一歩前に出た。

「国土交通省航空局の白鳥《しらとり》です」

「オペレーション・ディレクターの桜井です」と、桜井は憮然とした表情で挨拶を返した。

「早速ですが、今後、七二六便との通信はすべて我々を通していただきます」

「え？」

「七二六便を国交省の管理統制下に置くということです」

「ちょっと待ってください」と言うと、桜井は熊谷を睨んだ。「副社長、何事ですか？」

ＯＣＣのオペレーション・ディレクターである桜井は、新日本エアのすべての航空機の運航管理に関して社長からの権限委譲を受けている。たとえ副社長であろうと、ここでは桜井の指示に従わなければならない。

熊谷は苦しげに黙っている。

白鳥は、ただでさえ細い目をさらに細めながら言った。

「秋山社長には福山国交大臣から電話を入れ、今回の処置についての了解をいただいています」

桜井は熊谷に「本当ですか？」と訊いた。

熊谷は渋い顔のまま頷いた。熊谷の監督官庁嫌いは社内でも有名だ。その熊谷が黙っているということは、国交省は本気で圧力をかけてきているということになる。

——新庄に関する情報を流そうという矢先に……。

桜井は白鳥に向き直ると、言った。

「どうしても七二六便に伝えなければならない情報があります。今すぐ富岡機長に連絡させていただきたい」

「どのような内容ですか？」

「七二六便には、記憶を失った新庄という医者が乗っています。その身元が割れました。彼には、乗客が感染したウイルスに関する微かな記憶が残っています。身元に関する情報を与えることで彼の記憶が戻れば、ウイルスへの対処法がわかるかもしれない」

その奇想天外な話を、眉間に皺を寄せながら聞いていた白鳥は、やがて冷たく言い放った。

「却下します」

「なぜです？　乗客が助かるかもしれないんですよ？」

「民間旅客機との交信がエシュロン（Echelon）によって傍受されていることはご存知だと思いますが……」

エシュロンとは、アメリカ、イギリス、カナダ、オーストラリア、ニュージーランドの英語圏五カ国で構成される軍事目的の通信傍受システムのことだ。彼らは、このシステムで世界中の通信を傍受し、情報を収集していると言われている。

「それがどうしたというのです？　聞かれて困るような通信はしていませんよ」

そう反論する桜井に、白鳥は困ったやつとでも言いたげな視線を向けた。

「最近では中国もエシュロンに匹敵する通信傍受システムを持っていると言われています。万一、その新庄とかいう男の記憶が戻り、とんでもないことを喋り始めたらどうするのですか？　すべてが筒抜けになり、悪くすると外交上の問題にもなりかねない」

理由はまだある。政府の方針が七二六便の撃墜と決まった以上、余計な面倒は起こしたくない。

どちらかというと、白鳥の本音は後者のほうだった。

「しかし……」と食い下がる桜井を残して国際線運航管理部に向かった白鳥は、「今後、七二六便との通信はすべて我々を通してください」と一方的に告げた。

それを聞いた春藤が「ちょっと待ってください」と言って席を立った。「七二六便との交信は一刻を争うものばかりです。そんな非効率的なことはやってられません」

白鳥は冷たい目で春藤を睨んだ。

「では、あなたには担当を外れていただきます。私以外の四人は航空局の技官ですから、交代要員の心配はありません」

「そんな無茶な。ここまで来て七二六便を見捨てろと言うんですか？」

「それが嫌なら我々の指示に従ってください」

二人の男が春藤の両脇を固め、いつでも排除できる態勢に入る。

——くそ！

近づいてきた足立が春藤の肩を摑み、「我慢するしかない」と囁いた。「ここで意地を張ったらOCCから連れ出されてしまう。そうなれば七二六便の面倒が見られないぞ」

その言葉に、春藤はしぶしぶ頷き、ふてくされたように腰を下ろした。

その頃、八代は携帯を片手にいらいらしていた。

呼び出し音は鳴っているのだが、相手が一向に出ない。

二十五回目の呼び出し音で諦めて切ろうとしたとき、「鹿取です」という低い声が返ってきた。

「八代です」

そう名乗った瞬間、電話は切れた。

——なんだよ！

数分後、今度は鹿取から電話がかかってきた。

「いきなり切るなんてひどいじゃないですか」と抗議する八代に、鹿取は「タイミングが悪すぎましたよ」と答えた。「なにせ、公安部の連中に質問攻めにされている真っ最中でしたからね」

「え？」

「あいつら、やっきになって八代さんを捜していましたよ」

「そうですか……」

さすが公安だ。八代の捜査ルートを割り出し、あらゆる方面から追い詰めようとしている。

「一体なにをやらかしたんですか？」

「水之江と笹川を強奪しただけですよ」

「え？」鹿取は思わず息を吞んだ。「なんてことを……」

だが、当の八代はそれほど気にもかけていない様子で、「そんなことより至急の頼みがあります」と言った。

鹿取は呆れた。「八代さん、あんた自分の立場をわかっているんですか？」

「時間がないんです。自分の立場については後で考えます」

その淀みのない声に、鹿取は返す言葉に詰まった。八代が愚直なほど私心のない人間だということはわかっている。その八代が自分の身を危険に晒してまでやろうとしていること……。恐らく、それは彼なりの正義を貫くということなのだろう。

自分の感情を表すことが苦手な鹿取は、わざとぶっきらぼうな声で答えた。

「なんですか、その頼みって?」

「クラリス・ジャパンのシステムに侵入して、新庄直人という人物に関するデータを抽出して欲しいのです」

「はあ?」

「特に、新庄が使いそうな四桁の数字の組み合わせが知りたい」

「なぜ?」と訊く鹿取に、八代は新庄という男について説明した。

「事情はわかりましたが、パスワードなんて、定期的に変えるんじゃないですか?」

「そうかもしれないが、人間ってもんは、自分に全く関係のない数字の組み合わせを使うことは少ない。新庄や、その家族の生年月日などのデータも役立ちます」

「いくら私でも、なんのとっかかりもない状態で他社のシステムへ侵入するのは時間がかかりますよ」

「それなら大丈夫だ」と言いながら、八代は携帯電話を笹川に渡した。

「あんたがイントラネット(企業内ネットワーク)に入るときのID番号とパスワードを教えな」

笹川は怯えた顔で「そんなことしてどうするんですか?」と訊いた。

「今は説明している暇はない。さっさとしないと公安に引き渡すぞ！」

公安という言葉がよほど恐ろしいのか、笹川はすぐに自分のフルネームとＩＤ番号、そしてパスワードを鹿取に教えた。

携帯を戻させた八代は、「これでいいですか？」と訊いた。

鹿取は溜息交じりの声で「八代さん……」と言った。「あんた、こんなことをしてただじゃ済まないってことはわかっていますよね？」

「ええ。責任はすべて私が持ちます」

「しがない刑事の首一つじゃ収まらないですよ」

「だめですか？」

「まあ、普通のやつなら断るでしょうね」

「はあ……」

一呼吸置いてから、鹿取は言った。

「だが、あいにく俺は普通じゃない」

「え？」八代の声のトーンが上がった。「では……」

「結果はどこに送ればいいですか？」

「鈴本さんのスマートフォンに送ってください」

鹿取は「わかりました」と答えると、「この貸しは高くつきますよ」と添えた。

「わかっています。今度、飛び切り美味い人形町の飲み屋に連れていきますよ」

「飲み屋……？」

落胆の声とともに鹿取が電話を切ったとき、北条の運転するクラウンは人形町の〈おはる〉に着いた。


八代は携帯電話で春菜を呼び出して店を開けさせ、水之江と笹川を奥の座敷に上げた。そして二人の前に座ると、ドスの利いた声を出した。

「さて、知っていることを洗いざらい吐いてもらおうか」

水之江は観念したらしく、すべてを白状した。

抗がん剤の開発に失敗した損失の穴埋めとして〈ノイラミフル〉を日本政府に売り込むため、首都圏でインフルエンザウイルスをばら撒く計画をウェイトリーから持ちかけられたこと。その計画に使うL型ウイルスは、タイからなんらかの方法で日本に持ち込まれることになっていること。

「ですが、我々はL型ウイルスがそんな恐ろしいウイルスだとは知りませんでした。これは本当です」

正座したままの水之江は、畳にこすりつけんばかりに頭を下げながら訴えた。

――これが、流暢な英語で金髪の秘書と話していた男か……？

八代は、水之江に軽蔑の眼差しを向けながら言った。

「だったら、今すぐウェイトリーってやつに電話して、L型ウイルスの特効薬を飛行機で運ばせろ！」

八代を見上げた水之江の顔は涙でぐしゃぐしゃになっていた。

「そんなことをしても無駄です。白を切られるに決まっています」

「じゃあ、本社のスパーリングとかいう副社長に頼めよ」

「同じことです。日本法人なんてトカゲの尻尾のようなものです。都合が悪くなれば切り捨てられて終わりです」

「それなら新庄はどうだ？　ワクチンの開発のためにタイに行ったのなら、もしかしてすでに特効薬を作っているかもしれねえじゃねえか」

水之江は首を振った。

「そうかもしれませんが、記憶を失っている状態では……」

八代はいきなり拳でテーブルを叩いた。

「じゃあ、七二六便は墜《お》とされて終わりってことかよ！」

「え?」

——しまった。

八代は慌てて口を塞いだ。これは口が裂けても言ってはいけないことだ。

「もしかして、旅客機を撃墜する計画があるのですか?」

水之江と笹川の顔に思わず安堵の表情が浮かんだ。

それを見た八代の顔はみるみる硬直していった。

「てめえら……」

振り上げた八代の右手を北条が押さえた。

「やめてください。こんな連中、殴る価値もありませんよ」

そのとき、調理場にいた春菜が座敷を覗き、八代に言った。

「文ちゃん、ちょっと来て」

「なんだよ!」

下ろした右手の拳を撫でながら調理場に入った八代の頭を、春菜はいきなりしゃもじで殴った。

「痛!」八代は頭に手を当てた。「なにしやがるんだよ!」

「被疑者みたいな連中を連れてきたと思ったら、今度は暴力? いい年してなにやってるの？」

その言葉にカッとなった八代は、思わずシャツの腕をめくって春菜に迫った。

「誰のためにやっていると思ってるんだ？」

春菜も睨み返す。

「誰のためなの？」

「お前を……」と言いかけて、八代は口を噤《つぐ》んだ。お前を守るため、なんて言えるわけがない。

「言えないの？」と挑発する春菜。

八代は「ふん」と鼻を鳴らすと、「悪いが、もう少しここに置いてくれ」と言い残し、調理場を出ようとした。

「ちょっと」

「なんだよ」

「あれ……」

春菜の指さすほうを見ると、お盆の上に四人分の親子丼が載っている。

「作ってくれたのかよ？」

「お腹が空いているんじゃないのかなと思って……」

そういえば、今日は朝からなにも食べていない。

「ほら、ドラマでよくあるじゃない？　取調室で刑事が容疑者にカツ丼を食べさせているシーン」

「はあ？」

「でも、今日はカツに使う豚肉を切らしちゃって……」

「だから親子丼なのか？」

「へへ……」

子供のように照れ笑いする春菜を、八代はまじまじと見た。

「なによ」

「いや……」

感謝の言葉の一つも口にしたいが、気の利いた台詞が浮かんでこない。仕方なく、黙って頭を下げると、八代は親子丼の盆を持って調理場を出た。

その後ろ姿に向かって、春菜は声をかけた。

「座敷は貸し切りってことにしとくから、好きなだけ使って」

「ああ。ありがとよ」

——まったく、きついんだか優しいんだか……。

心のなかでそう呟きながら、八代は襖《ふすま》を開け、親子丼の盆を手にして座敷に入っていった。


鹿取の仕事は早かった。

クラリス・ジャパンのホストコンピューターに侵入した鹿取は、人事部のデータバンクから新庄に関するデータをコピーし、メールサーバーから過去三年間のメールを取り出した。その膨大な量の情報から、新庄が暗証番号に使いそうな四桁の数字を探し出さなければならない。

鹿取は、新庄直人という会ったこともない人物のデータに挑んだ。

十月二十八日生まれ。埼玉県出身。東京大学医学部を卒業後、同大学院へ進学。その後、医者にはならず、ウイルスの研究のために三年間、米国に留学。現地でクラリス・スミソニアンにスカウトされたが、父親を早くに亡くしていたため、母親の近くに住むことを希望し、同社の日本法人であるクラリス・ジャパンに就職。友人の紹介で知り合った綾乃《あやの》と結婚し、一人娘の愛奈《あいな》が生まれた。

――絵に描いたような勝ち組の人生じゃないか。

なぜこんなやつが記憶喪失になってしまったのだろうと思いながら、鹿取は、自分が新庄だったら使いそうな四桁の数字の組み合わせを抽出していった。

もちろん、アタッシュケースの番号はデフォルトのものかもしれないし、第三者が設定した可能性もある。あるいは全くの思い付きで決めたのかもしれない。その場合、この作業は全く無駄になる。馬鹿らしいとも思うが、藁にも縋りたい思いで待っている鈴本や八代のことを思うと、止めるわけにはいかなかった。

関係しそうなキーワードを選んでソートした結果、可能性のある組み合わせは、新庄が実際に暗証番号として使っていたものも含めて三十七通りになった。鹿取は、それらを可能性の高いほうから降順に並べたリストにし、鈴本のスマートフォンに送った。

鹿取からのメールを受信した鈴本は、白鳥の目を盗み、さりげなく桜井に近づいた。

「このパスワードのリストを七二六便に送れませんか？」

桜井は「すごい！」と目を輝かせた。「どこからこれを？」

「出所はご勘弁ください」

「わかりました。国交省の連中の準備が整わないうちに、空地データリンクの情報に乗せて流しましょう」

そう言うと、桜井はリストのデータを運航管理部長の足立のパソコンに送り、すぐに電話した。

「足立です」

「お前のパソコンにデータを送った。それを七二六便に流してくれ」

「内容は？」

「なんでもいい。急げ！」

桜井が送ってきたデータは、４ＤＣというアルファベットに続いて四桁の数字がずらりと並んでいるだけのものだった。

――４ＤＣって、4 Digit Code（四桁番号）の略のつもりか……？

こんな略語でわかるんだろうか、と疑いつつも、足立は定期的に送信する天候データの後ろにそれを付け、七二六便に流した。

その瞬間、パソコンのモニターを見ていた白鳥のチームのスタッフが「おい！」と声を上げた。

「データリンクの情報も我々を通してから流せ！」

「今のは定時の天候データの送信ですが……」

そのスタッフは、「だからなんだって言うんだ」と苛立たしげに言った。「定時だろうが臨時だろうが関係ない。今後はすべて我々を通せ」

――こいつ……！

むかっ腹が立ったが、彼らがそのデータの内容を改めてチェックする様子がないことを確認した足立は、「すみません。今後、気をつけます」と頭を下げた。

その光景を見ていた桜井は、「とりあえずデータは送れたようですね」と鈴本に言った。

「ええ」

「あとは、あのデータがアタッシュケースのロックの解除キーの候補リストだということを富岡機長が気づくかどうかです」

二月十九日　十四時三十分　新日本エア七二六便

「なんだ、これ？」

新日本エア七二六便のコックピットで、副操縦士の東山が首を傾げた。

「どうした？」と富岡。

「空地データリンクによる天候情報の定時連絡なんですが、なぜか、最後に長ったらしい数字が続いているんですよ」

「見せてみろ」

疲れた体を伸ばしてモニターを覗いた富岡はうーんと唸った。

気圧や風速の情報のあとの４ＤＣという文字。それに続く、いくつもの四桁の数字。

富岡は首を振った。「わからん」

「そういえば、さっきからＳＡＴＣＯＭの調子が変なのですが、なにか関係があるのでしょうか？」

「どのように変なんだ？」

「こちらからの音声通信は届いているようなのですが、一切の返答がないんです」

「電波干渉じゃないのか？」

「一時的なものだといいのですが……」

「とにかく、繰り返してやってみろ」

そう指示すると、富岡はサービス・インターフォンで新庄を呼び出した。

「新庄です」という疲れ切った声が戻ってきた。

「機長の富岡ですが、ＯＣＣから奇妙なデータが流れてきました。４ＤＣという文字の後に四桁の数字がいくつも並んでいます。なにか、心当たりはありますか？」

――四桁の数字……。４ＤＣ。４……Digit……Code?

新庄はギャレーの隅に置いてあるアタッシュケースを見た。「アタッシュケースは四桁の数字の組み合わせで開くのですね？」という桜井の言葉が蘇る。もしかすると、４ＤＣとは桜井からの回答なのではないだろうか？

富岡に「ちょっと待ってください」と言うと、新庄はアタッシュケースを持ってきた。

「その番号は私のアタッシュケースのダイヤルロックを解除するためのものかもしれません」

「あ……」富岡も桜井の言っていたことを思い出した。

「ダイヤルを回しますので、その四桁の数字を読み上げていただけませんか？」

「三十以上ありますよ」

「構いません」

「わかりました」

富岡は三十七通りの数字の組み合わせを読み上げ始めた。

どの数字も、新庄や妻や子供の誕生日、自宅や会社の住所や電話番号といった身近なものから抽出されている。そのため、ある数字を回せば妻と思しき女性の顔が、ある数字では子供と思しき小さな女の子の顔が、まるで映画の一コマのようにぼんやりと浮かんでは消える。そして、その度に激しい頭痛が襲ってきた。痛みに耐え切れなくなった新庄が、「ちょっと待ってください」と言って作業を中断したのも、一度や二度ではなかった。

額を脂汗でぐっしょりと濡らしながら、新庄が三十六回目のダイヤルを合わせたところで、富岡が「まだ、だめですか？」と訊いてきた。

アタッシュケースは開かない。

「これまでの番号はすべて違います……」

もしもアタッシュケースの番号が他人によって勝手に設定されていた場合、これらの番号で開くはずもない。だが、今となっては最後の一つに希望を託すしかない。

「では、いきますよ」

富岡が読み上げた最後の番号にダイヤルを合わせる。合っていれば、微かな音くらいはするはずだ。だが、ダイヤルロックからはなんの音も聞こえなかった。アタッシュケースは開かない。

「だめだ……」

富岡にそう伝えたとき、あまりの頭痛の激しさにふっと意識が飛んだ新庄は、その場にどっと崩れ落ちた。

「新庄さん？」と何度呼びかけても答えはない。

富岡は「くそ！」と吐き捨てた。

「どうしたんです？」

「どの数字も違っていたようだ」

「ということは？」

「新庄医師の記憶は戻らず、ウイルスに関する情報がなにもないまま羽田に着陸することになる」

そのとき、空地データリンクで別の指示がきた。それを読んだ東山は思わず声を上げた。

「伊豆諸島沖で旋回待機だって？」

「どういうことだ？」

「今、理由を問い合わせます」

東山はSATCOMでOCCと東京航空交通管制部を呼び出したが、やはり返事はない。データリンクで問い合わせても同じだった。

「機長、OCCも東京航空交通管制部も一方的に指示を送ってくるだけで、我々からの問い合わせには一切応じません」

富岡は凍りついたような表情で天を仰いだ。

「嫌な予感がするな……」


その頃、百里基地から離陸した航空自衛隊、第七航空団、第三〇五飛行隊の二機のF-15Jイーグル戦闘機は、マッハ〇・九の巡航速度で伊豆諸島の八丈島沖を目指していた。

百里基地から八丈島までの距離は約三百五十キロメートル。

伊豆諸島沖での旋回待機を指示された七二六便とは約二十分後に接触する予定だ。

F－15Jのコックピットで、戸川純一《とがわじゅんいち》三佐（三等空佐）はバディ（僚機）のパイロットの本宮充《もとみやみつる》一尉（一等空尉）に無線で連絡していた。

「ブリーフィングでの説明どおり、我々の行動は米国・中国・台湾とも見て見ぬふりをすることになっている。また、すでに新日本エア七二六便と各管制部との音声による交信は遮断された。間もなくデータリンクも遮断される予定だ」

しばらくして、本宮機から沈んだ声が返ってきた。

「七二六便は管制部にもOCCにも助けを乞うことができないまま、我々に墜とされるというわけですか……」

「本宮！」と戸川は厳しい声で呼びかけた。「俺たちは自衛官だ。私情は持ち込むな！」

「でも、相手は民間機ですよ」

「ブリーフィングでも聞いただろう？　首都を壊滅させかねないウイルスに感染した乗客を乗せた旅客機だ」

米国・中国・台湾は、日本政府による七二六便の撃墜を黙認することを約束したが、一つの条件を出した。それは、同機の撃墜には、領空侵犯した国籍不明機に対するものと同様の手続を踏んで欲しいというものだった。それなら、万一情報が漏洩し、七二六便の撃墜が国際的な問題になったとしても、「正規の手続に基づく日本政府の自衛行為」と主張することができる。

しかし、その場合、自衛隊機は無線による退去勧告や警告射撃といった行為が必要となる。警告なしの撃墜を考えていた日本政府はこの条件に難色を示したが、協力を依頼する日本の立場は弱く、時間もない。結局、政府はやむなくこの条件に応じることにした。

相手が民間機とわかったうえで、既定の手続を淡々と踏んで撃墜するのは容易なことではない。それに耐え得る強靭な精神力を持つパイロットが必要だ。

その困難な任務に選ばれたのは、戦中・戦後と三代にわたる戦闘機乗りの家系である第七航空団のエース、戸川三佐と、そのバディを長年務めている本宮一尉だった。

通常、一介の戦闘機乗りに作戦の背景までは説明することはしない。パイロットは命令に従うだけで良いからだ。だが、民間機を撃墜するという作戦内容が与える精神的ダメージに配慮し、今回は特別に詳細な説明が行われた。

説明を聞いているうちにみるみる蒼褪めていく本宮を見て、戸川は今回の任務に彼を同行することに一抹の不安を抱いた。しかし、今更バディを変更するわけにもいかない。

結局、二機はそのまま百里基地を飛び立った。

「いいか、余計なことは考えるな」と、戸川は本宮に命令した。「首都圏防衛の成否は我々の肩にかかっている。気を引き締めろ！」

第四章

二月十九日　十五時　新日本エア七二六便

柔らかい日差しの下で小さな女の子が遊んでいる。タイの川辺で気を失っていたときに出てきた子だ。捕まえようとして近づくと、その子は同じ距離だけ遠ざかった。もう一度近づいてみる。女の子は遠ざかる。何度やっても同じことの繰り返しだ。やがて、その姿は徐々に透き通り始めた。

「待ってくれ！」

悲しみで胸が張り裂けそうになる新庄を残し、その子の姿は再び光のなかに消えていった。

「行かないで！」という叫びとともに、意識が戻った。

ここはどこだ……、と考える間もなく、再び強い頭痛が襲ってきた。

その激しい痛みに耐えかね、頭を抱えてギャレーの床をのた打ち回りながらも、今、新庄ははっきりと思い出した。

アタッシュケースのダイヤルロックを解除するための番号……、それは０４１５。

四月十五日。妻の綾乃と娘の愛奈が死ぬ直前、最後に三人で、公園で遊んだ日だ。

送られてきたデータのなかにこの番号がなかったのは当然だろう。この日は、最後の幸せな思い出が詰まった、新庄だけの記念日だ。その三日後、綾乃と愛奈は交通事故でこの世を去った。

数分後、やっと頭痛が和らぎ、死んだようにギャレーの床に体を横たえていた新庄は、自分の頬がひたひたと叩かれるのを感じた。

目を開けると、高熱で火照った顔をした貴美花が覗き込んでいた。ギャレーの床に腰を下ろし、肩でぜいぜいと息をしながら戸棚に寄り掛かっている。その目は仄かに赤くなっていた。

ゆっくりと上半身を起こした新庄は、「なぜ、ここにいる？」と訊いた。

「富岡機長が……」と、貴美花はからからに渇いた喉から声を絞り出した。「あなたのことを心配して、私に電話を……」

「そうか、すまない」

貴美花は、前方から持ってきたらしいミネラルウォーターのボトルを差し出した。

「飲んで」

新庄はそれを押し戻した。

「もうストックがないはずだ。君が飲め」

「緊急用のストックが見つかったの。だから大丈夫」

「本当か？」

頷く貴美花。

新庄は礼を言い、ボトルの水を一気に飲むと、脇に転がっているアタッシュケースを引き寄せた。

「どうするの？」

「ダイヤルロックの解除番号を思い出した」

「え？」貴美花は目を丸くした。「じゃあ、これを開けられるの？」

「ああ」

「記憶を取り戻したってこと？」

「まだ断片的だ。だが、このアタッシュケースを開ければ、すべての記憶が蘇る気がする
……」

航空自衛隊のF－15Jイーグル戦闘機は八丈島の上空を通過し、接近してくる大型機をレーダーで捉えた。七二六便を除くすべての航空機はこの空域を避けて飛行するよう管制部から指示されている。レーダーに映る大型機は七二六便しかいない。

戸川三佐は、「こちらウィザード」という自機のコードネームに続けて「ターゲットをレーダーで捕捉した」と連絡した。

折り返し、入間基地の中空ＳＯＣ（中部航空方面隊）から「了解」の返答が来た。「規定どおりの行動を取れ」

——規定どおり、か……。言うのは簡単だよな。

心のなかでそう呟いた戸川は、やりきれない思いでレーダーを見つめながら、「了解」と答えた。そして、新日本エア七二六便をアンノウン（国籍不明機）と見立て、警告用緊急周波数を使って警告を発した。

「なんだ、これ？」

警告を受信した東山は目を剝いた。

レーダーに二機の戦闘機らしい機影が映ったとき、東山は、それを羽田までエスコートしてくれる自衛隊機かと思った。しかし、そのうちの一機が突然領空侵犯の警告を発してきたのだ。

「どうした?」と富岡が声を上げた。

「自衛隊機から警告。日本の領空から退去するよう命じています」

「なんだって……?」

富岡の顔から血の気が引いた。

――まさか、政府は我々を撃墜する気か?

機内に蔓延しているウイルスが恐ろしいものだということはわかる。だが、それを日本に入れさせないために民間機を撃墜するという選択肢など、あっても良いものなのか?

富岡は思わず目を閉じた。

国交省の白鳥は、七二六便の状態をモニターするため、SATCOMの受信ラインはまだ開けていた。そのため、「こちら新日本エア七二六便!」という東山の悲痛な叫びはOCCに届いていた。

その声に、まだ政府の判断を知らされていない国際線運航管理部の職員は全員が凍りついた。

「なぜ自衛隊機から七二六便に警告が発せられるのですか?」と、職員の一人が声を上げた。

「自衛隊は狂ったのか?」

「民間機に対してなんてことをするんだ！」

職員から次々と声が上がるなか、我慢しきれなくなった春藤が立ち上がり、白鳥の胸ぐらを摑んだ。

「お前ら、一体なにをするつもりだ？」

その瞬間、春藤は数人の国交省のスタッフに両腕を摑まれ、白鳥から引き離された。

国際線運航管理部での騒ぎはＯＣＣ全体を巻き込み、他部署からも職員たちが集まってきた。

——そろそろ潮時か……。

できれば、政府の決定を伝えるのは関係者に限定したかった。しかし、死人まで出ている七二六便のことは全員が知っているし、他部署のスタッフを退室させたのでは国内線の運航にまで支障が出る。であれば、ＯＣＣにいる全員に政府決定を周知徹底させるしかないだろう。

白鳥は「室内放送はできますか？」と近くの職員に訊いた。

新日本エアのＯＣＣには緊急用の室内放送システムがある。

白鳥はマイクを握ると、騒然としたＯＣＣのなかで声を上げた。

「ＯＣＣ内の全スタッフに連絡します。私は国土交通省航空局の白鳥です」

すべての職員が会話を止め、室内は静寂に包まれた。

白鳥は、その蟷螂のような体を伸ばすと、落ち着いた声で話し始めた。

「新日本エア七二六便の乗客と乗員が感染しているウイルスは首都圏を壊滅させかねない危険なものであることが判明し、政府は熟慮の結果、同機の撃墜を決定しました」

「なんだって？」「冗談だろう？」という声が上がり、OCCはたちまち怒声に包まれた。

そのとき、「静かにしろ！」と、これまでとは別人のような白鳥の野太い声が響いた。

——え……？

国交省のスタッフに腕を摑まれたままの春藤は、その豹変ぶりに驚いた。

周囲が静まるのを待ち、白鳥は話を続けた。

「首都圏を救うにはこれしか方法がない。政府の決定に従わない職員は公務執行を妨害する者として警察に通報する。また、今回の件を漏洩した者は〈特定秘密保護法〉違反と同水準の厳罰に処せられる」

そんな……という声が上がるなか、再び七二六便からの通信が入ってきた。

「二度目の警告です！」という東山の声に続き、「我々は民間機だ。攻撃はしないでくれ！」という富岡機長の必死の応答が聞こえる。

政府決定を振りかざされ、なす術のない職員たちは、悲痛な面持ちでその声を聞いた。

ＯＣＣの隅でその様子を見守っていた鈴本は、自分の無力さを恥じながら目を閉じ、拳を固く握り締めていた。

新日本エア七二六便、キャビン最後尾のギャレー。

大きく息を吐いて覚悟を決めた新庄は、アタッシュケースのダイヤルロックを０４１５に合わせた。

カチッという音とともに、アタッシュケースのロックが外れた。

戸棚にもたれ掛かるようにして座っていた貴美花は、高熱で擦れた声で訊いた。

「鍵が開いたの？」

すでに頭痛が始まっていた新庄は、顔を歪めながら「ああ」と頷いた。

――このアタッシュケースを開けたとき、すべての記憶が蘇る……。

その想いはいつのまにか確信に変わっていた。

だが、それは脳血管の破裂による死を意味する。

アタッシュケースを持つ手が震える。

そのとき、いきなりサービス・インターフォンが鳴った。

びくっと体を震わせた新庄が受話器を取ると、富岡の逼迫《ひっぱく》した声が飛び込んできた。

「自衛隊の戦闘機が接近しています」

「なんだって？」

「このままでは攻撃を受けます」

——やはり、そう来たか……。

防疫の基本はウイルスを国内に入れないことだ。日本政府はその基本に従っているに過ぎない。

「OCCへの連絡は？」

「何度やってもだめです。第三者の管理下にあるらしく、呼びかけても応答はありません」

「では、どうするのです？」

「撃たれる前に急降下を試みます」

「それで逃げきれるのですか？」

「F-15J戦闘機の搭載しているスパローミサイルは発射母体の照射する電波に誘導されます。海面すれすれまで降下すれば、電波が海面に反射され、ミサイルが逸れる可能性はあります」

——その可能性はほぼゼロだろう……。

と新庄は思った。ミサイルの速度は旅客機とは比較にならない。旅客機が急降下を試みたところで、すぐに追いつかれて命中してしまう。

　新庄は「急降下は少し待ってください」と富岡に言った。

「なぜです？」

「ダイヤルロックが解除できました。今からアタッシュケースを開けます。日本政府がこの旅客機を墜とそうとしているのはウイルスへの対抗策が見つからないからです。私のウイルスに関する記憶が戻れば事態は変わるかもしれない」

「そうだと良いのですが、もう時間がありません……」

「だから今話しています。よく聞いてください」と、新庄は急くように言った。「事態を改善させるような要素が見つかった場合、二宮医師からあなたに連絡します。それをなんらかの方法で政府に伝えれば撃墜は免れるかもしれない」

「なぜ、あなたでなくて二宮先生が？」

「記憶が戻ったら私は死ぬ」

「え？」

「今回の計画を立てた連中は、記憶が戻ったときの脳波に反応して変形するコイルを私の脳血管に仕込んでいる」

「そんな……」

「だが、このままでも自衛隊機に撃墜されて死ぬ。結果は一緒だ」

「しかし……」

「あと一分待ってください。結果は二宮医師から連絡させます」

そう言ってサービス・インターフォンを切った新庄は、ぐったりしている貴美花に言った。

「後のことは頼む」

貴美花は熱で潤んだ赤い目を新庄に向けた。

「アタッシュケースを開けるの?」

「ああ」

「そうすれば自分の命が危ないのに?」

「今でもそうさ」

「他に選択肢はないの?」

新庄はふっと息を吐いた。

「これは私が最初から決めていたことなんだと思う。その記憶の断片が心の声となり、私をこの飛行機に乗せたのだろう」

新庄はアタッシュケースに手をかけた。

だが、その手は激しく震え、思うように動かない。自己防衛本能が必死の抵抗を試みているのだろう。死への恐怖が体の硬直を増幅させる。

——くそ……。

このままではアタッシュケースは開けられない。誰も助けられないまま撃墜される。

新庄は目を瞑《つむ》ると、大きく息を吐き、脳裏に浮かんできた妻と子供のことを考えた。

——どうせ死ぬなら、たとえ一瞬でも二人のことをすべて思い出したい……。

そう自分に言い聞かせた新庄は、手の震えを押さえつけながらアタッシュケースの蓋を摑み、ゆっくりと開けた。

最初に視界に飛び込んできたのは一枚の紙切れだった。

そこには、赤いクレヨンで、みみずの這ったような文字が書いてあった。

——パ…パ……、だ…い…す…き。

その文字を読んだ瞬間、新庄の頭に稲妻が走った。

——愛奈……。

これまで女の子の顔を覆っていた靄《もや》が晴れ、その愛らしい顔立ちがくっきりと浮かんだ。

大きな二重の目。ちょっと低めの小さな鼻。柔らかそうな唇。笑うとできるえくぼ。

その次に浮かんだのは妻の綾乃の顔だった。愛奈を大人にしたような顔立ちだ。いや、逆に、愛奈が綾乃に似ていると言うべきだろう。

三人で暮らしていた頃の温かい感覚が新庄を包む。

だが、その甘美なときは長くは続かなかった。

新庄の頭のなかでは、これまで経験したことのないような違和感が広がり始めていた。

――来た……。

一過性の激しいものではなく、じわじわと、だが確実に強くなっていく頭痛……。間違いない。血管からの出血で脳が圧迫される痛みだ。

それと同時に、新庄の脳裏に情報の奔流ともいえる状態が起きていた。数えきれないほどのイメージが走馬灯のように浮かんでは消え、記憶のパズルが次々と埋まっていく。

数秒後、最後のパーツがはまり、パズルは完成した。

完全に記憶を取り戻した新庄は、急いでアタッシュケースを探り、その底から一個の薬の瓶を取り出した。

――これが、私の開発したＧＳＩ〈Gene Sequences Inhibitors（遺伝子配列阻害薬）〉……。

ＧＳＩは宿主細胞に侵入したインフルエンザウイルスが増殖する際の遺伝子の正しい配列を阻害する。自分の遺伝子を受け継ぐコピーが作れなくなったウイルスは増殖ができず、やがて死滅する。

その薬を手にしたとき、出血によって圧迫された新庄の脳は、今にもその活動を停止しようとしていた。薄れていく意識と戦いながら、新庄はＧＳＩの薬瓶を貴美花に手渡した。

「三百錠は……入っている。これを乗客と乗員……の全員に、飲ませろ」

「これは……？」

「ウイルスの増殖を……止める薬……。あとは体力……次第だ。生命力のある……者は生き残れるだろう」

「やはり、あなたは新薬を開発していたのね？」

頷いた新庄は、朦朧とした意識と闘いながら言った。

「最後に……聞いて、くれ……」

「なに……？」

「この飛行機の……撃墜を、回避する……方法だ」

「撃墜を回避する方法……？」

新庄は、薄れていく意識と戦いながら、その方法を貴美花に伝えた。

貴美花が「わかった」と言った瞬間、新庄は崩れるようにギャレーの床に転がった。

――すべてが終わった……。

底のない沼に沈んでいくような感覚のなかで、新庄はそう思った。漆黒の闇が体を包む。

もう痛みも感じない。なんの感覚もない虚無の世界だ。

だが、その闇のなかに小さな光が見えた。ゆらゆらと揺れるその光は、やがて愛奈の姿に変わっていった。後ろには綾乃もいる。

愛くるしい微笑みを浮かべる愛奈に、新庄は「パパをお迎えに来てくれたの？」と訊いた。

綾乃が答えを促すが、愛奈はなにも言わない。

新庄は愛奈に微笑み返した。

「パパは、愛奈とママを助けるために、この飛行機に乗って日本に帰ろうと思ったんだよ。二人はもういないってこと忘れていたんだ……。馬鹿なパパだね」

愛奈は可笑しそうに笑った。

「きっと愛奈とママは、自分たちじゃなく、他の大勢の人を助けてあげてってパパに頼んだんだね……」

愛奈は笑い続けている。

新庄は手を伸ばした。

「ねえ、いつものように、三人でお手てを繋ごうよ」

愛奈は頷くと、まず綾乃の手を握り、もう一方の手を差し出してきた。

その手に触れようとしたところで、新庄の意識は途絶えた。

「新庄さん！」

悪寒の走る体を震わせながら、貴美花はなんとか新庄に近づこうと身をよじった。

そのとき、サービス・インターフォンが鳴った。

時計を見ると、あれからきっかり一分が経過している。

貴美花はギャレーの戸棚に手をかけ、両足を踏ん張って立ち上がると、サービス・インターフォンの受話器を取った。

「新庄さん、もう待てません！」と、富岡の切羽詰まった声が響いた。「四回目の警告を受けました。次は撃ってきます」

貴美花はハーハーと喘ぎながら、受話器に向かって言った。

「ありました」

「え？」

「ウイルスの特効薬がありました」

「本当ですか？」

「でも、残念ながら……、私にはこの薬を全員に飲ませる力は、残っていません……」

「新庄さんは？」

貴美花は、新庄が脳内出血で倒れたことを告げた。

「意識を失う直前、彼はこの飛行機の撃墜を回避する方法を言い残しました……」

コックピットでそのやり取りを聞いていた東山はいきなりヘッドフォンを外した。

「私が行きます」

「ちょっと待て！」

「時間がありません。薬は私が乗客に飲ませますので、機長はその事実をOCCに連絡して自衛隊機を引き返させてください」

新日本エアの運航規程ではコックピットには常に二名が配置されなければならない。しかし、今はそのようなことを言っている場合ではない。

富岡は腹を決めると、東山に言った。

「着陸にはお前が必要だ。それまでには戻ってきてくれ」

頷いた東山は操縦席から立ち上がり、姿勢を正した。

「もしものときのために、申し上げておきたいことがあります」

「なんだ？」

「富岡機長はずっと私の憧れであり、目標でした。このフライトでご一緒できたことは幸せでした」

「こんな貧乏くじでもか？」

「まだそうと決まったわけではありません。結果は最後までわかりません」

富岡は右手を差し出した。

「そうだな。こいつを無事にランディングさせるまで、お互いベストを尽くそう」

東山は富岡の手をしっかりと握り返すと、コックピットを出ていった。


二機のF－15J戦闘機は新日本エア七二六便を目視できる距離に達した。

戸川三佐は「こちらウィザード」と、中空SOCを呼び出した。

「こちら中空SOC」

「アンノウンは四回にわたる警告を無視して同じコースを飛行中。ただいまから警告射撃に入る」

「了解。規定どおりの行動をせよ」

——また規定どおりかよ……。

誰もこんな嫌な任務に就きたくはない。だから規定にこだわり、それ以外の言葉は口にしない。

——とんだ貧乏くじを引いたものだ。

ミサイル攻撃で空中分解した七二六便の残骸は四散して水深数百メートルの海底に沈むこ

とになる。ブラックボックスの回収は不可能だろう。もし発見されたとしても真実は闇に葬られる。戸川が同便を撃墜したという事実は封印され、限られた関係者以外には知られようがない。

だが、民間機を撃墜したという事実が戸川の心からは消えることはない。これから一生、悪夢にうなされることになるだろう。それでもこの任務を引き受けたのは、日本を危機から救うという使命感からに他ならない。

しかし、実際に新日本エア七二六便を目視すると、その決心もぐらついてくる。あのなかには多くの同胞が乗っているのだ……。

——彼らを守るべき自衛官が、逆に殺す立場になるとは……。

ふと心に湧いたそんな想いを断ち切るように、戸川は「警告射撃に入ります」と連絡すると、二〇ミリバルカン砲の引き金を引いた。

その瞬間、毎分四千発というとてつもない数の銃弾が撃ち出され、曳光弾《えいこうだん》のオレンジ色の線を引きながら七二六便のすぐ脇を通過した。

その砲火は七二六便のコックピットからもはっきり見えた。

——撃ってきた……。

今のが警告射撃だということはわかっている。次は狙ってくるだろう。

富岡はSATCOMを使ってOCCを呼び出した。相変わらず応答はないが、そんなことはどうでもいい。相手が聞いていることを信じて、攻撃中止を訴えるのみだ。

「こちら七二六便!」と、富岡は答えない相手に向かって必死で声を上げた。「同乗している新庄医師の記憶が戻り、彼のアタッシュケースからウイルスの特効薬が見つかった。これからすべての乗客と乗員への投薬を開始する。自衛隊機による攻撃は中止してくれ!」

返答はない。

富岡は繰り返した。「頼む。乗客の命を奪わないでくれ!」


その音声を捕らえたOCCの春藤は、思わず「やった」と声を上げた。

「どうした?」

オペレーション・ディレクター席から駆けつけてきた桜井に、春藤は嬉しそうにヘッドフォンを差し出した。

「これで七二六便を着陸させられます!」

桜井は、富岡からの繰り返しの通信を聞くや、ヘッドフォンを頭からむしり取り、鈴本の席に向かった。

「どうしました?」

虚ろな視線を向ける鈴本に、桜井は言った。

「新庄医師の記憶が戻ったようです。彼はウイルスの増殖を抑える特効薬を持っており、これから乗客と乗員に投与するそうです」

「本当ですか？」

まるで映画でも見ているような展開に、鈴本は思わず立ち上がった。

一方、国際線運航管理部長の足立は摑みかからんばかりの勢いで白鳥に迫っていた。

「白鳥さん、もう七二六便との交信を管理する必要はないでしょう？　早くここから出ていってください」

だが、白鳥は表情一つ変えない。

「なぜ黙っているのですか？」と迫る足立に、白鳥は「冗談に付き合っている暇はありません」と言い捨てた。

「なんだって？」

「苦し紛れの嘘にしても、もう少しましなものにして欲しいですね。ウイルスの特効薬なんて、どうやったらその存在を証明できるんですか？」

毅然と言い張る白鳥を前に、足立は返す言葉を失った。

そこに桜井が歩み寄った。

「白鳥さん、富岡機長の言葉を信じていただくわけにはいきませんか？　彼は嘘をつくような人間ではありません」

「彼は嘘をついていなくても、新庄とかいう男がついているかもしれない」

「それを言い始めたらきりがない」

「そのとおりです」と白鳥は頷いた。「そんな妄言を信じて国民をリスクに晒すわけにはいかない」

「ですが……」と桜井は食い下がった。今の瞬間にもミサイルが発射されるかもしれない。

簡単に引き下がるわけにはいかない。

だが、桜井の持っているカードは「ウイルスの特効薬があった」という富岡からの連絡だけだ。

撃墜命令の撤回を頑として拒む白鳥を前に、桜井は血が滲むほど唇を噛み締めた。

二月十九日　十五時三十分　伊豆諸島沖　新日本エア七二六便

ウイルス特効薬発見の連絡はF-15J戦闘機の戸川三佐と本宮一尉にも傍受されていた。

それを聞いた本宮一尉は「戸川三佐、攻撃を中止して引き返しましょう！」と叫んだ。

「だめだ。作戦中止の命令は出ていない」

「我々への連絡は中空SOC経由です。時間がかかります。撃ってしまったら取り返しのつかないことになります」

「今の瞬間、生きている命令は撃墜だけだ」

「戸川三佐！」

戸川は本宮の声を無視し、いきなり機を左旋回させた。

高度を上げ、兵装選択スイッチを二〇ミリバルカン砲から中射程空対空ミサイルのスパローに変更する。十分距離を取ったところでターン。攻撃用レーダーに七二六便を捉える。

乗客と乗員に墜落の恐怖を味わわせないため、スパローミサイルは翼やエンジンではなく、機体中央に命中させるつもりだった。

ヘッドアップディスプレーに映るターゲットとの距離がどんどん縮まっていく。

——悪く思わないでくれ！

戸川は操縦桿のミサイル発射ボタンに指を乗せた。

その瞬間、目の前を蝙蝠《こうもり》のような影が横切った。

——なんだ……？

それは本宮機だった。

旋回して戻ってきた本宮のF‐15J戦闘機は、そのまま戸川機の前に割り込み、ミサイルの射線を塞いだ。

「なにをやっている！」と、戸川は叫んだ。「死ぬ気か？」

「戸川三佐、止めてください！」

——馬鹿が！

部下の思わぬ反抗に遭った戸川は、咄嗟に機を横滑りさせ、衝突を回避した。

「本宮、どけ！」

そう命令する戸川に、本宮一尉は敢然と立ち向かってきた。

「どうしても民間機を墜とすというなら、私が相手になります」

戸川は、本宮が新米パイロットになったときにはすでにF‐15Jを乗り回していたベテランだ。本宮ごときが空中戦を挑んだところで敵う相手ではない。

しかし、本宮は一歩も引かなかった。

二機のF‐15J戦闘機は、七二六便の周囲で大きな円を描きながら、お互いの出方を探った。

新日本エア七二六便のキャビンでは、貴美花から渡されたGSIの瓶を持った東山が声を張り上げていた。

「副操縦士の東山です。これから、機内で発生したインフルエンザの特効薬を配布します」

おお、という声が機内に響くなか、ビジネスクラスの乗客の一人が声を上げた。

「そんな薬があったのなら、なぜもっと早く配らなかったんだ！」

「そうだ！」、「乗員だけ先に飲んだんじゃないか？」という声が続いた。

操縦席からここに来る途中、東山は、ＣＡたちが苦しそうに客室乗務員用の椅子にもたれ掛かっているのを見た。

「横になったらどうだ」と声をかけると、彼女たちは、今にも倒れそうな体を支えながら答えた。

「私たちまで横になったらお客様に不安を与えてしまいます。どうかお気になさらないでください」

そんな彼女たちの健気な姿を見ている東山は、乗客の心ない言葉に深く傷つけられた。

だが、今はそんなことに構っている時間はない。

東山はビジネスクラスの乗客に告げた。

「薬はたった今見つかったところです。まだ誰も服用していません」

「わかった、じゃあ、すぐに配ってくれ」と、大会社の部長然とした男が催促した。

「お待ちください」

「なんだ？」

「この薬は乗客と乗員の全員に服用させる必要があります。一人でも漏れるとウイルスが生き残り、そこから感染が再発する恐れがあります」

「だからなんなんだ？」

「薬はビジネス、エコノミーの別なく、お一人では飲めないお客様を優先することとします。体の動く方には、そのお手伝いをお願いします」

「なんだって？」と、その男は顔をしかめた。「上のクラスの乗客に優先的に配らないばかりか、手伝いをしろと言うのか？」

　そのとき、見かねた近くの乗客が立ち上がった。

「あなた、一度、窓の外を見たほうがいい」

「は？」

「さっき、この飛行機の脇をオレンジ色の線が走った。あれは曳光弾の光だ」

「え？」男は眉をひそめた。「どういうことだ？」

「今も、二機の戦闘機が周囲を旋回している」

　驚いた男は東山に歩み寄った。

「一体、なにが起きているんだ？」

東山は答えに詰まった。この機を撃墜しにきた自衛隊機だとは言えない。

他の乗客が「我々を監視しているんじゃないですか？」と言った。「曳光弾は警告射撃だと思います」

「はあ？」想像もしない言葉に、部長然とした男は口をあんぐりと開けた。「なにを警告しているというんだ？」

「ウイルスを国内に持ち込むなということでは？　全員が薬を飲まない限り、着陸させてもらえないんじゃないでしょうか？」

それを聞いた男の膝がガクガクと震え始めた。

「本当なのか？」

東山は頷いた。嘘ではない。少なくとも、このままでは着陸できないというのは事実だ。

部長然とした男は態度を豹変させ、「体の動く人は手伝ってくれ」と、キャビンに響き渡る声を上げた。「全員が薬を飲まないと羽田に着陸させてもらえないらしい！」

ビジネスクラスの大半の乗客は高熱にうなされていたが、このままでは羽田に着陸できないという言葉に反応したのか、数名が立ち上がった。

東山は、各々に薬の錠剤と油性のマジックペンを渡した。

「投薬が終わった人の手の甲にはこのペンで×印を付けてください。意識のない方には私が口移しで飲ませますので、教えてください」

そう声を張り上げる東山の後ろには、いつしか数人のＣＡたちがいた。

ビジネスクラス担当の真尋がよろめきながら進み出た。

「私たちもお手伝いします」

その目はすでに充血している。

「大丈夫か？」

真尋も他のＣＡたちも、立っているのがやっとの状態にもかかわらず、全員が「大丈夫です」と言い張った。「お客様の安全をお守りするのは私たちの仕事です」

東山は頭を下げると、真尋に告げた。

「私にはもう一つやることがある。君たちに助けてもらえれば助かる」

もう一つの仕事とは、新庄が言い残した〈撃墜を回避する方法〉を実行することだ。

「わかりました。私たちが責任を持ってお客様への投薬を行います」

そう頷く真尋に薬の瓶を託すと、東山はギャレーの奥に向かって歩を進めた。

二月十九日　同時刻　東京　新日本エアシステム本社

新日本エアシステム本社のＯＣＣでは、一向に七二六便を撃墜しようとしないＦ‐15Ｊ戦闘機の様子に白鳥が苛立っていた。

「なにをやっている！　なぜ撃墜しない？」

自衛隊機の行動は桜井の心に仄かな希望の光を灯した。ウイルス特効薬発見の連絡は自衛隊機のパイロットにも届いているはずだ。攻撃をためらっているということは、彼らの心に迷いが生じた証拠だ。

しかし、このような状態がいつまでも続くとは思えない。この膠着状態から脱するには決め手が必要だ。それも、決定的な……。それはなんだ？

そのとき、国内線担当の若い女性スタッフが桜井の席にやってきて、そっと話しかけた。

「桜井ディレクター、これを見てください」

それは彼女のスマートフォンだった。その画面には、日付と時間を書き込んだボードを持った東山副操縦士の自撮り写真が映っている。日付は今日。時間は今から五分前だ。

東山の後方には、座席でぐったりしている乗客の姿があった。

画像の下には〈インフルエンザウイルスに感染した乗客〉という書き込みがある。

「これは一体……」

「東山さんのツイッターです」

「どうやってこの写真を送ってきたんだ？」

「機内Wi-Fiサービスだと思います」

新日本エアのボーイング７７７－３００ＥＲ型機は機内インターネット接続サービスを行っている。通話や長時間の動画の再生といった通信容量の大きいやり取りはできないが、ＳＮＳなどでの使用は可能だ。

ウイルス感染者が出た時点で、機長の富岡は機内Wi-Fiサービスを停止させた。乗客が一斉に使い始めると、緊急連絡用の通信容量が制限される懸念があるからだ。そのため、これまで機内からメールやＳＮＳメッセージは発信されていない。新庄はこの機内Wi-Fiを再開し、それを使って外部に連絡する方法を言い残したのだ。

ツイッターを見た桜井は唸り声を上げた。

「なるほど、この手があったか……」

もう一つの画像は窓から撮ったもので、そこには日の丸の付いた戦闘機がくっきりと映っていた。その下には、〈接近する自衛隊機。我々を撃墜するつもり！〉との書き込みがあった。

画像の他、そのツイッターには動画のＵＲＬも載っていた。クリックするとユーチューブが起動し、苦しそうに呻き声を上げている乗客と、薬を飲ませているＣＡたちの姿が再生された。

通信容量の制限のせいか、動画はほんの一瞬で切れたが、そのＵＲＬの下には〈乗客全員にウイルスの特効薬を投薬中。撃墜は止めて！〉という書き込みがあった。

画像や動画を見たフォロワーが次々とコメントを書き込んでいる。

『この画像、本物？』

『本人が映っているんだ。本物だよ』

『民間機を撃墜なんて、あり得ない』

『でも、ウイルスはヤバイんじゃないの？』

『だから薬を飲ませているんでしょ？』

『とにかく、撃墜は止めさせなきゃ！』

――これは使える！

そう確信した桜井は、女性スタッフからスマートフォンを借り、白鳥たちの目を盗んで鈴本のところに向かった。

「どうしました？」と訊く鈴本に、桜井はスマートフォンを見せた。

　その画像と動画を見た鈴本は、桜井の説明を聞くや、「これはいい！」と顔を輝かせた。

「これは使えますよ！」

　鈴本は、白鳥の視線がこちらに向いていないことを確認すると、携帯から鹿取に電話した。

「はい」と、鹿取はいつもの機械のような声で電話に出た。

「今、どこだ？」

「捜査で外出中です」

「お前が外出？」

「サイバー課だって外くらい出ますよ」

「頼みがある」

「え？」

「〈マウントイースト〉というツイッターアカウントを見てくれ」

「どういうことですか？」

「新庄医師の記憶が戻った。彼はウイルスの増殖を抑える薬を持っており、現在、すべての乗客と乗員に服用させている」

「良かったじゃないですか」

「だが、政府はそれを信じようとせず、最後の手段を使おうとしている」

立場上、撃墜という言葉は使えないが、その意を汲んだ鹿取は「それで？」と訊き返してきた。

「今、副操縦士がツイッターで機内の様子をネットに流している。〈マウントイースト〉は彼のハンドルネームだ」

「それを拡散させろと？」

「この事実を国民が知れば、政府は七二六便に手が出せなくなる」

「なるほど……」

「できそうか？」

「ネットに流れたのなら、放っておいても広がるんじゃないですか？」

「時間がないんだ。短期間で爆発的に拡散させる必要がある」

「しかし、私も一応警官なんで……」

「わかっている。方法は任せる。この件にクラリス・ジャパンが関与していることも付け加えてくれ」

白鳥の視線を気にして電話を切った鈴本は、彼が部下と話し始めるのを待ち、今度は八代の携帯に電話した。

取り調べの最中だった八代は、呼び出し音が鳴った瞬間に出た。

「どうなりました？」

鈴本はツイッターの画像と動画のことを説明すると、八代に言った。

「そこから近い警察署に水之江と笹川を出頭させてもらえませんか？」

「え？」

「鹿取が画像と動画を拡散させたら、世間の目はいやでもこの事件に向きます。それに関係しているクラリス・ジャパンの水之江と笹川が出頭するとなればマスコミが押しかけるでしょう。そうすれば政府はますます七二六便に手が出せなくなる。公安も同じでしょう」

「なるほど……」

「堂々と逮捕したい気持ちはわかりますが、ここは我慢してください」

八代に異論はなかった。八代たちが捜査しているのは碓井の不審死事件だ。それ以外の容疑で水之江たちを逮捕することはできない。

「わかりました。すぐに動きます」と答えると、八代は電話を切った。


ネットカフェのパソコンで〈マウントイースト〉のツイッターアカウントにアクセスした鹿取は「なるほど……」と頬を緩めた。

ユーチューブの動画には既にかなりのアクセス数がカウントされているが、削除されるのは時間の問題だろう。その前に爆発的に拡散させる必要がある。

——こいつは面白いかも。

ネットオタクの血が騒ぎ始めた鹿取はゆっくりと顎を撫でた。

——さて、こいつをどう料理するか……。

警察官である鹿取は警察法や警察官職務執行法といった法律に縛られている。これまでもハッキングまがいのことはしてきたが、それは捜査上の必要性があった。だが今回は違う。政府の決定を覆す行動を取るのだ。足が付かないよう、細心の注意を配る必要がある。

唇をそっと舐めると、鹿取はキーボードを叩き、あるサイトにアクセスした。

サイトの名前は〈腐った豚の世界〉。

その怖そうなタイトルとは裏腹に、画面に現れたのは童顔のネットアイドルだった。ハンドルネームは〈風香〉。

政治、経済から芸能まで幅広い世相ネタをカバーする〈風香〉は、ひとたびその可愛い口を開くや、機関銃のような速さの毒舌であらゆる世相をぶった切る。そのあまりの容赦のなさと品の悪さに目を背ける輩も多いが、Mっ毛のあるオタクたちには熱狂的な支持を受けていた。

その一人である鹿取は、サイト上の〈ファンからの書き込み〉のコーナーに『ユーチューブで見つけたものです。こんなこと許されるんでしょうか？』と書き込み、画像と動画をアップした。

そしてフリードリンクのメロンソーダを飲もうとしたとき、サイトの画面が変わった。先ほどの画像がフロントページで大々的に取り上げられている。驚くべき速さだ。

——やはり……。

鹿取はストローを咥《くわ》えたままニヤリと微笑んだ。

〈風香〉のもう一つの呼び名は〈引き籠もりアイドル〉。自室に引き籠もり、四六時中世界のニュースやネット記事に目を通している彼女にとって、鹿取の書き込みは、さながらカメレオンの目の前に留まった蠅《はえ》も同然だ。伸ばした舌で餌を捉えるように情報を取り込んだ〈風香〉は、それを瞬時にアップしたのだ。

〈腐った豚の世界〉へのアクセス数がどんどん増えていく。

実は、〈風香〉のファンには金融機関やマスコミ関係者が多い。膨大な情報を秒単位でさばき、的確なコメントを流す〈風香〉のサイトは、一分一秒を争うマーケットで戦っている彼らにとって欠かすことのできない情報源だ。

〈風香〉が米国のサブプライムローンの危うさをいち早く指摘し、リーマンショックの名前で知られる世界経済危機を予言していたことは、今や伝説にすらなっている。

金融とマスコミの第一線で活躍している〈風香〉ファンのスマートフォンが一斉に震動し、サイトのアップデートを知らせた。そして、その内容を確認した全員が驚愕した。

「民間機を撃墜しようとしている政府のゲス野郎！」と、サイトのなかの〈風香〉は、いつにも増して口汚い言葉を連発している。

鹿取はユーチューブに目を移した。こちらのアクセス数もうなぎ上りになっている。爆発的な拡散まであと一息だ。

——では、だめ押しといくか……。

鹿取は、日東テレビのディレクター、君島浩二《きみしまこうじ》にメールを送った。

『〈腐った豚の世界〉ってサイトにすごいニュースがアップされています。見ました？』

ネットアイドルのオフ会で知り合った君島とは、その後も面白いサイトの情報を交換し合っている。このようなメールを送ったところで不自然ではない。

かつては売れっ子ディレクターだった君島も、最近はヒット番組に恵まれていない。食い付いてくる可能性は高い。

その読みどおり、一分も経たないうちに君島からの返事が来た。

『すごい！　持つべきものはネッ友なり。このネタ貰った』

鹿取は口元を緩めた。

だが、この事件については報道管制が敷かれている可能性が高い。真っ向勝負では無理だろう。

そこで、君島は意外な手に出た。

生放送中のワイドショーの街角インタビューの内容を〈雨宮政権を支持する？　しない？〉というタイトルに変更し、街角でインタビューを受けた若者に〈風香〉のサイトの画像と動画を紹介させたのだ。

その若者はサクラだった。彼はスマートフォンの画像をカメラに向け、民間機を撃墜しようとしている政府は許せないと大げさに憤る。そのインタビューは途中で強制的に打ち切られたが、その不自然さが逆に視聴者の興味をそそった。それこそが君島の狙いだった。画像と動画は日東テレビが意図的に流したのではない。偶然映ってしまったのだ。

日東テレビに「先ほどのシーンをもう一度見せろ」という視聴者からの電話が殺到するまで数分もかからなかった。

日東テレビの経営陣は困惑した。すでにネット上で広まっている以上、この件に関する報道管制は意味がない。本件を取り上げなければ視聴者から総スカンを食らうし、他局に出し抜かれる可能性もある……。

水之江と笹川を出頭させる準備をしていた八代は、「文ちゃん、とんでもないことになっているわよ！」という春菜の声に、座敷から顔を覗かせた。

「どうした？」

「あれを見て！」

春菜の指すテレビの画面を見た八代は思わず息を呑んだ。そこには東山のツイッターの画像が大きく映し出され、その下には続々と寄せられる視聴者からのメールがテロップで流されている。

視聴者からの圧力に耐え切れなくなった日東テレビは、遂に全面放映に踏み切ったのだ。それを知った他局は、まるで堰《せき》を切ったようにこの事件の放送を始め、各局の報道合戦が始まった。

春菜はポカンと口を開けている。

「なんで自衛隊が民間機を撃墜しようとしているの？」

八代はすぐに鈴本に電話した。

「鹿取さん、派手にやっていますね」

鈴本は、「ええ」と相槌を打った。「こちらでは国交省の連中が大慌てです」

八代は続けた。

「今、クラリス・ジャパンの責任者が都内の警察署に出頭予定というテロップが流れました」

「鹿取のやつ、着実に手を打っていますね」

「時間もないので、出頭させるのはここから一番近い久松警察署にします」

「わかりました。では、各テレビ局にその情報が流れるよう、鹿取に手を打たせます」

政府による新日本エア七二六便の撃墜計画のニュースでネットが炎上という知らせを受けた米倉《よねくら》総務大臣は、息を切らしながら首相官邸に駆け込んだ。

総理執務室の扉を開けると、そこには蒼白な顔をした雨宮総理と染野官房長官が立ちすくんでいた。二人の視線は壁に設置された数個のテレビ画面に釘付けになっている。

どれにも七二六便の画像と動画が映っていた。

――これは……。

あんぐりと口を開け、呆けたような顔でテレビ画面に見入る米倉に、染野は突き刺すような視線を向けた。

「米倉君、これは一体どういうことかね？」

米倉の額に脂汗が浮かぶ。

「各局には……、その……七二六便に関する報道は一切行わないよう、厳しく指導したのですが……」

染野はテーブルをバンと叩いた。

「では、なぜ各局とも同じニュースを流している？」

「そ……それは……」

米倉がしどろもどろになっている間にも、テレビ画面の下には視聴者からのメッセージが次々と流れていった。

『一刻も早く自衛隊機を引き返させて！』

『雨宮首相は狂った？』

『今はウイルスに感染した乗客の治療が最優先』

『本気で撃墜なんて考えていたら、雨宮首相は殺人罪』

先ほどの意識混濁からようやく立ち直った雨宮は、画面に流れていくメッセージを見て、再び目眩《めまい》を起こしそうになった。

「なんてことだ……」

米倉は唇をわなわなと震わせながら弁解した。

「お……、恐らく、ネットの炎上に伴う視聴者からの問い合わせに、各局とも耐えられなくなったのだと思います」

「お前は馬鹿か！」感情をコントロールできなくなった雨宮はヒステリックに喚《わめ》き散らした。

「そこを抑えるのが監督官庁である総務省の仕事だろう！」

塩をかけられたナメクジのように萎《しお》れていく米倉。

「総理……」

染野が声をかけると、雨宮は振り向き様、「お前のせいだ！」と罵った。「お前の言うことを聞いた結果がこれだ……」

「落ち着いてください」

「これが落ち着いていられるか！」

染野はテレビ画面を指し、宥めるように言った。

「書き込みを読む限り、政府が七二六便を撃墜するという話は憶測の域を出ていません」

「だからなんだと言うのだ！」

「七二六便の乗客が新型ウイルスに感染しているという事実を公表しましょう。そして、自衛隊機は同機をエスコートしていることにするのです」

「警告射撃をしたという書き込みもあったぞ」

「七二六便の通信装置の故障で交信ができなかったため、自衛隊機は、自分たちが近くにいることを警告射撃の形で知らせた……。これでいかがです？」

染野の機略に、雨宮のこめかみの痙攣が少しだけ治まった。

「ウイルスの特効薬が見つかったという連絡を信じて羽田に着陸させるのか？」

——羽田か……。

染野は首を傾げた。それはあまりにもリスクが高い。特効薬のことが虚偽だった場合、取り返しがつかない。

「どうした？」

苛立ってきた雨宮を前に、染野は再び頭脳を高速回転させ始めた。


北条は〈おはる〉の脇に車を停め、水之江と笹川を後部座席に乗せた。

助手席のドアに手をかけた八代は、のれん越しにこちらを見つめる春菜に声をかけた。

「じゃあ、行ってくる」

これから四人が向かうのは、車で五分もかからない距離にある久松警察署だ。そこで水之江と笹川を降ろして出頭させる。

クラリス・ジャパンの社長と常務がそこに出頭するという情報は、既に鹿取が各テレビ局に流しているはずだ。

「気をつけてね」

春菜は心配そうな顔で言うと、軽く手を振った。

その妙にしおらしい態度に、八代は、「お前らしくないじゃないか」と皮肉った。

春菜は真剣な表情で八代を見返した。

「文ちゃんが頑張っているってことはよくわかっているわ」

「え？」

「なんだか途方もないことが起きようとしていて、文ちゃんたちはそれを防ぐために必死になっている。さっきのテレビを見てそう思った」

「お……、おう」

照れくさくなった八代は鼻の頭を指でこすった。

「だけど、くれぐれも気をつけて。文ちゃんは子供の頃からすぐに無茶するから……」

「余計なお世話だ」

助手席に乗った八代に、春菜はさらに声をかけた。

「カキフライ作って待っているから、早く帰ってきてね」

「かみさんみたいなこと言うんじゃねえよ」

と言ってしまってからぎこちなく口を噤んだ八代を見て、北条は頰を緩めた。

「八代さん、時間がない。車を出しますよ」

「わかった。出発しよう」

その五分後。

久松警察署の近くで車を停めた北条は、集まっている報道陣の多さに目を丸くした。

各テレビ局とも鹿取の流した情報に飛びつき、記者やレポーターを派遣したのだ。

テレビカメラとマイクがひしめく光景に「すげえな」と呟くと、八代は後部座席を振り返った。

「いいか、俺はあんたたちのすぐ後ろから付いていく。途中で報道陣になにを聞かれても答えず、真っ直ぐ前を向いて歩いていけ」

まな板の上の鯉《こい》も同然の水之江と笹川は黙ったまま頷いた。

「この状況じゃ公安も手が出せない。安心しろ」

水之江が車のドアを開けると、それに気づいた報道陣が一斉に駆け寄ってきた。

「新型ウイルスを七二六便の乗客に感染させて日本に持ち込もうとしたのは事実ですか？」

「逆瀬川厚生労働大臣に裏金を渡したというのは本当ですか？」

レポーターたちは、もみくちゃになりながら歩く水之江と笹川にマイクを突きつけ、容赦ない質問を浴びせかける。

その光景は、すぐにテレビのニュース特番で流された。

「なんだこれは！」

官邸でそれを見た雨宮首相は思わず声を上げた。

瞑目して思考中だった染野官房長官はうっすらと目を開け、テレビに映った水之江を見た。

「クラリス・ジャパンの水之江というと、〈ノイラミフル〉とかいう新しい抗インフルエンザ薬の承認の件で逆瀬川厚労大臣に取り入っていたやつですね。恐らく、逆瀬川には相当の金が流れているのでしょう」

それを聞いた雨宮の顔が大きく歪んだ。

「染野君、もうだめだ。このままでは政権が持たない」

「ここまで国民に知られた以上、七二六便はますます撃墜できなくなりました。かといって、ウイルスの特効薬の存在と効果が確認できない以上、大都市の空港には下ろせない」

「しかし、どこかに着陸させないことにはこの騒ぎは収まらないぞ。クラリス・ジャパンの水之江がまずいことを話してマスコミに報道される前に幕を下ろせ」

焦る雨宮を前にして、染野官房長官はうーんと唸りながら腕を組んだ。

「万一の場合でも被害を最小限に食い止められる場所に七二六便を下ろすしかありませんな……」

「そんな場所がどこにある？」

染野は立ち上がり、壁に貼ってある日本地図の一カ所を指した。

「八丈島はどうでしょう？」

雨宮は眉をひそめた。「八丈島？」

「ええ。八丈島は七二六便の飛行空域に最も近く、二千メートル級の滑走路があります。そして東京から遠く、外洋に囲まれている」

「しかし、人口は八千人近いぞ」

「首都圏の比ではありません」

「それに、国際線仕様のボーイング777－300ERを着陸させるには三千メートル級の滑走路が必要なのではなかったか？」

染野は頷いた。

「そのとおりです。機体重量にもよりますが、二千メートルでは非常に厳しいそうです。また、無理やり着陸はできても離陸はできない。八丈島空港は当面閉鎖することになります」

「ろくな医療設備もないぞ」

――医療設備……？　撃墜するはずだった旅客機の乗客の？

雨宮の発言に矛盾を感じながらも、染野は答えた。

「陸上自衛隊の中央特殊武器防護隊と防衛医科大学校病院の医師を送りましょう。七二六便の着陸後、乗客と乗員は機内に留めたまま治療を行います」

染野が打ち出した対策はかなり強引なものだ。しかし、マスコミが騒ぎ始めた今となっては、他に選択肢はない。

「万一、七二六便が着陸に失敗してウイルスが拡散したら？」

「松ヶ島同様、八丈島を即時封鎖します」

「島民はどうなる？」

「首都圏壊滅を防ぐための多少の犠牲は致し方ないでしょう」

再び重い決断を迫られた雨宮の視線が虚ろになり始めた。

――またか……。

染野が眉をひそめたとき、意識混濁状態に陥る寸前で踏みとどまった雨宮は、自らの意思で指示した。

「七二六便を八丈島に下ろせ！」

「わかりました。エンジン不調で羽田までの飛行は無理ということにして、八丈島に着陸させましょう」

政府の方針転換はすぐに国土交通省に通知され、ＯＣＣの白鳥たちにも伝達された。

電話で指示を受けた白鳥は、しぶしぶ「わかりました……」と答えた。

「どうしました？」と、部下の男が訊いた。

「方針変更だ。七二六便は八丈島に下ろす」

部下の男はモニターに流れているテレビ放送を指した。

「こいつが原因ですか？」

どの放送局も特番を組み、七二六便に関する報道合戦を繰り広げている。

「馬鹿なやつらだ。七二六便を墜とさないと自分たちが危険に晒されるというのに……」

そう吐き捨てた白鳥は、部下に桜井ディレクターを呼ばせた。

桜井が足早にやってくると、白鳥はおもむろに口を開いた。

「東京航空交通管制部の指示に従って八丈島に着陸するよう、七二六便に連絡してください」

桜井の顔が輝いた。

「では、七二六便は助けていただけるんですね？」

白鳥はそうとも違うとも答えなかった。

「ウイルス特効薬の存在と効果が確認できない以上、これは大きな賭けです。最悪の場合は八丈島の島民が全滅する」

「これまでの話の経緯からして、薬は間違いなく存在していると思います」

「どうだかな……」

白鳥は苦虫を嚙み潰したような表情を見せた。

桜井は敢えて訊いた。

「八丈島の滑走路は二千メートルです。七二六便の乗客数と積載量からするとぎりぎりの長さしかありません。なんとか羽田に下ろせませんか？」

白鳥は首を振った。

「これが首都圏を守るための最大限の譲歩です。早く七二六便に八丈島への着陸を指示してください」

妥協の余地はなさそうだ。

——富岡の腕を信じて八丈島に下ろすしかないか……。

そう腹を決めた桜井は春藤を呼び、七二六便への連絡を指示した。

「これまで交信を断っていたことについてはなんと説明するのですか？」

「システムダウンとでも説明するしかないだろう」

「そんな見え見えな……」

「心配するな。富岡はなにを優先すべきか判断できる男だ。とにかく今は七二六便を八丈島に下ろすことだけを考えろ」

久松警察署の前では、水之江と笹川が口を真一文字に結び、八代に言われたとおり前だけを見つめながら歩いていた。

レポーターたちは執拗に追ってくる。

「クラリス・ジャパンと政府は共謀していたということですか？」

女性レポーターのあまりのしつこさに、思わず「うるさい」と声を上げたくなった水之江だったが、それではテレビの視聴者を無用に刺激してしまう。ぐっと唇を噛んで苛立ちを抑えると、笹川を促して歩く速度を上げた。

それでもレポーターがマイクを差し出したとき、いきなりパンッという乾いた音が轟いた。

驚いた水之江が振り返ると、笹川が両手で腹を押さえていた。その衣服がみるみる血に染まっていく。なにが起きたのかわからず、目を瞬かせながら「なんで……？」と呟いた笹川は、すとんと膝を突き、そのまま前のめりに倒れた。

悲鳴が上がり、レポーターたちは蜘蛛の子を散らすように逃げ出した。

その流れを掻き分けて前に飛び出した八代の目に、呆然と立ち尽くす水之江の姿が映った。

「伏せろ！」と声を上げたとき、逃げる報道陣のなかから一人の男が姿を現した。手にした銃が水之江を捉える。恐怖に歪む水之江の顔。

男が引き金を引いた瞬間、走ってきた八代が水之江に体当たりを食らわし、撃ち出された弾丸はその体に吸い込まれた。

飛び散る鮮血。

男が二発目を撃とうとしたとき、別の場所から銃声が上がり、手から拳銃が弾け飛んだ。

男を撃ったのは、六本木ミッドプラザの駐車場にいたサングラスの公安警察官だった。

今回の事件を国際的テロ計画として追っていた警視庁公安部は、最近西南アジアから日本に入ってきた組織の関与を疑い、その後を追っているうちに久松警察署に行きついた。そこで発生したのがこの銃撃事件だったのだ。

「八代さん！」

血相を変えた北条が車を飛び出し、八代を抱き起こした。

胸から血がドクドクと溢れている。

「救急車を！」

北条は狂ったように叫ぶと、八代の名前を呼び続けた。

戸川三佐は、自分の体重の六倍近いG（重力）に耐えながらF‐15J戦闘機を旋回させ、軽々と本宮一尉の機の後ろを取った。そうはさせまいと自機を横滑りさせた本宮だったが、それは戸川の思う壺だった。三回目のロックオン。本宮はすでに三回死んだ計算になる。

「もう諦めろ」と戸川が言ったとき、中空SOCからの連絡が入った。

「ウィザード。アンノウンの正体が判明した。脅威なしと判断する。百里に引き返せ」

——なんだと……！

取って付けたような言い方に、戸川は思わず拳でキャノピー（天蓋）を叩いた。

首都圏が脅威に晒されている。そう聞かされたからこそ、自分の感情を押し殺してこの任務に就いた。それをいまさら〈脅威なし〉とは何事だ！

激高を抑えられない戸川の耳に、「戸川三佐！」と本宮からの連絡が入った。

「良かったです。早く帰投しましょう」

戸川は呆れた。この男は、自分を三回も殺そうとした相手に対して、なんのためらいもなく一緒に帰ろうと言っている。だが一方で、戸川は本宮の屈託のなさに救われた気がした。

——仕方のないやつだ……。

深く息を吐いて気持ちを静めた戸川は、本宮に言った。

「お前は今日、三回死んでいる」

「はい。見事にやられました」

「そもそもお前の行動はワンパターンで先が読まれやすい」

「自分としては上手くやったと思ったのですが……」

「まだまだだ。今から特訓してやる。付いてこい」

そう言うや、戸川はＦ‐15Ｊ戦闘機のアフターバーナーを点火した。

ドンと腹の底に響く音とともに、戸川機はぐんぐん高度を上げていく。

「待ってください！」

続いてアフターバーナーに点火した本宮機は、まるで天を突く矢のように真っ直ぐに空を駆け上っていった。

――自衛隊機が離脱していく……？

新日本エア七二六便のコックピットで、みるみる小さくなっていくＦ‐15Ｊ戦闘機の姿を追っていた富岡が呟いたとき、突然、「こちら新日本エアＯＣＣ」という声がＳＡＴＣＯＭから聞こえてきた。

――なんだ？

これまで沈黙を保っていたＯＣＣからの音声通信に眉をひそめながらも、富岡は「こちら七二六便。機長の富岡だ」と答えた。

「国際線運航管理部の春藤です。やっと通信ができました」

——なにを白々しい……。

「これまで何度助けを求めても梨の礫《つぶて》だったのに、いきなりどうした？」

「システムダウンのため一時的に交信ができなくなりました」

「絶妙のタイミングでのシステムダウンだな」とひとこと言っただけで、富岡はすぐに話題を変え、

「羽田に下りられるのか？」と訊いてきた。

富岡はなにを優先すべきか判断できる男だ、という桜井の言葉どおりだ。

「いえ、政府は八丈島への着陸を決定しました」

「八丈島？」

「はい。ウイルス特効薬の効果が不明な状態での羽田への着陸は許可が出ません。東京航空交通管制部の指示に従って八丈島に向かえとのことです」

「無茶言うな。八丈島の滑走路は二千メートルだ。この機体ではオーバーランする可能性がある」

「それは承知しています……」

「たとえ着陸できたとしても離陸はできない。空港は閉鎖だし、この機体も廃棄処分にせざるを得ないぞ」

そのとき、交信に桜井ディレクターが入り込んできた。

「富岡、桜井だ」

「再びそのお声が聞けて嬉しいですよ」

桜井は白鳥のほうをちらりと見た。部下とのやり取りに忙殺されているらしく、こちらの会話には気づいていない。

「ちょっとつまらんことに巻き込まれていてな……。すまなかった」

「自衛隊機が来たときには、もうだめかと思いましたよ」

「私もだ。詳しくは後で話す」

富岡はそれ以上自衛隊機について突っ込んではこなかった。

「しかし、二千メートルはキツいですね。なんとか羽田に下ろしてもらえませんか？」

「俺も交渉したが、この決定は覆らない。なんとか八丈島に下りられないか？」

「確か、八丈島はリモート空港でしたね」

「そうだ」

リモート空港とは航空管制官が配置されていない空港のことだ。八丈島の場合、羽田の東京ＦＳＣ（フライトサービスセンター）からの情報提供を受けながら、機長の判断で着陸する必要がある。

桜井は続けた。

「東京FSCから可能な限りの支援をしてもらう。また、陸上自衛隊の中央特殊武器防護隊と防衛医科大学校病院の医師をそちらに向かわせ、七二六便の着陸後、すぐに乗客と乗員の治療を行う」

「わかりました」

――こうなったら覚悟を決めるしかないか……。

桜井との通信を終えた富岡は機内放送のスイッチを入れた。

「機長の富岡です。当機は八丈島空港への着陸を指示されました」

羽田ではないことに抗議の声を上げる力も残っていない乗客たちは、とにかく着陸できることに安堵の息を吐いた。

富岡は続けた。

「八丈島空港の滑走路は短く、当機のような大型機での着陸では、滑走路内で停止しないオーバーランも予想されます。したがいまして、着陸時、皆様にはシートベルトをしっかり着用し、衝撃に備えていただきますようお願い申し上げます」

二月十九日　十六時　新日本エア七二六便

「ニューニッポン七二六、こちら東京コントロール」という通信が英語で聞こえてきた。コールサインと便名でこの機を呼び出している。東京航空交通管制部からの通信だ。

富岡は「こちらニューニッポン七二六」と、同じく英語で返答した。

「ニューニッポン七二六、八丈島に誘導します。なお、緊急事態のため、今後の通信はすべて日本語とします」

富岡はほっと息を吐き、東京航空交通管制部の指示に従って八丈島までの航路を取った。

八丈島空港に近づくと、再び連絡が入った。

「ニューニッポン七二六、八丈島空港への進入を許可します。これからは東京FSCからの情報に従ってください」

「こちらニューニッポン七二六。了解しました。どうもありがとう」

「幸運を」

——幸運を、か……。

心のなかでそう呟きながら、富岡は東京FSCの周波数に変更した。

間もなく「こちら東京FSC」という連絡が入った。こちらも日本語だ。

富岡は「八丈島空港の気象状況を教えていただけますか？」と訊いた。

「天候は小雨。現在はほぼ無風ですが、これから風が出てくると思われます」

「了解しました」

――小雨か……。

滑走路が濡れていると車輪がスリップし、着陸距離が長くなってしまう。

――弱ったな……。

と考えていると、コックピットのドアが四回ノックされた。東山が帰ってきた合図だ。

富岡がドアのロックを解除すると、東山が薬とミネラルウォーターのボトルを持って入ってきた。

「機長、お飲みください」

東山は薬を富岡に渡した。

富岡はその粒を水で飲み下し、「これで感染しても安心だ」と笑うと、副操縦士席に座った東山に訊いた。

「キャビンはどうだ？」

東山は暗い顔で「惨憺たる状況です」と答えた。「しかし、そんななかで、客室乗務員たちは本当に良くやってくれています。彼女たちは我が社の誇りです」

「そうか」と目を細めて頷いた富岡は、「八丈島に下りるぞ」とさらりと言った。

「え？　この機体でですか？」

八丈島はひょうたんに似た形をしており、滑走路は中央のくびれた部分に東西に伸びる形で位置しているが、八丈富士と三原山に挟まれていることから気流が複雑で、離着陸の難しい空港と言われている。また、滑走路は中型機用の二千メートルだ。そこに大型機のボーイング777-300ERで強行着陸しようというのだ。東山が驚くのも無理はなかった。

「おまけに天候は小雨だそうだ」

「二千メートルで停まりますかね？」と心配そうに訊く東山に、富岡は「少しでも機体を軽くするしかないな」と答えた。

「燃料を投棄しますか？」

ボーイング777-300ERの主翼には燃料を捨てるためのダクトが付いており、コックピットのスイッチ操作で燃料を空中投棄することができる。

富岡は頷くと、東京FSCを呼び出した。

「東京FSC、こちらニューニッポン七二六。エマージェンシー・ランディング（緊急着陸）のため燃料を空中投棄する」

「こちら東京FSC。了解した。燃料投棄終了後、フライトレベル一万七千フィート（約五千二百メートル）へ降下してください」

「ニューニッポン七二六、了解しました」

着陸のやり直しを想定した量以外はすべて空中投棄する設定にすると、東山は、〈燃料放出装置〉のスイッチをONにした。

燃料が主翼の先から霧のようになって空中に散っていく。

その様子を横目で見ながら、富岡は操縦桿を握り直した。

「現在の高度は？」

「二万フィート（約六千メートル）です」

富岡は機内放送のスイッチを入れた。

「皆様、当機は着陸のため高度を下げてまいります。着陸時はかなりの衝撃が予想されますので、シートベルトは緩みのないよう、腰の位置でしっかりお締めください」

七二六便は徐々に高度を落としていく。

「ニューニッポン七二六、こちら東京FSC。そのまま滑走路へ進入してください」

「ニューニッポン七二六、了解しました」

富岡は出力を落とし、二百五十ノット（時速約四百六十キロメートル）まで減速した。

高度一万フィート（約三千メートル）で着陸灯を点灯させた新日本エア七二六便は、そのまま降下を続ける。

「フラップワン」

揚力を付けるためのフラップが主翼からせり出してきた。

雲の下に出た。小雨のなか、ひょうたん形をした八丈島が滲んだように見える。

滑走路の進入灯を視認した富岡は、無線で東京ＦＳＣを呼び出した。

「こちらニューニッポン七二六。現在の風向きはどちらですか？」

「ニューニッポン七二六、こちら東京ＦＳＣ。北風が吹き始めました。現在の風速は二十ノット（秒速約十メートル）。更に強くなりそうです」

――小雨のうえに北風か……。

東西に伸びる滑走路での北風は横風になる。離着陸する航空機にとっては危険な風だ。

ボーイング７７７－３００ＥＲが安全に着陸できる横風の最大風速は三十七ノット（秒速約十九メートル）だが、新日本エア国内線の運航規程では、北風または南風が強く吹いている場合、八丈島空港への着陸を見合わせることになっている。

「どうしますか？」と東山。

北風がさらに強くなる前に着陸する決意をした富岡は、機内放送のスイッチを入れた。

「機長の富岡です。当機は最終の着陸態勢に入りました。シートベルトをもう一度ご確認ください。なお、着陸は強い衝撃を伴う恐れがありますので、体の動くお客様は頭を下げ、身を屈める体勢を取ってください」

由香里たち客室乗務員は、最後の力を振り絞って、乗客がシートベルトをしているかどうかを確認して回った。

乗客のなかには高熱のために自力でシートベルトを締めることができない者もいる。

由香里たちは、自らも意識が朦朧となりながらも、そのような乗客のシートベルトのバックルを留めていった。

乗客のシートベルトを確認し終え、キャビンの最後尾にやってきた由香里は、尻餅をつくようにして床に座り込んだ。

目は真っ赤に充血している。

横を見ると、新庄をしっかりと抱きかかえた貴美花がいた。

「どうしたのですか……?」

新庄が倒れたことを知らない由香里は、肩で息をしながら訊いた。

「私たちを……、助けるために、自分の命を……」

「え……?」

その言葉の意味を訊こうとしたが、そこまで由香里の意識は持たなかった。頭を大きく揺らしたかと思うと、彼女はどっと横向きに倒れた。

「入江、さん……」

力尽きた由香里の隣で、新庄は鼾に似た音を立てながら荒い呼吸を繰り返している。

あとは時間との勝負だ。これ以上手当てが遅れると助からない。

混濁する意識のなかで、貴美花は充血した目を閉じ、生まれて初めて神に祈った。

「神様、どうかこの人を助けてください！」


富岡は航法モードをＩＬＳ（計器着陸装置）にセットした。

ＩＬＳは地上から航空機に誘導電波を送って滑走路まで誘導する。今日のように視界が悪いなかでの着陸には不可欠だ。

やがて、東山が「ローカライザーをキャプチャーしました」と声を上げた。正しい進入経路を捉えたという意味だ。

七二六便は着陸に向けての最終アプローチに入った。

「高度三千フィート（約九百十メートル）、対地速度百八十ノット（時速約三百三十キロメートル）」

「もう少し速度を落とすぞ」

「失速しますよ！」

「滑走路は短いうえに濡れている。失速ぎりぎりまで速度を落として接地しないとオーバーランしてしまう」と、富岡はPFDと呼ばれる計器を凝視しながら言った。

ＰＦＤは高度、速度、機体の方向や傾き等の情報を示す計器だ。滑走路に真っ直ぐに進入するには、表示されたマークが中心線からズレないように機体の方向を修正しなければならない。

北風が強くなってきた。横風で機体が流される。

富岡は必死に操縦桿を操り、マークがＰＦＤの中心線から外れないように機体を立て直した。

「チェック、エアスピード、ギアダウン」

富岡の指示に、東山は「ギアダウン」と復唱しながらギアレバーを操作した。

ボーイング７７７‐３００ＥＲの下部にあるギア格納庫のドアが開き、車輪が現れた。

空気抵抗で機体速度が落ちる。

だが、富岡はさらにエンジン出力を絞り、速度を落としていった。

もう失速寸前だ。

ここから先は計器には頼れない。パイロットとしての自分の経験と勘を信じるだけだ。

「滑走路まであと四マイル（約六・四キロメートル）です」と、東山が引き攣った顔で告げた。

「PAPI視認。赤二つ、白二つ」

滑走路の脇に設置してあるPAPI（着陸進入角指示灯）は、横一列の四灯で構成され、進入してくる航空機の角度によって赤または白に見える。コックピットから赤二つ、白二つに見えるということは、進入角度が適正な三度を維持していることを示していた。

ボーイング777－300ERの巨体が滑走路に近づいた。

「フラップ三十度」

滑走路の末端が見える。

東山が「ミニマム」と声を上げた。

デシジュン・アルティテュード（着陸決意高度）である二百フィート（約六十メートル）が迫っているという意味だ。これを過ぎると着陸のやり直しはきかない。

迷わず「ランディング（着陸）」と声に出した富岡は、高度五十三フィート（約十六メートル）で水平尾翼のエレベーターを上に向けた。

機首が上がり、メイン・ランディング・ギア（主翼下の車輪）が接地。

激しい水飛沫が上がる。

すかさずエレベーターを戻す。

機首が水平に戻り、ノーズ・ランディング・ギア（機首下の車輪）が接地する。

すべての車輪を滑走路に接地させた七二六便は、そのまま滑るように滑走路を走った。

スピードブレーキのレバーが自動作動し、スポイラーが一斉に立ち上がる。

空気抵抗がぐんと増し、富岡の体にシートベルトが食い込んだ。

揚力が消され、機体の重みが一気にタイヤにのしかかる。

滑走路との摩擦が増したタイヤは悲鳴にも似た音を上げながら、予め設定された減速率に従ってブレーキを作動させた。

それと同時に、富岡はスラストレバーに付いているリバースレバーを一気に引き上げ、エンジンを逆噴射させた。スラスト・リバーサーだ。

機体に一気に抵抗が加わり、新日本エア七二六便は、まるで後ろから見えない糸に引っ張られているかのように減速した。

「停まれ！」

だが、重い国際線仕様のボーイング７７７‐３００ＥＲの機体はなかなか停まらず、水飛沫を舞い上げながら滑っていく。

「停まってくれ！」

祈るように呟く富岡の目前に滑走路の末端が迫ってきた。

――オーバーランか？

思わず目を瞑る東山。

その数秒後、わずか十数メートルというぎりぎりの距離を残し、新日本エア七二六便はようやくその巨体を停止させた。

富岡と東山は肩の力を抜き、ふーっと長い息を吐いた。

コックピットから空を見上げる。陸上自衛隊の輸送機が目に入った。

――医師たちが乗っている飛行機か……。

時計を見ると、バンコクを離陸してから七時間以上が経過していた。

――長かった……。

ターミナルビルからやってきた車の誘導で機を反転させ、滑走路内をタキシングさせながら、富岡は深くて長い溜息をついた。

貴美花は着陸の衝撃でギャレーの床に激しく叩きつけられたが、それでも新庄を離さなかった。頭を胸に抱え込み、自分の体をクッション代わりにして守った彼女は、機体の動きが止まったことを知り、そのまま意識を失った。

七二六便は駐機場で停止した。

それを確認した航空自衛隊のC－1輸送機はすぐに八丈島空港に着陸し、防護服を着た医師や看護師たちが続々と七二六便に乗り込んできた。

そのなかには、富岡が派遣を依頼した脳神経外科医もいた。

キャビンでその医師を探し出した東山は、すぐに新庄のいる後部ギャレーに案内した。

新庄を診察した医師は、「これは危ない！」と声を上げ、即座に緊急手術を決意した。

「ここでですか？」と驚く東山に、医師は頷いた。

「これ以上遅れると命が危ない。一か八かですが、局所麻酔をして頭蓋骨に穴を開け、脳を圧迫している血液を抜きます」

そのとき、意識を取り戻した貴美花が小さな声を振り絞った。

「先生、そうしてください……。彼を、助けて……」

二月二十六日　都内の大学病院

新庄が目を覚ましたのは病院のベッドの上だった。

手足は痺れているが、なんとか動かせる。

――なぜ、俺はこんなところにいる？

ここは天国かとも思ったが、そうでもなさそうだ。

首を捻ると、ベッドの脇に貴美花がいた。

心配そうにこちらを見ている。

声を出そうとしたが、口が上手く回らない。

「無理しないで」と貴美花が優しく言った。「幸い脳血管の破損は軽度で、脳内出血の量も少なかったそうよ。その後の手術でコイルも無事に除去されたわ。まだ麻痺が残っていると思うけど、すぐに回復するって」

「どうして、……生きている？」

擦れた声で訊く新庄に、貴美花は「どこまで憶えているの？」と返してきた。

新庄は自分が意識を失うまでの記憶を辿った。

――そうだ……。あのとき、すべての記憶が蘇った。

あのときとは、アタッシュケースから愛奈の手書きのメッセージが出てきたときだ。

「ということは……、私の薬が……効いたのか？」

貴美花はゆっくりと頷いた。

彼女によると、首相は七二六便の撃墜命令を撤回し、飛行区域から最も近い八丈島空港に着陸させた。

その後、乗客と乗員はそのまま機内に留め置かれ、防護服で身を固めた陸上自衛隊の中央特殊武器防護隊と防衛医科大学校病院の医師たちによって治療が行われた。

新庄は機内で緊急手術を受けたが、L型ウイルスへの感染がないことが確認された後、千葉県内の病院に搬送され、コイルを除去する手術が行われた。

着陸から数日後、新庄の開発したGSIの効果が出始め、乗客の病状は回復に向かった。L型ウイルスは、自分のコピーを作るための遺伝子の配列をGSIによって阻害され、感染者の体内で死滅していったのだ。

チーフパーサーの由香里、CAの智子や真尋ら乗員の病状も劇的に改善した。

「だから私もここにいられるの」と、貴美花は微笑んだ。「すべて上手く運んだわ。だから安心して眠って」

「そうか……」

貴美花の言葉に頷いた新庄は、再び眠りに落ちた。

再び目が覚めたのは翌日だった。

横を向いたが、そこに貴美花の姿はなかった。

　そのまま数時間が過ぎ、意識がはっきりし始めた頃、担当の医師が定期回診にやってきた。ゆっくりと上半身を起こした新庄は、医師の質問に対して滑らかに口を動かして答えることができた。

「良くなってきましたね」と医師は微笑んだ。

　医師が退室すると、入れ違いに貴美花が姿を見せた。その後ろには一人の男性がいた。

　新庄の顔色が良くなっていることに安堵の表情を浮かべた貴美花は、「さっき、廊下で先生からお話を伺ったわ。このままいけば退院も近いって」と言うと、隣に立つ男性を紹介した。

「国立感染症研究所の鈴本さんよ」

　鈴本は頭を下げると、「お元気になられてなによりです」と、以前から知っているかのような挨拶をした。

「はあ……」

　貴美花は鈴本に椅子を勧めながら、新庄に説明した。

「七二六便が八丈島に着陸したとき、鈴本さんは自衛隊の皆さんと一緒に駆けつけてくれたのよ」

「それは、どうも……」

「いえ、仕事ですから」と手を振った鈴本は、申し訳なさそうに切り出した。「意識が戻られたばかりで恐縮なのですが、今回の件は政府内でも大きな問題となっていまして……。もしも可能であれば、少しお話を伺えないでしょうか？」

新庄はゆっくりと頷いた。

「私でお役に立てることなら」

「ありがとうございます」

頭を下げた鈴本は、まず、これまでの調査で判明したことを口にした。

新しい抗がん剤の開発に失敗したクラリス・ジャパンの水之江社長は、自社の開発した抗インフルエンザウイルス薬〈ノイラミフル〉を日本政府に売り込むため、L型ウイルスを首都圏で流行させる計画を立てた。だが、それを陰で操っていたのは、親会社であるクラリス・スミソニアンのスパーリング副社長と〈アジア・ウイルス研究所〉のウェイトリー所長だった。

新庄は「今、おっしゃったことはすべて事実です」と鈴本の話を肯定し、補足した。「ウェイトリーは、L型が恐るべきスピードで完全変異を繰り返すウイルスだという事実を水之江に隠していました」

「ライバルである水之江を蹴落とすためですか？」

「ええ。〈ノイラミフル〉はL型ウイルスには効かず、水之江の面目は丸潰れになる。そこにGSIを売り込めば、ウェイトリーにとって、まさに一石二鳥だ」

「なるほど……」

二人の話を訊いていた貴美花はやりきれない気持ちで顔を伏せた。その脳裏には、機内で死んでいった乗客たちの姿が蘇っていた。あの人たちは、そんなことのための犠牲になったのか……。

唇を噛み締めたまま黙っていると、新庄は鈴本との会話を中断し、彼女に向かって深々と頭を下げた。

驚いた貴美花は、「なぜ、あなたが謝るの？」と訊いた。

新庄は、苦しそうに歪めた顔を上げた。

「L型のLは〈ルシファー（Lucifer）〉の頭文字。そして、それを創り出したのは私なんだ……」

「え……？」

「〈ルシファー〉は神に対して反乱を起こし、追放された堕天使の名だ。〈サタン（Satan）〉という名前でも知られている」

「悪魔……」

新庄は頷いた。

「〈ルシファー〉、すなわちL型ウイルスは、GSI開発の過程で発生した突然変異のウイルスだ。私が焼却を指示したにもかかわらず、ウェイトリーはその一部を密かに保存し、利用しようとした。私は彼の計画を阻止しようとしたが、逆に拘束されて記憶を消され、GSIのデータまで奪われてしまった」

「そんな……」

新庄は鈴本を見ると、「少し長い話になりますが、宜しいですか？」と訊いた。

鈴本は頷いた。

「私もこの事件の全貌が知りたい。お願いします」

新庄は大きく息を吐き、ゆっくりと話し始めた。

この事件の発端は一年前に遡る。

クラリス・ジャパンで新規抗インフルエンザ薬の開発を行っていた新庄は、ある日、親会社であるクラリス・スミソニアンがタイに設立した〈アジア・ウイルス研究所〉への出向を命じられた。

その人事はスパーリング副社長の指示で発令されたが、裏で画策していたのは同研究所のウェイトリー所長だった。画期的な抗ウイルス薬の開発に取り組んでいる新庄を自分の研究所で囲い込もうと企んだのだ。

　新庄はこの人事異動を断った。一人娘の愛奈は生まれつき体が弱く、とても外国での生活ができそうになかったからだ。しかしその直後、妻の綾乃の運転する車が事故に巻き込まれ、同乗していた愛奈とともに死亡するという事故が起きた。

　そのとき、ウェイトリーはわざわざバンコクから東京にやってきて葬儀に出席し、失意の新庄を慰めた。そして、出向ではなく、長期出張という形で〈アジア・ウイルス研究所〉に来てはどうかと持ちかけた。

　生きる希望を失い、自暴自棄になっていた新庄は、綾乃と愛奈の死という事実から逃げ出すようにタイに渡った。そして、すべてを忘れようとするかのように新しい抗ウイルス薬の開発に没頭した。

　その薬の名はGSI。

　ウイルスが増殖するためには自分の遺伝子を正しく配列したコピーを作らなければならない。その点に目を付けた新庄は、その配列を阻害するという独創的な発想に基づいた新薬の開発に取り組んでいたのだ。

　だが、その開発は思わぬ副産物を生んだ。ウイルスに感染させたマウスに試薬を投与する実験を繰り返すうち、突然変異のウイルスが生まれたのだ。

自ら変異を繰り返し、あらゆる抗ウイルス薬への耐性を持つ、その悪魔のようなウイルスを〈ルシファー〉と名付けた新庄は、即座に焼却処分を指示した。

さらに数カ月が経ち、遂にGSIの試薬が完成した。

その報告を新庄から受けたウェイトリーはすぐにスパーリングに知らせたが、帰ってきたのは浮かない声での生返事だった。

実は、ここ数年ヒット作に恵まれていないクラリス・スミソニアンは、過去に開発した薬の特許が次々と切れる時期を迎え、急激に業績が悪化していた。それを挽回するにはブロックバスター（莫大な利益を生み出すヒット作）が必要だが、GSIの承認取得には何年もかかる。そこまで会社は持たない。

そこで、ウェイトリーは次の手を打った。

新庄が焼却処分を指示した〈ルシファー〉を極秘裏に保管していた彼は、それをL型ウイルスと称して人為的に流行させ、その特効薬としてGSIを売り込むという計画を立てたのだ。

ウイルスを流行させる地域は、ある程度の規模の都市ならどこでも良かったが、そこに降って湧いたのがクラリス・ジャパンの新規抗がん剤開発失敗のニュースだった。そして、水之江がこの計画に飛びついたことで、ターゲットは東京に絞られた。

部下のポンサクレックを通じてこの動きを知った新庄は、L型ウイルスの恐ろしさを水之江に伝えようとしたが、その前に拘束されてしまった。

新庄の記憶を消すことにしたウェイトリーは、綾乃と愛奈の事故シーンを撮影したビデオを強制的に何度も繰り返して見せ、「二人の死の責任はお前にある」と責めた。「お前が私の申し入れを素直に受けていれば、こんなことにはならなかった」

事故が仕組まれたものだと知った新庄は狂ったように吠え、泣き叫んだ。それでも同じ事故の映像が繰り返される。目を瞑っても音声が聞こえた。気を失いそうになると水を浴びせられた。

それを三日三晩続けられた結果、新庄の目から生気が消え、やがて、事故の映像にも反応しなくなった。自己防衛本能が、精神崩壊の寸前で自らの記憶を消し去ったのだ。

新庄の記憶が戻ることを懸念したウェイトリーは、脳波に反応して変形するコイルを脳血管に設置し、地下室に幽閉した。

一方、ポンサクレックは、新庄の失踪後もウェイトリーの動きを監視し、遂にその計画の全貌を摑んだ。実行日は二月十九日。日本に帰国するツアー客を狙い、空港へ向かうバスのなかでL型ウイルスに感染させ、ウイルスを東京まで運ばせようというのだ。

選ばれたフライトは、帰宅ラッシュで人々が街中に溢れる夕刻に羽田に到着する新日本エア七二六便だった。

ポンサクレックは全力で新庄を捜した。アイフォーンのファイナルシャウト（電池切れの直前に自動で位置情報を送信するアプリ）のデータから、本人がまだ研究所内にいることを摑んだ彼がようやく見つけたのは、変わり果てた新庄の姿だった。

ポンサクレックは、試作段階だったＬ型ウイルスのワクチンを新庄に打ち、彼のアタッシュケースにＧＳＩを入れると、監視の一瞬の隙をついて研究所から連れ出した。

迫る追っ手から逃れ、車を捨てて山中に分け入った二人だったが、その行く手を深い渓谷が阻んだ。谷底の川の流れは速い。

万策尽きたポンサクレックは、アタッシュケースの取っ手と新庄の手をハンカチで固く結び合わせ、「これを持って新日本エア七二六便に乗ってください」と伝えた。「いいですか？十九日の新日本エア七二六便です！」

そう繰り返しながら、彼は渓谷に向かって新庄の背中を押した。

鈴本と貴美花は、ここまでの話を神妙な表情で聞いていた。

妻と娘を殺された新庄の悲しみは察するに余りある。記憶が戻り、その辛い事実を思い出してしまったことは、果たして新庄にとって良いことだったのだろうか……。

ためらいながらそのことを口にすると、新庄は「妻と娘のことは思い出せて良かったと思っています」と、迷いのない声で答えた。「二人はこの世を去った後も私を支えてくれました。二人の導きがなかったら、私は、自分の創り出したウイルスが何十万という人の命を奪っていくのをただ傍観するしかなかったでしょう」

「そう……」

慰めの言葉もない貴美花は、そう言って頷くのが精一杯だった。

しばらくの沈黙の後、鈴本が訊いた。

「クラリス・ジャパンの碓井さんはご存知ですか？」

新庄はその名前に鋭く反応した。

「碓井はクラリス・ジャパン時代の部下です。彼がなにか？」

「お亡くなりになりました」

「えっ？」

「芝浦の運河に死体が上がったのです」

「……なぜ碓井が？」

「碓井さんは、〈ノイラミフル〉のL型ウイルスに対する有効性の検証を行っていたようです。残されたデータから推測するに、彼はL型の変異率に注目し、独自に研究を進めていたようです」

「そうですか……」

「なにか心当たりでも？」

「〈ルシファー〉を発見したとき、私は碓井にだけはその事実を伝えていました。彼はL型ウイルスの正体が〈ルシファー〉である可能性を疑い、その変異率にこだわったのではないでしょうか？」

「なるほど……。だから、彼の遺したデータのファイル名はLuciferのLとSatanのSだったのか……」

「そうかもしれません」と新庄は頷いた。「で、誰が碓井を……？」

「犯人は最近西南アジアから日本に入ってきた組織の一員で、警察署に出頭しようとした水之江と笹川を襲い、公安部に逮捕されました。L型ウイルスに関するデータを碓井さんから奪うよう指示されていたことも自白しましたが、誰からの指示なのかは本人も知りませんでした。抵抗した碓井さんと揉み合いになり、運河に突き落としてしまったようです」

「その組織に依頼したのはウェイトリーでしょうね。水之江と笹川も、警察にまずいことを喋ってしまう前に消してしまう魂胆だったに違いない」

そのとき、我慢しきれなくなった貴美花が口を挟んだ。

「そこまでわかっているのなら、なぜウェイトリーたちを捕まえないのですか？」

だが、鈴本も新庄も貴美花を見つめるばかりで、言葉を返そうとはしない。

「どうして黙っているのですか？」

眉をひそめる貴美花に、鈴本は苦しそうに言った。

「証拠がないのです」

「証拠？」

「ウェイトリーが七二六便の乗客にウイルス感染させたという証拠はどこにもない。たとえ新庄さんが証言したところで、彼らが認めるわけもない」

「だからって彼らの好きにさせるのですか？　今度は誰が犠牲になるかわからないのですよ」

貴美花の意見はもっともだった。日本でのＧＳＩの売り込みに失敗したウェイトリーは、別の都市にＬ型ウイルスをばら撒く可能性がある。

苦しそうに俯く鈴本。

しばらく考えていた新庄は、やがて顔を上げ、ためらいがちに口を開いた。

「私に考えがあります。鈴本さん、一緒にバンコクへ行っていただけませんか？」

二月二十七日　東京　中央区　聖路加国際病院

「本当に心配かけて！」という春菜の声が病室に響いた。

「俺だって好きで撃たれたわけじゃねえんだ。仕方ねえじゃねえか」

撃たれた場所が肺でなく、肩に近い部分だったことが幸いした八代は、病院のベッドから起き上がれるまでに回復していた。

「まあまあ、せっかく春菜さんが手料理を持って来てくれたんだし」

そう言ってとりなした北条は、春菜に椅子を勧めた。

相部屋が一杯だったために個室に入れられた八代は、最初は個室料金が高いと文句を言っていたが、公務での負傷のため補助が出ると聞いた途端に機嫌が良くなった。

それを聞いた春菜は、「まったくケチなんだから」と嘆いた。

だが、北条は知っていた。

八代が撃たれたと聞いたとき、春菜はショックのあまり気を失いかけた。そして、〈おはる〉に駆けつけた北条の顔を見るや、その体に抱きついて泣きじゃくった。

北条は、「大丈夫。命に別状はありません」と言って宥めたが、春菜は聞かなかった。彼女はその場で支度を始め、八代が運ばれた聖路加国際病院に連れていって欲しいと懇願した。

「文ちゃんには肉親がいないの。だから私が傍にいてあげなきゃだめなの」

春菜はそう言った。

八代は小さい頃に事故で両親を亡くし、人形町の祖母に引き取られた。二人が出会ったのもその頃だった。

高校生のとき、八代の祖母が亡くなった。

春菜は、葬式で泣きじゃくる八代の背中を撫で、「私がずっと傍にいてあげるから、もう泣かないで」と言って慰めた。

二人が大人になり、働き始めて数年後、春菜は同僚の男性にプロポーズされた。

困惑した春菜は思い切って八代に相談したが、返ってきたのは「いいじゃないか」というそっけない答えだった。「お前を貰ってくれるなんて奇特なやつだ。この機会を逃すと一生嫁に行けないぞ」

その言葉を真に受け、失望した春菜はプロポーズを受け、人形町を去った。

本心とは逆のことを言ってしまった八代は死ぬほど後悔したが、後の祭りだった。

やがて春菜には子供が生まれたが、その頃から夫の酒癖が悪くなり、二人に暴力を振るい始めた。耐えきれなくなった春菜は夫と別れ、子供を連れて人形町に戻ってきた。

八代の手術を待つ間、春菜は待合室のソファで北条にそんな話をしてくれた。

「腐れ縁ってやつよね」

そう言って無理に笑おうとした春菜だったが、その手は微かに震えていた。ようやく自分の本当の気持ちに気づいたのだろう。

未だに自分の想いを伝えられない八代といい、今頃自分の本心に気づいた春菜といい、この二人はなんと不器用なのだろう。

そう思うと、今も目の前で憎まれ口を叩き合っている八代と春菜の姿が微笑ましく思え、自然と笑みがこぼれてくる。

ニヤニヤしている北条を見た春菜は怪訝そうに訊いた。

「なにか面白いことでもあるの？」

「いえ、別に」と北条が誤魔化したとき、ドアがノックされた。

「はい」

春菜の返事を受けて病室に入ってきたのは捜査第一課長の相馬だった。

「相馬課長！」

驚いた八代は体を捻りすぎ、「痛！」と声を上げた。

「楽にしてください」

手で八代を制した相馬は、春菜の勧める椅子を遠慮し、立ったままで話し始めた。

「このたび辞令が出ましてね。地方に出ることになりました」

「あ……」八代は思わず口を開けた。「あの……、私の……せいですか？」

「なんのことでしょう？」

「公安部の……」と言いかけたとき、相馬はさっと手で制した。

「それ以上は聞きたくありません。頭痛がするので……」

「え……？」

「とにかく、これであなたに悩まされることもなくなるかと思うとほっとしますよ。私の後任を胃潰瘍にしないよう、今後は無茶を慎んでもらいたいですね」

相馬の言葉にカチンときた春菜が一歩前に出た。

「私ごときが口出しすることじゃありませんが、さっきからお聞きしていると……」とまで言ったところで、春菜は、相馬が自分に向かって深々と頭を下げているのを見た。

「な、なんですか……？」

「警察に対する世間の目が厳しくなっている昨今、八代さんのように、無茶を承知で犯罪に真正面から切り込んでいく刑事は少なくなってきました」

「え……？」

「だが、我々にとって、彼のような存在は絶対に必要なのです」

「はあ……」

「しかし、今回だけは私も肝を冷やしました。彼をこのような目に遭わせてしまったことについては、お詫びの言葉もない」

再び頭を下げる相馬に、最初の勢いを失った春菜は数センチほど後ずさりした。

「いえ、文ちゃんは少々撃たれたって死にはしませんから……」

「おい……」と八代が声を上げようとしたとき、相馬は八代に向き直った。

思わず姿勢を正す八代。

「八代さん、今後はくれぐれも無茶せず、後進の指導にあたってください。北条君のような有能な刑事を数多く育ててくれることを楽しみにしています」

その言葉を最後に、相馬はさっさと病室を出ていった。

さんざん嫌味を言われると思っていた八代はベッドの上でポカンと口を開けている。

「相馬課長らしいですね」と、北条が呟いた。

「どういうことだ？」

「三田署の白上課長が言っていました。我々が水之江たちを奪って逃走したとき、公安部外事第三課の課長が捜査第一課に怒鳴り込んできたらしいんです。でも、相馬課長は、八代さんたちの捜査を邪魔した公安部のほうに非があると主張して譲らなかったそうです」

「え？」

「そもそも、今回の捜査に八代さんを充てようとしなかったのは、前回の事件で上から睨まれている八代さんを庇うため、しばらく本庁で大人しくさせるつもりだったらしいです」

「なんだって……？」

「でも、三田署のほうから八代さんを指名したので、それも叶わなかったようです」

「で、案の定、文ちゃんは今回も無茶しちゃったってことね……」と春菜が溜息をついた。

「うるせえな」

春菜は、先ほど相馬に食って掛かろうとしたことなどすっかり忘れたように、「文ちゃんはいい上司に恵まれていたのね……」と微笑んだ。

「ころころ言うことを変えるなよ」

春菜は、八代の小言など気にも留めず、持参した重箱の蓋を開けた。

綺麗に盛りつけられた手料理が現れた。

「昨日の残り物じゃねえだろうな」と眉をひそめる八代に、春菜は「そんなこと言うんなら食べなくてもいいよ」とピシャリと言い捨て、取り皿に盛った料理を北条に渡した。

恐縮して受け取る北条。

八代はそれを物欲しそうな目で見つめた。

「カキフライもあるじゃねえか」

「ほらごらんなさい」

勝ち誇ったような笑みを浮かべると、春菜は八代の取り皿にも料理を盛った。

「これでビールでもあれば最高だな」

北条は笑った。「もう少しの辛抱ですよ」

病室でのささやかな食事が始まった。

「そういえば」と、北条が出汁巻き卵をつつきながら言った。「その後、鹿取さんから連絡がありませんね」

「どうせ、またネットの世界に入り浸っているんだろう」

「でも、今回の事件は鹿取さんの活躍なしには解決できませんでしたね」

「ああ。あいつがいなければ、今頃、七二六便はどうなっていたことか……」

二人の会話を上手に聞き流していた春菜は、最後に熱いお茶を淹れた。

それを飲み終えると、北条はやにわに立ち上がり、その場で背筋を伸ばした。

「なんだよ」と驚く八代に、北条は深々と頭を下げた。

「いろいろお世話になりました」

公安部が逮捕した男の自白により、碓井豊不審死事件は一応の結末を迎えた。捜査チームは本日付けで解散だ。八代は名残惜しそうに北条の顔を見た。

「お前、いい刑事になれるよ。それは俺が保証する」

北条の目が潤んできた。

「八代さんのような刑事になれるよう、努力します」

それは止めたほうが……、と言いかけた春菜は、その言葉をゆっくりと飲み込んだ。いい年をした大人たちが涙ぐんでいるのだ。邪魔しないほうがいい。

照れくさそうに頭を掻く八代と北条の隣で、春菜は静かに取り皿を片づけ始めた。

エピローグ

三月二十五日　バンコク

「残念ながら、君の言っていることはさっぱりわからん」

　ウェイトリーは持っていたコーヒーカップをテーブルの上に置くと、目の前に立っている新庄を見上げた。

「正直に言ったらどうだ？」と、新庄は冷ややかに返した。

「なにをだ？」

「死んだはずの私がここに戻ってきて驚いた、と……」

　ウェイトリーは大げさに肩をすくめた。

「私がどれほど心配したと思っているんだ。不幸な事故で君の部下が何人も亡くなった直後だったので、責任を感じて自殺したのではないかと思ったくらいだ」

「ほう」新庄は目を細めた。「不幸な事故とは？」

「君の部下が可燃性ガスの取り扱いを誤り、実験中に爆発事故を起こしたことを憶えていないのか？」

ウェイトリーは自分の執務机の引き出しから一冊のレポートを取り出し、新庄の前に置いた。

「読んでみたまえ」

「失礼」と断ってそのレポートをめくったのは、新庄の隣に座っていた鈴本だった。

レポートは、ウェイトリーの言う〈事故〉に関する調査書で、詳細な記録と現場の写真で構成されていた。死者は三人。いずれも新庄をこの〈アジア・ウイルス研究所〉から脱出させてくれた部下たちで、そのなかにはポンサクレックの名前もあった。

怒りに燃える目でウェイトリーを睨んだ新庄は吐き捨てるように言った。

「私の部下の命まで奪ったのか！」

一カ月ほど前、鈴本が初めて見舞いに来たとき、新庄は一緒にバンコクへ行って欲しいと頼んだ。その目的は〈アジア・ウイルス研究所〉のウェイトリー所長に会うことだった。

それを了承した鈴本は、国立感染症研究所の主任研究員という肩書を利用してウェイトリーとのアポを取り付けた。名目はインフルエンザウイルスに関する情報交換だった。

だが、計画を実行するにあたっては問題が二つあった。

一つ目は、開頭手術を受けた新庄が飛行機に乗れるかということだったが、この点は、手術内容が外減圧術（頭蓋骨の一部を外しておく手術法）ではなかったことから、医師のストップはかからなかった。ただし、万一の場合に備えて貴美花が付き添うことになった。

二つ目は、日本政府とタイ政府が、偽造パスポートを使っていた新庄の出入国を認めてくれるかということだった。この点については、偽造パスポート使用時に本人が記憶を失っていたこと、及び渡航の目的が今回の事件の最終解決であることから、日泰両国の協議により、国家公務員の鈴本の監視下に置くこと条件に二日間だけの渡航許可が下りた。

こうして新庄と鈴本はタイに出向き、今日のウェイトリーとの面会が実現した。

なにも知らずに応接室で鈴本と話をしていたウェイトリーは、突然部屋に入ってきた新庄を見て目を丸くした。無理もない。バンコクの運河に沈んだはずの男が目の前に現れたのだ。

だが、狡猾《こうかつ》なウェイトリーはすぐに新庄に駆け寄り、その体を抱きしめた。

「今までどこにいた！　どれだけ心配したと思っているんだ！」

その目には涙さえ浮かんでいる。

――この嘘つき野郎が！

そう心のなかで毒づきながら、新庄はこれまでの経緯を話した。

自分が記憶を失ったまま日本へ帰ったこと。新日本エア七二六便の乗員乗客がL型インフルエンザウイルスに感染していたこと。そして、持っていたGSIを患者に処方したこと……。

だが、ポンサクレックたちの命まで奪われたことを知って怒りに震える新庄に対し、ウェイトリーは「なんのことだかさっぱりわからん」と白々しく肩をすくめた。

「そのL型ウイルスとやらが、私の研究所となにか関係あるのか？」

「L型ウイルス、すなわち〈ルシファー〉は、私がGSIの開発の過程で創り出してしまったものだ。すべて焼却処分したはずだったが、あんたはその一部を密かに保管していたらしいな」

「どういうことだ？」

「思い出したんだよ。すべてをね」

「言っている意味がわからないな」

「あの日、文書管理課のチャーリーに〈ルシファー〉の処分報告書を見せてもらった私は、焼却処分したウイルスサンプルの個数が私の指示より少ないことに気づいた」

「君の記憶違いじゃないのか？」

「いや、そうじゃない。私の作成した指示書自体が差し替えられていた」

「そんな馬鹿な。指示書には君のサインが入っていたんだろう？」

「サインはあった。私でさえ見分けがつかないほど巧妙に偽造されたものだった」

ウェイトリーは鼻で笑った。

「見分けがつかないのに、どうして偽造だとわかる？」

「私のサインは漢字を崩したもので、社外用と社内用で使い分けている。〈新庄〉の〈庄〉の字の上に点を入れたものと入れないものだ。差し替えられた指示書のサインは、点のある社外用のものだった。社内の書類にこのサインは使わない」

ウェイトリーは大声で笑い飛ばした。

「なんの戯言を言っている？　君の記憶はまだ完全じゃないらしいな」

「完全さ。君に仕込まれたコイルも摘出したからね」

「コイル？　なんのことだ？」

あくまで白を切るウェイトリーを見て、鈴本は「見苦しいですね」と顔をしかめた。「クラリス・ジャパンの水之江社長は、あなたからL型ウイルスのサンプルの提供を受けたと証言していますよ」

「子会社にウイルスのサンプルを提供するくらいのことはしています。正式な手続を取っていますので、いつでも記録をお見せしますよ」

そう弁明したウェイトリーは、新庄に向き直ると、いきなり話題を変えた。

「ところで、君はいつからここに復帰できるんだ？」

「先ほど研究室に行ってみたが、私の席がそのままになっているのを見て驚いたよ」

「もちろんだ。君が行方不明になった後も、我々は君を長期休暇の扱いとしている。君の才能を高く評価しているスパーリング副社長の厚意によるものだ。感謝したまえ」

新庄は「やれやれ」と溜息をつくと、ソファから腰を上げた。「では、早速辞表を出すとするよ。悪魔と一緒に仕事をするのはご免なのでね……」

鈴本も立ち上がった。

「お時間を頂戴してありがとうございました。これで失礼します」

「知っていると思うが……」と、ウェイトリーは新庄に告げた。「クラリス・スミソニアングループの雇用契約には守秘義務の条項がある。これは退職後も有効だ」

「良く知っているさ。ご心配なく」

鈴本はウェイトリーに向かって手を差し出した。

ウェイトリーはその手を握りながら「君は嘘つきだな」と吐き捨てた。「アポの目的はインフルエンザウイルスに関する情報交換だったはずだ。新庄を連れてくるとは聞いていないかった」

「事の成り行きですよ。それとも、なにか不都合なことでも？」

ウェイトリーはフンと鼻を鳴らすと、さっさと鈴本の手を離した。

応接室から出るとき、新庄は思い出したように「そうだ……」と振り返った。

「まだ他になにか用かね？」

うんざりした表情のウェイトリーに、新庄は鞄から取り出したディスクを渡した。

「私の持っていたアタッシュケースにこのディスクが入っていた。ポンサクレックが入れてくれたのだろう」

「なんのディスクだ？」

「彼の集めた情報らしい。あなたたち幹部の会話の録音、書類の写真、L型ウイルスのデータ……。そんな雑多なものが入っていた」

「なんだって？」

「良かったら、時間のあるときにでも再生してみてくれ。音声を解析すれば人物が特定できるそうだし、出すところへ出せば面白いことになりそうだ」

「ほお……」

ウェイトリーは無表情を装って目を細めた。だが、そのこめかみは微かに震えていた。

鈴本と新庄が立ち去るや、ウェイトリーはすぐにディスクを自分のパソコンに差し込んだ。

いくつかのフォルダーのうち、音声ファイルらしきものを開き、イヤフォンを耳に差し込む。

音量を上げていくうち、聞き慣れた人物の声が耳に入ってきた。

スパーリング副社長だ。

会話の相手はクラリス・ジャパンの水之江。ウェイトリー自身もいる。

――これは、L型ウイルスを日本で流行させる計画についての打合せじゃないか！

ウェイトリーの顔からみるみる血の気が引いていった。

――いつの間に盗聴されたんだ……？

このデータを公開されたらなんと言い繕えばいい？　音声を合成されたと言い張るか？

そのとき、突然会話の音声が途切れ、「やあ、アンディ」と、ウェイトリーの愛称を呼ぶ声が聞こえた。

新庄だ。

ウェイトリーは慌ててイヤフォンを耳から抜き取ると、周囲を見回した。

誰もいない。

――ディスクに録音されているのか……？

イヤフォンを耳に戻すと、再び新庄の声が聞こえた。

「アンディ、君、まさかこのディスクをネットワーク環境のパソコンで再生していないよな？」

――え……？

「だとすると、ご愁傷様だな。私の友人に天才ハッカーを自称する変人がいてね。このディスクにとんでもないウイルスを潜ませたらしいんだ」

――なんだって？

「今頃、君の研究所のデータはどんどん社外に流出しているはずだ」

ウェイトリーの体がわなわなと震え始めたとき、執務机の電話が鳴った。

――……！

震える手で受話器を取ると、「所長、大変です！」という声が耳に飛び込んできた。

「どうした……？」

「研究所のデータが勝手に外部に流出しています！」

――しまった！

気が急くあまり、ウェイトリーは社内ネットワークに繋がったままの状態のパソコンでディスクを開いてしまっていた。

「な、なんとか食い止めろ」

「だめです。このウイルスは二重三重のファイアーウォールを簡単に破っています。すでにロンドンの本社と世界各国の拠点にも広がり始めました」

「なんだって？」

「このままでは、クラリス・スミソニアンのすべての研究データが外部に流出します」

製薬会社の命ともいえる研究データの外部流出。それは会社の終焉を意味する。

「早く本社とのネットワークを切れ！」

「間に合いません！」

呆然とするウェイトリーの耳に、再び新庄の声が聞こえた。

「どうやら、ネットワーク環境のままでディスクを再生してしまったらしいね」

「貴様……」

ウェイトリーは、目に見えない相手に向かって吐き捨てた。

「だからといって自分を責める必要はないよ。もしも社内ネットワークに繋がっていなかったとしても結果は同じだ。君が親切にも残しておいてくれた私の研究室のパソコンを使って、同じウイルスを研究所内に流させてもらったからね」

——なんだと……？

「今頃、クラリス・スミソニアンの研究データはネットで世界に公開されている。私の開発したGSIの開発データも同様だ。この事件の捜査が進めばGSIの特許申請は無効になり、どの製薬会社でも製造が可能になるだろう」

それを聞き終わった瞬間、ウェイトリーはいきなり自分のパソコンを持ち上げ、壁に叩きつけた。

「憶えていろよ、新庄……！」

だが、パソコンを壊してしまったウェイトリーは、新庄の最後の言葉を聞き洩らした。

「このディスクの内容はタイ警察とICPO（国際刑事警察機構）に流してある。すぐにでも強制捜査が入ると思う。幸運を……」

世界最大の製薬会社であるクラリス・スミソニアンがサイバー攻撃を受け、本社をはじめとする世界中の拠点のデータが外部流失したとのニュースが流れたのは、その一時間後だった。

タイ警察とICPOの動きは早かった。

スパーリング副社長とウェイトリー所長は、それぞれロンドン警視庁とタイ警察によって逮捕され、クラリス・スミソニアンの本社と〈アジア・ウイルス研究所〉は強制捜査を受けた。

鈴本は、このニュースをチャオプラヤ川の川岸にあるシャングリ・ラ ホテル バンコクのリバーサイドラウンジのテレビで見た。

隣には、冷えた白ワインのグラスを持った貴美花が座っている。

「やりましたね……」と、鈴本は満足気に言った。「これでスパーリングとウェイトリーは終わりだ。GSIのデータは世界中の製薬会社で共有され、大量生産が可能になるだろう」

「そうですね」と相槌を打つ貴美花だったが、その目はどこか遠くを見つめている。

鈴本は、おやおやといった表情で彼女を眺めた。

今回、貴美花は、新庄の術後ケアという名目でバンコクへの同行を申し出た。しかし、それが本当の目的だとは思えない。

一方、新庄は、ウェイトリーに面会した後、捜さなければならない人がいると言って単独行動を願い出た。鈴本は、夕食時までにはホテルに戻るという条件でそれを認めた。

すでに六時を回っている。

夕食は七時と伝えてあるので、もうすぐこのラウンジにやってくるはずだ。

ワイングラスを揺らし続けている貴美花に、鈴本は「心配しなくても、新庄さんはもうすぐ戻ってくるよ」と声をかけた。

「え？」

「新庄さんのことが気になるんだろう？」

不意をつかれた貴美花は狼狽《うろた》えた。

「それは……、医者として体調を心配しているだけです。そもそも単独行動は許されていないわけだし、警察に捕まったりしたら大変ですよ」

鈴本は思わず噴き出した。

「いい大人なんだから、そんなに心配しなくても大丈夫さ」

「それなら……、いいですけど」

貴美花は少し頬を膨らませ、横を向いた。

その頃、新庄は、クラリス・スミソニアンへのサイバー攻撃のニュースをバンコクの路地裏のカフェで見ていた。

かれこれ、もう二時間近くもこのカフェに居座っている。

エアコンの調子が悪いのか、先ほどから店の温度はどんどん上昇しているような気がする。

他の客は次々と店から出ていったが、新庄はどんなに暑くてもここを去るわけにはいかない。なぜなら、カンヤラットが預けられるはずだった叔母の家がこの席から見えるからだ。

彼女を送り届けるというチャナチャイとの約束を果たせなかった新庄は、メモの住所を頼りにこの辺りを歩き回り、やっとそれらしき家を見つけた。

直接訪問しても良いのだろうが、できれば本人だけに会いたい。

時計を見ると六時を回っている。単独行動は七時までという約束だ。

胡散臭そうにこちらを見る女主人に四本目のコーラを注文した新庄は、照りつける夕日に目を細めながら、ひたすら待った。

だが、それから三十分待っても、カンヤラットらしき少女は現れなかった。

もう時間がない。

——直接訪ねてみるか……。

明朝の便で帰国する新庄にとって、これが最後のチャンスだ。

女主人に代金を払って店を出た新庄は、路地を挟んだ真向いの家の前に立ち、呼び鈴を押そうとした。

そのとき、誰かが肩を叩いた。

振り返ると、そこには浅黒い肌の少女が立っていた。少し会わないうちに背が伸びた気がする。

「カンヤラット……」

「よく我慢したわね」

「え？」

「あのおばさんの店のエアコン、調子悪いでしょ？」

「ああ……」

「そこで二時間以上も粘るなんて、ばかじゃない？」

「気づいていたのか？」

「もう少し放っておこうと思ったけど、店から出てきたところをみると、そろそろ時間切れなんでしょ？」

意表を突いたカンヤラットの出現に、新庄は驚きを隠せないまま、こくりと頷いた。

「明朝のフライトで日本に帰らなければならないんだ」

「そう……」

カンヤラットは路上の長椅子に腰をかけ、新庄にも勧めた。

新庄が腰を下ろすと、彼女は、「もう会えないかと思ってた」と言った。

「会いにくるのが遅くなってすまない」

「ううん。バンコクに戻ってくるなんて思ってなかったし」

「まだチャナチャイとの約束を果たしていないからね」

「…………」

「あの日のことを教えてくれないか？」

しばらくの間、遠くを見つめるような目をしていたカンヤラットは、やがて少しずつ話し始めた。

あの日、トラックを避けようとしてスリップ、回転した車は後ろ向きでガードレールに衝突した。そのため、運河に転落したとき、カンヤラットは奇跡的に無傷だった。

沈んでいく車から脱出した彼女は、近くに浮かんでいた浮標（ブイ）の陰に身を潜めて追っ手が去るのを待ち、運河の岸まで泳ぎ切った。そして、ずぶ濡れの体を公園で乾かし、叔母の家に辿り着いたとのことだった。

「そんな危険な目に……？」

「子供の頃から川で遊んでいたから、運河を泳ぐのは苦じゃなかった」

「しかし、一つ間違えば死んでいたところじゃないか……」

背中に冷たい汗が流れるのを感じながら、新庄は「本当に申し訳ない」と頭を下げた。

カンヤラットは首を振り、「あなたを日本へ帰せという言いつけが守れて良かった」と微笑んだ。

「…………」

「これでお兄ちゃんの恩に報いることができた」

「だが、車に積んであった金は……？」

叔母に渡すためにチャナチャイが用意した金は車と一緒に沈んだに違いない。いくら親戚とはいえ、金もないカンヤラットを喜んで迎え入れたとは思えない。

問い詰めると、案の定、彼女は学校に通わせてもらえず、露店で働かされているという。だが、彼女は恨みがましい言葉一つ口にせず、「記憶は戻ったの？」と訊いてきた。

「ああ。君とチャナチャイのおかげで日本に戻って手術を受けることができた。記憶も完全に取り戻したよ」

「良かった……」

カンヤラットは顔を綻ばせた。

新庄は、これまでの出来事を差し障りのない範囲で話し、目を丸くして聞いている彼女に告げた。

「今回は、すべての事件のケリをつけるため、二日間だけバンコクに戻ってきたんだ」

「それで……、目的は果たせた？」

「ああ。だが、それで君のお兄さんが戻ってくるわけではない」

「それはあなたも同じでしょう？　奥さんと娘さんは戻ってこない……」

目を伏せるカンヤラット。

その肩を優しく叩くと、新庄は言った。

「君の叔母さんに会わせてくれないか？」

「え？」

「チャナチャイとの約束を果たしたい」

「でも……」と躊躇するカンヤラットを促し、新庄は長椅子から立ち上がった。


カンヤラットの叔母夫婦は、いきなりやってきた日本人に訝しげな視線を向けた。

お世辞にも人の良さそうな人物には見えない。

二人に挨拶した新庄は、鞄から封筒を取り出した。

「チャナチャイから預かっていたものです」

怪訝そうに封筒を受け取った叔母夫婦は、そのなかに分厚い千バーツ札の束が入っているのを見て驚いた。

「カンヤラットの養育費です」

叔母夫婦の目が輝いた。

「そんなことしちゃだめ！」と声を上げたカンヤラットが封筒を奪い取ろうとしたが、その手は新庄に押さえられた。

「それは今年の分です。その金でカンヤラットを学校に通わせてください。彼女がちゃんと通学していることが確認できたら、来年も送金します」

封筒に入っている金額は学費を払っても余りある。これを逃す手はない。そう判断した叔母夫婦は即座に首を縦に振った。

金の受け取りにサインさせた新庄は、カンヤラットをくれぐれも宜しく頼むと頭を下げ、夫婦の家を辞した。

見送りのために付いてきたカンヤラットは、新庄に向かって掌を合わせ、深く頭を下げた。

「本当にありがとう」

「礼を言う必要はない。私はチャナチャイとの約束を果たしただけだ」

カンヤラットの目に涙が溢れてきた。

「また会える?」

「チャナチャイの墓参りをしなければならない。必ず戻ってくるよ」

腕時計は七時を回っている。約束の時間を過ぎてしまった。

折良くやってきたタクシーを止めた新庄は、カンヤラットを優しく抱きしめた。

「来年また会おう。それまでしっかり勉強して、私を驚かせてくれ」

カンヤラットは涙で濡れた頰を新庄の胸に押しつけ、何度も頷いた。

シャングリ・ラ　ホテル　バンコクのロビーでは、鈴本が達也に電話をかけていた。

「はい」と、達也は落ち着いた声で電話に出た。

「父さんだ。元気か？」

「うん」

「ご飯はちゃんと食べているか？」

「うん」

「学校は？」

「行ってない」

「いじめられるから？」

「……他にやりたいことがあるから」

「学校じゃできないことなのか？」

「できなくはないけど、レベルが低すぎる……」

「やりたいことって、なんだ？」

「量子力学……」

鈴本は心のなかでほおっと唸った。

「それはまた、難しい分野を選んだな」

「面白いんだ……」

「でも、それをやるには大学に行ったほうがいいんじゃないか？」

「それはわかってる」

「でも、学校には行きたくないのか？」

返事はない。

「もしかして、退学して高認（高等学校卒業程度認定試験）を受けるつもりか？」

依然返事はないが、どうやら図星だったようだ。

しばらくの沈黙の後、達也は「だめかな……？」と訊いてきた。

「いや、父さんは反対しないよ」

「本当？」と、達也は意外そうな声を出した。

「ああ。帰ったらゆっくり話そう」

「うん」

そう答える達也の声は、心なしか明るくなった気がする。

「明日の夕方には戻るので、風呂を沸かしておいてくれ」

「わかった。気をつけて帰ってきて」

「ああ。ありがとう」

電話を切った鈴本の頬が緩んだ。久しぶりに息子ときちんと向き合えた気がする。

今回、達也の特異な能力の高さを改めて認識した鈴本は、これまでどおりの杓子定規な考えはやめることにした。型に嵌まりたがらないものを無理に嵌め込む必要はない。伸びようとする能力を伸ばしてやればいい。そう思うと肩から力が抜け、楽になった気がする。

ロビーからリバーサイドラウンジに戻ると、貴美花はまだワインを飲んでいた。

――こっちはこっちで世話が焼けるな……。

そう心のなかで呟きながら、鈴本は貴美花に近づいた。

「新庄さんはもうすぐ帰ってくるだろう。私は先にレストランに行って、窓際のいい席を確保しておくよ」

酔いが回ってとろんとした目を向け、貴美花は頷いた。

「私はもう少し風にあたって、酔いを醒ましてから行きます」

「わかった。じゃあ後で」と言ってレストランに向かおうとした鈴本は、数歩ほど進んだところで立ち止まり、踵を返した。

「どうかしましたか？」

首を傾げる貴美花に、鈴本は「新庄さんのことだけど……」と切り出した。

「え？」

「ゆっくり時間をかけたほうがいいと思う」

「……？」

「ご家族を亡くした記憶が戻って間もないし、その……、君の想いにすぐに応えることは難しいんじゃないかと……」

貴美花の頬がみるみる朱に染まっていく。

「わ……私はそんな……」

「誤魔化さなくてもいいよ。君が医者としての義務感だけでここに来たとは思っていない」

「それは考えすぎです」

躍起になって否定する貴美花の慌てぶりは、いつもの聡明で落ち着いた雰囲気とあまりにかけ離れており、鈴本の笑みを誘った。

結局、鈴本は貴美花の気持ちを絶対に口外しないという約束をさせられ、その場は収まった。

すでに日は落ち、リバーサイドラウンジから見えるチャオプラヤ川の対岸では無数のビルの灯りが煌《きら》めき始めた。

もうすぐ八時だというのに、新庄はまだ帰ってこない。

酔いを醒ますためにプールサイドに出た貴美花は、火照った頬に心地いい夜風を感じながら、ふっと溜息をついた。

――私、なにやっているんだろう。

十回目の溜息をついたとき、酔いで微かに揺らぐ貴美花の視界に、こちらに近づいてくる黒い影が映った。

少し疲れた様子で、長めの髪を面倒臭げに搔き上げながら歩いている男。

――なんて声をかけよう……。

年甲斐もなく、貴美花の心臓は高鳴った。

気持ちが決まらないまま、二人の距離はどんどん縮まっていく。

新庄もこちらに気がついたらしい。

やがて、二人の距離は二十メートルを切った。

参考文献

園山耕司『新しい航空管制の科学（ブルーバックス）』（講談社）
チームFL370『旅客機が飛ぶしくみ』（新星出版社）
監修・鈴木真二『飛行機のしくみ　パーフェクト事典』（ナツメ社）
監修・服部光男『全部見える　脳・神経疾患―スーパービジュアル』（成美堂出版）
ジョナサン・K・フォスター『記憶 Memory: A very short introduction』（星和書店）

この作品は二〇一六年四月キノブックスより刊行された
『計画感染』を改題したものです。

幻冬舎文庫

●好評既刊
プリズン・ドクター
岩井圭也

刑務所の医師となった史郎。患者にナメられ散々な日々を送っていたある日、受刑者が変死する。胸を掻きむしった痕、覚せい剤の使用歴。これは自殺か、病死か？　手に汗握る医療ミステリ。

●好評既刊
緋色のメス 完結篇
大鐘稔彦

外科医の佐倉が見初めたのは看護師の朝子だった。患者に向き合いながら、彼女への思いを募らせるが、自身の身体も病に蝕まれてしまう。ミリオンセラー「孤高のメス」の著者が描く永遠の愛。

●好評既刊
じっと手を見る
窪　美澄

富士山を望む町で介護士として働く日奈と海斗。東京に住むデザイナーに惹かれる日奈と、日奈への思いを残したまま後輩と関係を深める海斗。人生のすべてが愛しくなる傑作小説。

●好評既刊
M 愛すべき人がいて
小松成美

博多から上京したあゆを変えたのは、あるプロデューサーとの出会いだった。やがて愛し合う二人は、〝浜崎あゆみ〟を瞬く間にスターダムに伸し上げる。しかし、それは別れの始まりでもあった。

●好評既刊
わたしたちは銀のフォークと薬を手にして
島本理生

江の島の生しらす、御堂筋のホルモン、自宅での蟹鍋……。ＯＬの知世と年上の椎名さんは、美味しいものを一緒に食べるだけの関係だったが、ある日、彼が抱える秘密を打ち明けられて……。

幻冬舎文庫

●好評既刊
紅い砂
高嶋哲夫

腐敗した中米の小国コルドバの再建へ米国が秘密裏に動き出す。指揮を取る元米国陸軍大尉ジャディスは、降りかかる試練を乗り越えることができるのか。ノンストップ・エンターテインメント！

●好評既刊
泣くな研修医
中山祐次郎

雨野隆治は25歳、研修医。初めての当直、初めての手術、初めてのお看取り。自分の無力さに打ちのめされながら、懸命に命と向き合う姿を、現役外科医が圧倒的なリアリティで描く感動のドラマ。

●好評既刊
捌き屋　伸るか反るか
浜田文人

鶴谷康の新たな捌きは大阪夢洲の開発事業を巡るトラブル処理。万博会場に決まり、カジノ誘致も噂される夢洲は宝の山。いつしか鶴谷も苛烈な利権争いに巻き込まれていた……。白熱の最新刊！

●好評既刊
たゆたえども沈まず
原田マハ

19世紀後半、パリ。画商・林忠正は助手の重吉と共に浮世絵を売り込んでいた。野心溢れる彼らの前に現れたのは日本に憧れるゴッホと、弟のテオ。その奇跡の出会いが〝世界を変える一枚〟を生んだ。

●好評既刊
ご用命とあらば、ゆりかごからお墓《はか》まで
万両百貨店外商部奇譚
真梨幸子

万両百貨店外商部。お客様のご用命とあらば何でもします……たとえそれが殺人でも？　地下食料品売り場から屋上ペット売り場まで。ここは、私利私欲の百貨店。欲あるところに極上イヤミスあり。

首都圏《しゅとけん》パンデミック

大原省吾《おおはらしょうご》

令和2年5月20日　初版発行

発行人——石原正康
編集人——高部真人
発行所——株式会社幻冬舎
〒151-0051東京都渋谷区千駄ヶ谷4-9-7
電話　03(5411)6222(営業)
　　　03(5411)6211(編集)
振替00120-8-767643
印刷・製本—図書印刷株式会社
装丁者——高橋雅之

幻冬舎文庫

ISBN978-4-344-42985-7　C0193　お-57-1

幻冬舎ホームページアドレス　https://www.gentosha.co.jp/
この本に関するご意見・ご感想をメールでお寄せいただく場合は、
comment@gentosha.co.jpまで。